FORBIDDEN
LIBRARY

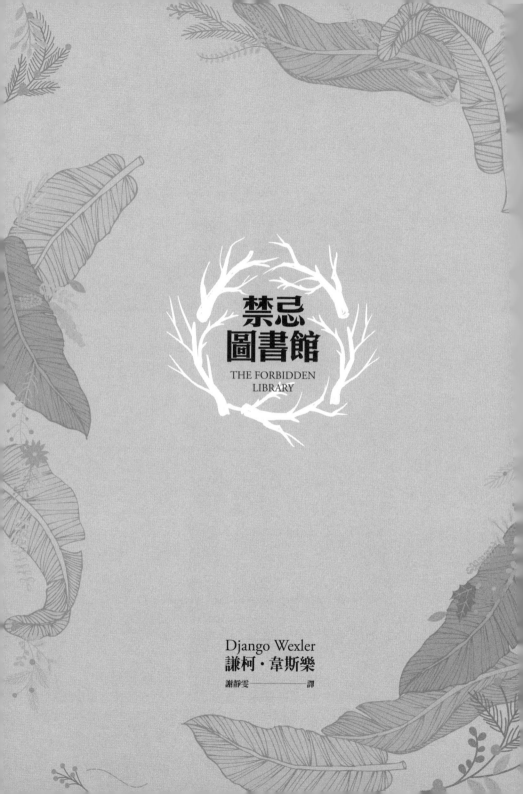

禁忌圖書館

THE FORBIDDEN LIBRARY

Django Wexler
謙柯・韋斯樂

謝靜雯——譯

來自各方的好評

內容讀來樂趣橫生，彷彿將《哈利波特》、《愛麗絲夢遊仙境》跟《墨水心》融成了一氣……韋斯樂依循了奇幻小說的偉大傳統寫作，這個成功的起步，預示著美好的前景。

——**寇克斯評論**

看到圖書館裡藏有魔法書的設定，喜歡《哈利波特》跟柯奈莉亞．馮克《墨水心》的書迷肯定會讀得津津有味……向來守本分的愛麗絲漸漸拓展天生的好奇心，成為主動積極、足智多謀的女主人翁，跟愛冷嘲熱諷的貓咪、危險的野獸、自以為是的男孩鬥智交鋒，讀來真是享受。這本充滿冒險情節的迷人奇幻小說，出自於前途無量的新銳作家之手。

——**《書單》雜誌**

韋斯樂巧妙地避開了「這只是個故事」的陷阱，
將「力量」灌注於內容多采多姿的探險小說裡，
並把次要情節線同時放在書籍內與書籍外，
讓讀者不會跟情節產生距離感，
而小說裡那間奇妙的圖書館，
可以同時滿足愛書人跟奇幻老手的想像。
——**《角書》雜誌**

韋斯樂巧妙地創造了一個想像世界，
裡面有饒富趣味的生物和教人心驚膽戰的情境。
——**學校圖書館期刊**

重要人物簡介

愛麗絲
本書女主角，12歲的乖巧女孩，頭腦聰明喜愛閱讀，
因為爸爸發生船難驟逝，住進從未聽過的傑瑞恩伯伯大宅「圖書館」。

傑瑞恩伯伯
自稱是愛麗絲遠親，頭頂全禿的白髮老人，
擁有一間巨大的宅邸和一座碉堡般的圖書館。

灰燼
外型是一隻灰色的貓，會說人話，
據牠的說法自己是半人半貓，住在傑瑞恩的圖書館裡。

艾薩克
與愛麗絲同年的男孩子，有魔法能力的「讀者」，
潛伏在傑瑞恩的圖書館裡尋找某一本禁忌之書。

終結
與灰燼一樣是隻會說話的貓，
灰燼稱牠為「母親」，幫傑瑞恩管理圖書館。

黑先生

傑瑞恩家中的僕從，
身材高大，性情粗暴，對愛麗絲不假辭色。

艾瑪

傑瑞恩伯伯家中的僕從，年紀與愛麗絲相仿，
像機器人一樣安靜服從，似乎有讓人意外的過去。

蟲先生

傑瑞恩的圖書館員，臉孔削瘦灰黃，
總是身著有如殯葬業者的寒酸黑衣，
聲音像屍體一樣乾，眼神還帶了點「飢餓」。

維斯庇甸

長相醜陋的毒妖精，皮膚泛黃布滿了疣，
具有針尖般的牙齒和血紅的長舌，
愛麗絲的爸爸出事前一天曾現身愛麗絲家中。

CONTENTS

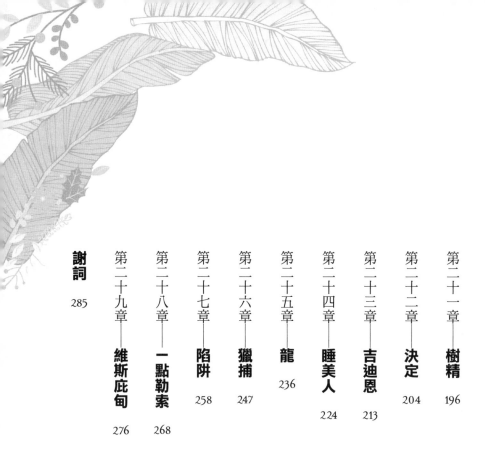

給 Sakaki 跟 Tomo 一家，
牠們是百分之一百的貓咪並且以此為傲。

第一章——妖精

一直到很後來，愛麗絲才開始納悶那天如果準時上床睡覺，情況會不會有所不同。其實那天晚上純粹是運氣不好，因為她是個幾乎事事都遵照規定的小女生。可是那時她忙著寫功課，竟然忘記了時間。

那是星期六晚上，家庭老師圓柏小姐出了不少代數練習題給她，星期一早上就要驗收。愛麗絲在每個科目上都表現得很傑出，那是她對自己的基本要求，但是就代數這科來說，她依賴的是下苦功跟長時間練習，而不是天分。所以她打定主意要早早開始。她熬夜也不會打攪到任何人，因為她的房間就附有小寫字桌，甚至備有電燈，是她爸爸三年前裝設的，當時他志得意滿地說，絕不能讓他女兒在煤氣燈下寫功課而弄壞視力。

愛麗絲聽到前門的嘎吱聲就知道爸爸又加班了。她衡量一下輕重，判定爸爸要是看到她還沒就寢，可能高興多過生氣，於是披上長袍，輕腳踏進走廊，步下了樓梯。

深夜的寂靜令人有點忐忑，愛麗絲成長期間，僕人跟賓客總是川流不息，家裡時常熱熱鬧鬧的，連在夜半時分都是，她很習慣在四周看到陌生人。可是隨著家裡景況每況愈下，僕人一個接一個離開了，最後只剩廚師、圓柏小姐跟爸爸的屬下，越來越少有訪客上門。走道上的客房現在一律關閉，家具都蒙上了防塵布。

她快步經過那些房間，稍微把長袍攏緊一點，縮著身子走下僕人專用的階梯，這道階梯可以通往廚房，爸爸可能在廚房那裡，調製什麼熱飲要喝。

沒錯，階梯底部那扇彈簧門的周圍透出黃光，愛麗絲伸出手正要將門推開，可是就在手指拂過木頭的當兒，聽到了交談的聲音，才意識到爸爸並非獨自一人。

「……你可要知道，我們可以給你什麼豐厚的回報啊，克雷頓先生，」有人在說話，不是她爸爸，「遲早會有人想來占便宜的。」

愛麗絲馬上轉開身子，這麼晚還沒睡是一回事，可是偷聽爸爸討論公事又是另一回事。但當她的腳登上第一階的時候，爸爸說話的語氣讓她頓時打住了腳步。

「你好大膽子！」他吼道，「**竟然敢**威脅我的家人。」

那些字眼懸在半空好一陣子，有如逐漸隱逝的煙火。

爸爸從來不放聲吼人，至少在她聽得到的範圍之內不會。他是個安靜誠實的男人，向來秉持公正的態度對待每個人，每個月會到她媽媽的墳前獻花一次，每個星期天也都會固定上教堂做禮拜。聽到他用那種語氣說話，就像是目睹泰迪熊打哈欠，露出整口的利牙。愛麗絲動也不動站著，連眼珠子都不敢轉動，她想要拔腿就跑，她知道自己**就該**這麼做——這場對話的內容很顯然不是她該聽的——可是雙腳卻像鉛塊一樣笨重。

「克雷頓先生，」另一個男人說，「沒人在**威脅**什麼，我只是陳述事實而已。陳述事實總沒錯吧？又不違法。」

那人的音質很古怪，不只高亢，還帶有鼻音。愛麗絲還另外聽見某種怪聲，有點像是急促的噗啪噗啪響。

「不要耍我，」爸爸說，現在已經不用吼的了，但是用她不曾聽過的憤怒語氣說，「我們都很清楚你來這裡想說什麼，你明明知道我會怎麼回答。」

「為了所有牽涉其中的人好，」噗啪聲越來越響，「我強烈建議你重新考量自己的立場，克雷頓先生。」

「天啊，」爸爸說，「我發誓我要抓住你那顆醜腦袋，用力往牆壁上砸。」

「你是可以，」另一個男人說，「可以是可以，克雷頓先生，可是你並不會付諸行動，你很清楚那樣做就太不智了。」他微微降低語調。「你得為那個小女孩著想啊。」

愛麗絲慢吞吞轉過身來，心跳還是快得不得了，她爸爸竟然聽不到她的心跳聲，真是神奇。她往下走回門邊，小心避開會發出嘎吱響的那一階樓梯，把手指探進有光線流洩出來的門縫，這樣做是不對的，也許還是她這輩子最嚴重的過錯，可是她非瞧一瞧不可，她輕輕一碰彈簧門，把門的縫隙擴大，成了足以讓蛇鑽過去的裂口，她把眼睛湊上去。

光線讓她瞇起了眼睛，她爸爸在房間的一側，還穿著西裝，但看起來縐巴巴的，頭髮因為汗水而潮濕，一手握住爐灶上那只鑄鐵煎鍋的手把，彷彿打算說到做到，準備拿鍋子猛力揮擊似的。

有個「妖精」就在他對面，懸浮在半空中。

愛麗絲小的時候，爸爸曾經送她一本叫《魔法森林》的書。那本書開本很大，紙質頗厚，字體滿大的，每個對開頁上都有鉛筆跟墨水繪成的插圖。老實說，她年紀可能大到不適合讀這本書了，但那時凡是能拿到手的印刷品，她一概都會認真讀。那本書講的是一個傻呼呼的小女孩誤闖了魔咒控制的森林，結果在森林的生物之間引起了軒然大波。

那些生物裡有一個就是妖精，是個像小孩的纖細人形，大眼睛，小小的圓鼻子，一身隨風飛揚的長袍，藉由薄紗般的昆蟲翅膀，飄浮在半空中——愛麗絲總是想像妖精的翅膀會像蝴蝶一樣半透明，泛著深淺層次各異的綠色跟藍色——姿態文雅地站在小女孩舉高的掌心裡，帶著一片善意，興味盎然地俯視小女孩。

儘管在當時那個年紀，愛麗絲卻老早明白一件事：書本裡有些內容是真的，有些不是。她問爸爸所得到的答案是，真的有獅子、老虎跟大象這樣的東西（他保證要帶她到動物園逛逛，但一直還沒去成），可是山怪、半人馬獸跟龍都是虛構的，來自作家活躍過度的想像力。愛麗絲記得，自己當時對《魔法森林》的作者隱約覺得心煩，因為那個作者顯然就是故意要欺騙那些沒有她這麼聰明伶俐的小女孩。

爸爸當時也告訴她，世上沒有妖精這種東西。

在愛麗絲家廚房半空中盤旋的那個東西，跟那本書裡的圖片相當類似，一眼就可以認出來，可是首先，他體形比較大。那本書裡的妖精則更像昆蟲，頂多只有六英尺高，可是眼前這個妖精從頭到腳足足有兩英尺長。翅膀相當巨大，比修長的身子大得多，拍擊空氣的速度如此之快，好似蜂鳥的翅膀，整個模糊成一片。而且翅膀不是藍色跟綠色，而是黃色跟黑色，讓愛麗絲聯想到討厭的跟有毒的東西。

那個妖精的皮膚泛黃，因為佈滿了疣而凹凸不平，一簇簇的粗黑毛髮從疣冒出來，頭皮光禿得跟蛋似的，在電燈照明之下發出濕答答的閃光。他根本沒鼻子，眼睛雖大但整個都是黑的。他說話的時候，愛麗絲可以看到他嘴裡滿是針似的牙齒，還有蛇一般的紅色長舌。

愛麗絲合上雙眼。她心想，這太荒謬了，世界上根本沒有妖精這種東西啊。她往自己的手臂一掐，的確會痛，然後慢慢數到了十。

她暗想，等我張開眼睛，他就不見了。

「我真的希望你至少聽聽我的提案。」有鼻音的聲音說。

愛麗絲睜開雙眼，妖精還在原地，已經往爸爸湊得更近，翅膀噗啪噗啪作響，在爸爸鼻子下方搖著小小手指。

「我就是不要，」爸爸說，「我什麼提案都不想考慮，回去跟你的主人講，然後告訴他，如果他再來騷擾我，我就……」

妖精等著，嘴唇彎出了自負的笑容，露出牙齒。「你就怎樣啊，克雷頓先生？」

「出去！」她爸爸吼道，「滾出我家！」

一陣久久的沉默。妖精放肆地盤旋一下，彷彿表示他不是因為爸爸這樣說才非走不可的。接著，妖精裝模作樣嘆了口氣，先在空中繞了個圈，然後咻地衝出了廚房另一側的通道，愛麗絲聽到前側窗戶哐噹打開的聲響。

爸爸的身體一垮，彷彿肩膀上綁了重擔，他放開那把煎鍋，倚在爐灶上撐起自己。愛麗絲想跑到他身旁，可是不敢貿然行動。不管她剛剛看到的是什麼——她還不確定自己看到了什麼——都是她不該目睹的事情。

愛麗絲的爸爸深吸一口氣，閉上雙眼，然後慢慢把氣吐出來，八字鬍的邊緣跟著顫動，接著他倏地睜開雙眼，神色驚慌。

「愛麗絲，」他壓低嗓門說，「噢天啊。」

突然間，他跑了起來，吃力地擺動雙腿，身子撞上廚房門口又彈回來，朝著主要樓梯奔去。愛麗絲驚愕得一時愣住，接著拔腿狂奔，順著僕人的階梯往上衝刺，已經顧不了樓梯會不會發出嘎吱響，爸爸搶先抵達她的房門，早了她幾秒鐘。

他發現門微微開啟，於是使勁推開，目瞪口呆望著空蕩蕩的房間，他的表情沐浴在愛麗絲書桌檯燈的光暈裡，是她這輩子所見過最恐怖的東西。

她趕到爸爸身邊，抓住他的手臂。「爸！怎麼了？」

「妳——」他虛弱地指指她的空房間，然後往下指著她，「我還以為——」

「我本來在唸書，」愛麗絲說，「我剛剛離開一下子，抱歉嚇到你了。」

他凶猛的模樣馬上融化不見，他用手臂摟住她，抱得好緊好緊，然後把她從地上抬起來。

「愛麗絲，」他說，扎人的臉頰抵在她的額頭上，「愛麗絲。」

「我在這裡，爸。」她扭著身子，直到自己的手臂掙脫開來，然後盡量伸遠，一把將爸爸攬住。

「沒事的。」他說，她不確定他是不是自言自語，「一切都會平安無事的。」

「當然。」她說。

他放開手的時候，臉上浮現不同的神情，流露出某種怪異狂野的決心，如此超乎尋常，愛麗絲覺得害怕，同時又替他感到驕傲。他動作輕柔地把她放下來，雙手搭在她的肩膀上，直直望進她的雙眼。

「我愛妳，」他說，「妳知道吧？」

愛麗絲感覺自己紅了臉。「當然知道。」

他的眼神已經變得好遙遠，他心不在焉拍著她的肩膀，然後快步走回自己的書房。愛麗絲的視線尾隨著他，忖度他眼神裡的果斷有什麼含意。

接著，因為她是個守規矩的女孩，於是立刻回臥房就寢。

隔天早上，一切看起來正常如昔，正常到讓愛麗絲幾乎相信整件事只是一場夢。但只是「幾乎」而已，還不到完全相信的地步。

她在自己熟悉的床上醒來，身上蓋著溫暖熟悉的棉被，棉被邊緣綻了線。她的房間還是原本熟悉的模樣，角落裡有個厚重的櫟木衣櫃，祖母從加框照片裡慈祥地俯視著她。沒有精靈坐在她的書桌上，書本原封不動放在昨晚的位置。床腳的厚重木箱裡沒有山妖，只有冬天的羽絨被，還有一對老舊的絨毛兔子，是她不忍心丟掉的。她心神不寧，甚至把床帷掀起來看看底下，可是那裡沒有惡龍，只有一層厚厚的灰塵。

儘管如此，她還是很確定自己看到的是真的，那份記憶鮮豔清晰，不像夢境那樣模糊褪色。她坐下來跟爸爸共用早餐的時候，心裡就更篤定了。爸爸雖然表現出正常的樣子，但那是裝出來的，態度有點誠懇到令人無法信服。

「又發生地震了，」他邊說邊翻著《紐約時報》，「先是紐西蘭，現在是馬拿瓜，報紙上說死了好幾千人。」

「太糟糕了。」愛麗絲說，因為她知道自己該要這麼回答。她拚命壓抑衝動，免得想一直盯著爸爸的臉看。經過昨晚，他當然已經梳洗完，也打理過鬍子，可是眼睛周圍還是有種緊繃感。她心想，**昨天不是夢，我很確定**。

「真該有人好好處理一下，」他邊說邊翻了頁，「西班牙還在打仗，看來世界就要四崩五裂了。」

「你平常都說報紙只印壞消息。」愛麗絲說。

爸爸抬頭漾起笑容，但眼裡並無笑意。

爸爸的屬下庫柏端著一盤吐司跟果醬出現了，確切來說，在餐桌旁服務並不是庫柏的工作內容，可是家裡最後一個男僕偷拿食品儲藏室裡的東西被逮到之後，爸爸不得不開除那個人。庫柏堅持說他並不在意，時局這麼差，有工作就謝天謝地了。

爸爸把報紙擱在一旁，默不作聲地抹起吐司，愛麗絲自己也拿了一片，細心地用奶油抹刀抹勻果醬，一路塗到吐司邊緣。父女倆越久沒開口，沉默就越來越膨脹，彷彿是蹲踞在桌上的妖怪，硬生生將兩人隔開。爸爸終於清了清喉嚨，愛麗絲稍微吃了一驚。

「愛麗絲。」

「是的，爸爸？」

「我要出門一趟，」他頓了頓，深吸一口氣，「出了點狀況，恐怕是滿重要的事情。」

「什麼時候出發？」愛麗絲說，「要出門多久？」

「我今天晚上就要趕搭輪船。」

船？爸爸平日為了生意跑遍了整個新英格蘭，偶爾最遠會到芝加哥或華盛頓特區，可是出門時間不曾超過一個星期，也從沒搭輪船出差過。「哪裡——」

「喏，」他把報紙摺起來，推過去給她，「這艘輪船叫吉迪恩，要開往布宜諾斯艾利斯。」行程表印在整齊的方框裡，旁邊列有票價跟詢問電話，航程上有好幾個停靠站，一路往南行經加勒比海跟南美洲。「這樣妳就可以追蹤我的去向。」

愛麗絲一手貼著報紙，用力嚥嚥口水，盡量用正常的語氣說話。「那你什麼時候回來呢？」

他的表情露餡了。雖然只有一瞬間，但愛麗絲一直很仔細地端詳他，更不用說她對他的認識遠勝過任何人。他的嘴角下垂，扯動八字鬍，雙眼閃現淚光。

「要好一陣子，」他說，「抱歉，愛麗絲，我真希望有別的解決辦法。」

事情很不對勁，太不對勁了。愛麗絲抵抗著喉嚨漸漸堵住的感覺。

「也許我應該跟你一起去。」她說。通常她根本不會想到要主動這麼提議，可是非常時期就是要採取非常手段。「你一直都說，我需要在生意的實務方面有更多歷練——」

「不，」他說，回應得有點太快，「這趟不適合，等我回來……」他勉強擠出笑容。「也許妳就可以開始跟我一起做固定的生意視察。不過妳放心，每到一個停靠站，我都會寄張明信片給妳。」

隔天，圓柏小姐住進了客房，除了家教的職務之外，還要負責照料愛麗絲的起居。老實說，愛麗絲其實不大需要人照顧。愛麗絲寫了法文跟代數的作業，準時完成家教指派給她的所有功課。圓柏小姐問愛麗絲放假這天想做什麼，愛麗絲說想去卡內基圖書館。她在那裡待了整整八個鐘頭，嚴肅的女孩獨自坐在大大的閱讀木桌邊，猛啃一整疊書——這家圖書館有探討妖精這個主題的所有藏書。

她很確定爸爸需要她幫忙，她不確定自己為什麼有這種感覺，也不曉得怎麼個幫法，可是單是匆匆瞥見那個妖精出現在廚房，就已經給了她足夠的動力。她回家的時候，筆記本裡不但抄滿了參考資料跟匆匆記下的重點，身上帶著的書本，數量更是多到了圖書館出借的上限。當天晚上，她熬夜苦讀，隔天晚上也是，愛麗絲不是那種做事半吊子的人。

兩天之後，庫柏端早餐上桌時，也把報紙送上來。頭版告訴她，胡佛總統在另一場公開演講時，承諾說最壞的時機已經過去；股市卻再一次重挫；而在頭版的下半寫道，吉迪恩輪船突遭暴風雨襲擊，在哈特羅斯岬外沉沒，船員跟乘客全數罹難。

第二章——波沃希先生

電報如暴雨般紛紛襲來——負責送件的男孩不停送了一疊又一疊過來，愛麗絲讀也沒讀，原封不動地堆在爸爸書房裡。接著，親戚如洪水般湧來，大多是表親，全是愛麗絲見也沒見過的生面孔，他們不怎麼理會愛麗絲，逕自在這幢老舊的大宅裡走走逛逛，彷彿來參觀博物館，頂多只是漫不經心拍拍她的腦袋，一面用估價的眼光打量眼前的家具。

等那些表親來過之後，換成了會計師，他們更不遮掩自己那種估價的態度，根本懶得理會愛麗絲。就像聖經裡的瘟疫事件，情勢只會越演越烈，直到爆發慘烈的大結局，會計師來過之後就是律師，這些律師隸屬於幾家不同的事務所，來訪的目的似乎是要跟彼此唇槍舌戰，大多時候，他們對愛麗絲也是毫不聞問。她穿著短袖黑洋裝，陰鬱地佇立在飯廳裡，覺得自己好像一件別人視而不見的裝飾品。

最後，有個律師過來找她說要聊一聊，她忖度他是不是他們當中的領袖。他確實是身材最魁梧的，肚子把炭灰色西裝繃得死緊，蓄著濃密的灰色大八字鬍，往下垂過嘴角，鬍尾被菸燻得泛黃。他來帶她的時候，裝出一副慈祥又快活的長輩模樣，但看也知道他已有多年沒跟三十歲以下的人打交道。

她隨著他上樓走到爸爸的書房，他大刺刺在書桌後方坐下，那是她爸爸專屬的椅子，她靜靜壓抑心中的怒火。在他龐大的身軀下，椅子發出令人不安的嘎吱聲。有如以往很多次，愛麗絲站在書桌前方，努力抗拒那種幻覺——她爸爸不知怎地搖身變成了眼前這個散放菸臭、噸位龐大的男人。

「所以，小女孩，」他說，「我要向妳致上最誠摯的哀悼，發生這種事真是不幸，太不幸了，妳明白出了什麼事，對吧？」

我都十二歲了，愛麗絲暗想，**不是五歲**。她逼自己點點頭。「我明白。」

「我叫波沃希先生，我過來是要代表妳爸爸的生意伙伴，處理生意上的事務。」

愛麗絲覺得對方會希望她有所反應，於是再次點點頭。

「我想妳對爸爸的生意應該不大清楚吧，」他深邃的眼睛朝她閃去，彷彿要確認這點，「可是那也不要緊，一切都由我們負責打點，妳儘管放心。」他把手伸到書桌下面，提起一只笨重的手提箱，從箱子裡拿出厚厚一捆文件。「好了，很不幸的是，目前的市場情勢讓妳爸爸主要獲利來源受到了損害——」

他繼續說下去，原本用來跟孩子交談的歡樂語調，變成虛應故事的單調語氣。波沃希先生碰到文件上一些比較難懂的商務用語時，還唸得支支吾吾，愛麗絲可以聽得懂他唸的內容，搞不好還比他更懂呢。可是打從一開始，這場談話的要點就是：什麼都不剩，完全不剩，但多虧波沃希先生所代表的債權人們慷慨大量，愛麗絲離開這棟房子的時候，身上還會有衣服可穿。

在別的情況下，她會親自讀過這些文件，看看波沃希先生是怎麼欺騙她的，然後還能從中得到樂趣——他當然會騙她，那就是律師的功能。可是那一刻她壓根兒提不起勁，更是不在乎，他快講完的時候，問她有沒有問題想問。

「我接下來怎麼辦？」她說。

「呃？」波沃希先生蹙起眉頭，八字鬍彈彈跳跳，「妳是什麼意思？」

「我想，我是不能留在這裡了。」愛麗絲說。

「不能，當然不能，」律師說，「這棟房子會舉行拍賣，都安排妥帖了。」他似乎想起自己交談的對象是孩子，於是又裝出老人家的快活面容，在那疊文件裡翻翻找找。「妳的事情，當然也都安排妥帖了。我想，妳要到親戚家去住，等等。」他找出自己正在尋覓的文件，專注地細讀。「啊，對，我想妳是要搬到傑瑞恩伯伯家。」

愛麗絲眨眨眼。「我沒有叫傑瑞恩的伯伯。」

「當然有，」波沃希先生輕拍那張文件，「這裡明明這麼寫的。」

「可是——」她忍住反駁的衝動。愛麗絲的爸爸只有一個兄弟，叫阿諾德，在她出生以前就在戰場上陣亡了，不過，這件事說出來也沒什麼用。她對媽媽那邊的家族則完全沒有認識。波沃希先生並不會特別在乎這件事，文件上寫什麼他就信什麼，方便就好。「我懂了，傑瑞恩伯伯。」

「上面寫說他住匹茲堡，或者是匹茲堡附近。妳要過去的事，都安排妥帖了。」他似乎很喜歡「都安排妥帖了」這個說法。「一路搭火車到匹茲堡去，妳自己一個人耶！可以好好探個險。」

「大概吧。」愛麗絲客氣地回答。

「還有其他問題嗎？」

愛麗絲搖搖頭，律師一定終於察覺到了她表情裡的什麼，於是臉色一沉，往記憶庫裡打撈用來安撫喪親孩子的話語。「打起精神吧，嗯。現在狀況看起來一定很糟，可是……」他一時詞窮，接著精神一振。「只要記得，這都是上帝的計畫！」

波沃希先生所代表的債權人在極度的克制之下，才讓愛麗絲得以打包整整兩個行李箱，裡面裝滿了衣服、書籍跟一些零星雜物，還要等其中一位律師檢查過，確認裡面沒有太昂貴的物品才行。她把磨舊的兔子娃娃深深塞進行李箱，壓在長睡衣下方。她知道這樣很幼稚，不過可以讓自己覺得好過一點，總之，她無法忍受把它們留下來，最後落得被波沃希先生丟進垃圾桶的下場。她祖母的照片不能帶走——那是某個名人拍攝的，必須拿去拍賣——於是愛麗絲盯著照片半晌，默默向祖母道別，然後由一位律師護送到門口。

一位男僕駕著黑色福特大車，載她到賓州車站，把一只信封遞給她，裡面裝著一張前往匹茲堡的經濟艙單程車票，還有一張前往叫做「北著陸」車站的區間車票，加上兩張美金十塊錢紙鈔。她幾乎馬上就得到車站售票窗口，把紙鈔換成零錢，這樣才能給腳伕小費，腳伕替她把行李拖到火車軌道的旁邊。

她對這趟長途火車幾乎毫無感覺，一直用雙手托著下巴，盲目地望著窗外，無止境的農田跟牧草地頻頻向後飛掠，太陽在頭頂上方橫越天空，最後在西邊的地平線後方沉落。她那個包廂裡的另外幾位乘客彷彿事先約好似的，生氣勃勃談天說地，完全不理穿著喪服的憂鬱女孩。

愛麗絲的爸爸教過她，遇到問題，就該細心地把問題一一條列出來，看看可以怎麼處理。她現在就這麼做了，在心裡想像出一支鉛筆，以遼闊無邊的賓州農地作為素描本。

第一個問題是，愛麗絲覺得自己好像活在夢裡。自從那晚看到爸爸在廚房跟妖精爭論以來，這個世界好像稀薄到危險的地步，有如肥皂泡泡一樣虛幻不實。

第二個問題是，愛麗絲讀到報紙的時候沒哭，電報寄達時也沒哭，葬禮過程當中也沒哭。圓柏小姐跟愛麗絲擁抱道別的時候，雖然滿眼淚水，但愛麗絲也沒哭，幾群禿鷹似的人在她家裡東挑西揀，她更是一滴淚也沒掉。她一直以為自己會哭，卻遲遲哭不出來。

她認為這可能是因為第三個問題，那就是她其實不大相信這些事情真的發生了，在理性又正常的世界裡，《時報》報導有船沉了，幾乎肯定就是沉了。《時報》總有辦法可以查證這些事情。理性又正常的愛麗絲會接受這件事，當作事實，然後大哭一場（還是會哭，不過會趁夜深人靜，獨自靜靜哭泣），然後挺起胸膛、抱定決心，不管人生接下來如何，都要努力面對，因為她就是這樣的女孩。

可是事有蹊蹺。要是妖精是真的，那麼這個世界就再也不是理性跟正常的。如果魔法是真的，那麼她在《時報》讀到的新聞就不見得是真的，爸爸可能並沒有溺斃。她讀過的奇幻小說數量有限，她從裡面汲取靈感——爸爸可能在船難之後流落一座魔法島嶼，或者被偷偷帶到水晶宮殿，由精靈王室負責款待。什麼都有可能，那就是重點所在。如果妖精是真的，那麼什麼事都可能發生。

就在夕陽即將西下的時候，愛麗絲意識到，她永遠沒辦法讓事情過去就算了。就像是抓住了衣襬一根鬆脫的毛線，忍不住要扯扯看，看看整件毛衣會不會因此解體，看看如果會解體的話，下面又藏了什麼。

在這種狀況下，最後一個問題就是，她不知道接下來怎麼辦，可是那也沒關係。最困難的部分通常是決定要往哪個方向走；就愛麗絲的經驗來說，等決定好方向之後，接下來就看努不努力了。

就目前來說，愛麗絲心想，**要往哪個方向走，我也沒多少選擇。**她合上眼睛，往後靠在椅子上，聽著鐵路喀啦喀啦不停息地往後飛逝。

兩個車廂組成的區間車駛進北著陸車站，這個車站除了一個木頭月台、標誌跟碎石地之外，幾乎沒有其他東西。悶悶不樂的服務員替愛麗絲把行李箱拖下火車，皺眉看著她給的那枚五分鎳幣小費，一聲不吭爬回火車裡。

夜幕已經降臨多時，在沒有都市照明的光害之下，天空繁星點點。愛麗絲以前離開紐約市市區，時間從沒超過兩星期。她抬頭仰望星辰，感覺自己非常渺小、非常孤寂。河流對面的南邊，就是匹茲堡市區，散放著黯淡的紅光跟黃光，可是北邊除了一整片漆黑之外，什麼都沒有。

她正覺得冷，納悶要是沒人來會合，該怎麼辦才好，這時就聽到引擎的隆隆聲，還有輪子輾過碎石的聲響。一雙車頭燈射出強光，接著一台古老的車子——福特T型車，車齡看起來比愛麗絲年紀還大——繞著停車場打轉，然後在月台前方停下來。司機走了下來，讓引擎繼續空轉，登上短短的階梯來跟她會合。

他虎背熊腰，身材高大、肌肉結實，穿著皮製駕駛夾克。他的鬍子、鬢角、八字鬍跟頭髮，全都融合成一大團剛硬的黑色毛髮，完全包覆他的腦袋、掩住他的臉龐，只露出黝暗下陷的雙眼周圍，還有上頭結痂的突出圓鼻。愛麗絲斷定，如果這個人就是「傑瑞恩伯伯」，那他跟她爸爸肯定沒有血緣關係。

「妳是克雷頓小姐吧。」男人說，嗓音比汽車的引擎還低沉。愛麗絲心想搞不好會有煤黑色的引擎廢氣從他的嘴巴噴洩出來。

她挺直身子，點了點頭。他盯著她片刻，想辦法透過神情讓她知道，他對眼前看到的東西毫無好感。

「好，」他終於說，「上車。」

「你——」愛麗絲正要說，重新考慮過後更客氣地說，「有人派你來接我去找伯伯嗎？」

不知為何，這句話逗得這個壯漢綻放笑容，在恍如茂密樹籬般的鬍鬚跟八字鬍之間，閃現了變色的牙齒。「沒錯。」

如果她希望得到更多資訊，那她就要失望了。愛麗絲步下月台，朝著車子走去。壯漢緊緊跟在後面。到了半路，她停下來回頭望著她的兩只行李箱，現在正無人照管地擱在月台邊緣。

男人打住腳步，跟著她的視線望去，然後低頭俯視她。他毛茸茸的臉似乎抽搐一下，卻誇張地做出特別小心的姿態轉過身去，爬回月台。他單憑一手就掌握了她兩個行李箱的把手——愛麗絲忍不住注意到，那隻手寬得足以扣住一顆椰子——然後不費吹灰之力就把箱子抬了起來。他路過她身邊的時候，她往旁邊讓路，他把她的行李固定在行李架上。

「謝謝，」愛麗絲說，卻只得到悶哼一聲的回應，「可以請問你叫什麼名字嗎？」

「妳可以叫我黑先生，」壯漢說，「現在上車吧，妳伯伯想見妳。」

黑先生沒再多說什麼，但即使他說了什麼，反正都會被福特引擎的噗噗響跟風聲的呼嘯給遮過去。他開這輛老爺車的速度，快到讓愛麗絲覺得險象環生，尤其是在沒鋪水泥的路面上。車子在筆直的路段上狂馳，輪下揚起陣陣碎石跟塵土，她抓緊門把，力道大到指節泛白，不過她很清楚，黑先生一旦失控，偏離了道路，即使抓住門把也不會對結局有任何影響。

蜿蜒的道路兩側樹木密佈，偶爾才有縫隙能夠望見遠處的房舍燈光。每棟建築都跟道路隔開一大片地，跟鄰舍相隔遙遠的距離。

黑先生使勁把車子一轉，幾乎以直角的角度，彎進一條長長的碎石車道，這時愛麗絲隱約瞥見一雙石頭巨獸，閒閒倚在高高的柱基上。等巨大的建築物映入眼簾時，黑先生才放慢車速。還好他任由車子滑行減速，引擎發出輕柔的乒乓聲，愛麗絲的心臟則像擊鼓一樣猛跳不停，她勉強才把手從車把上移開，血要流回手指裡的時候，有種刺痛感。

「『圖書館』到了，」黑先生宣布，彷彿這樣就足以解釋什麼。愛麗絲聽到踩過碎石的聲音，有人從她那側打開車門。她下車的時候，雙腿跟剛出生的幼鹿一樣顫抖搖晃著。黑先生也下了車，開始嘎吱嘎吱踩過碎石，朝著那棟建築走去。

「來吧。」他說。愛麗絲沒有馬上跟上來的時候，他又說，「艾瑪，幫她拿行李。」

艾瑪是一個跟愛麗絲年紀相仿的女孩，一身樸素的棕色洋裝，站在車門旁邊，她順服地點了點頭。愛麗絲回頭瞥瞥笨重的行李箱，對艾瑪露出懷疑的神情，可是她隨即推想黑先生應該很能拿捏做事的分寸。

她深吸好幾口氣，空氣涼爽，帶有松木香氣，大大安定了她的心神，她仰頭望著黑先生稱之為「圖書館」的大宅。整棟建築漆黑一片，這個黑塊背後襯著星光閃耀的天空。可是她覺得這應該是多層樓的長形結構，眼前有一雙巨大的木門半開，嵌在石砌建築立面上，這樣的立面如果出現在中世紀教堂也不會顯得突兀。大門兩側是多片玻璃的高聳窗戶，頭部高度的地方設有兩盞煤氣燈，提供閃閃爍爍的照明。

愛麗絲恢復腳力之後，登上通往入口的石階，轉眼發現自己置身於一個長形大廳裡。褪色的紅地毯延伸到不遠處，兩側牆壁都擺著古怪的塑像，期間穿插著更多盞煤氣燈。

大廳末端有道階梯通往二樓，有個老人正小心走下樓梯。他的頭髮全白，頭頂禿了，不過耳朵周圍跟後腦勺都有一簇簇亂髮冒出來。下巴刮得很乾淨，但蓄有濃密的灰色連鬢鬍，就是美國內戰末期左右就退了流行那種。他的臉佈滿皺紋、顎肉鬆垂，眼睛深邃，眼周之所以有細紋，可能是因為常笑或是一輩子的瞇眼習慣。他穿著深色長褲，白襯衫上搭著灰背心，襯衫袖子上沾了點點不規則的污漬。

「我就想說我聽到了那輛可怕機器的尖響，」老人說，「妳就是克雷頓小姐吧。有什麼問題嗎？黑先生？」

「沒問題，先生。」黑先生低著嗓子說。

「好，好，」老人走到了階梯底部，「唔，過來吧，小姑娘，我們來看看妳的模樣。」

愛麗絲越過大廳的時候，想把那些雕塑看得更仔細——材質是大理石，擺在櫟木基座上，每座雕塑似乎都描繪了某種奇禽異獸。老人正不耐煩地敲著樓梯扶手。愛麗絲盡力做好向來不拿手的屈膝行禮，然後迎向他平穩的目光。

「你是我伯伯嗎？」她說，看不出對方在長相上有任何相似之處。

「不算是，」他說，「狀況更複雜了點。可是妳只需要明白，我們是一家人，歡迎妳來這裡住，我叫傑瑞恩。」

「我叫愛麗絲，」愛麗絲說，盡量記住該有的禮節，「你真好心，收容了我。」

「別客氣，」傑瑞恩比了比手勢，有污漬的袖子跟著擺動，「聽到妳爸爸的遭遇之後，這是我起碼可以做到的。」

「你認識我爸爸嗎？」

「恐怕不熟，可是我一直對他滿懷情感，留意他還有妳的消息。請把圖書館當成自己的家，想待多久都可以。」

愛麗絲環顧四周。「圖書館？」

傑瑞恩發出輕笑。「這片莊園就叫『圖書館』，指的當然就是我個人的特殊癖好，我是個書籍的大收藏家。妳喜歡書嗎？愛麗絲？」

「非常喜歡。」愛麗絲承認。

「那我確定我們可以處得來，不過我一定要先警告妳，我對自己的書有點……講究。妳永遠不應該獨自進圖書館，那是為了妳的安全著想，懂嗎？」愛麗絲還來不及回答——她在圖書館裡從沒見過比被紙張割傷更危險的事——傑瑞恩猛地朝扶手一拍，發出槍響般的聲音，「妳一定累壞了，我卻抓著妳在大廳講個不停，我們來替妳打點一下，艾瑪！」

愛麗絲轉頭看到那個女孩從外頭走來，徒手提著她的行李穿過門口，女孩雙臂摟著其中一個行李箱，彆扭地要靠單腳把厚重的大門撐開。傑瑞恩一呼喚，她馬上砰地丟下行李，站直身子。

「是的，先生？」

「帶愛麗絲到她房間去，可以嗎？黑先生會負責把她的行李帶過去。」

黑先生的嘴唇抽搐，忿忿瞪了愛麗絲一眼，可是什麼也沒說。

艾瑪趕到愛麗絲身邊，畢恭畢敬垂下腦袋。「當然了，先生，」她說，「小姐，請跟我來。」

艾瑪開始登上階梯，步調相當快速，愛麗絲得小跑步才追趕得上。走道、T字路口、木頭嵌板的通道組成了令人困惑的迷宮。整棟大宅大多陷在黑暗裡，三四盞煤氣燈裡只有一盞是亮的，可是艾瑪行動起來似乎毫無困難。她們最後終於找到了另一段階梯，更加陡峭，也沒鋪地毯。樓梯頂端是一段短短的廊道，有一排彼此間隔相近的房門，第一間的門開著。

「這就是妳的房間，」艾瑪邊說邊往旁邊讓開，雙眼一直盯著地面。

這裡放了床鋪跟五斗櫃之後幾乎不剩什麼空間，愛麗絲心想，這是給僕人住的房間。一扇巨大的鉛玻璃窗幾乎占滿了遠側牆壁，地板上蓋著一條模樣令人沮喪的灰地毯。

「廁所要下樓梯，先左轉再右轉，然後再左轉。」艾瑪用單調的語氣說下去，彷彿在朗誦事先熟背的內容，「早餐七點在飯廳，午餐在中午，晚餐六點吃。」她沉默下來，彷彿把話都說完了，就像唱針走到了黑膠唱片溝紋的盡頭。

「艾瑪，」愛麗絲說，「妳就叫這個名字，對嗎？」

「是的，小姐。」

「愛麗絲就好。」

「是的，小姐。」

「我的意思是，」愛麗絲小心翼翼說，「妳可以叫我愛麗絲就好，不用叫我『小姐』。」

「我……」女孩頓住，然後微微點了個頭，就跟潤滑油充足的機械一樣自動，「就照妳的意思，小姐。」

又是一陣尷尬的沉默。

愛麗絲清清喉嚨，盡量保持禮貌說，「還有別的事嗎？」

艾瑪平靜地眨眨眼。「沒有，小姐。」

愛麗絲把她看得更仔細。艾瑪瘦巴巴的，比愛麗絲高些，但總是拱著肩膀，垂下腦袋，長相普通，臉上點點雀斑，鼠棕色頭髮在頸背上紮成馬尾。艾瑪一直垂著視線，愛麗絲忍不住想檢查自己的鞋帶是不是鬆了，還是洋裝釦子沒扣好。

「我的意思是，」愛麗絲拋開客套的說法，寧可先讓對方弄懂她的意思，「妳為什麼還站在那裡？」

這個問題似乎讓艾瑪很茫然，她皺起額頭，過了片刻之後說，「沒人告訴我接下來該去哪裡，小姐。」

「妳可以替我拿點東西來嗎？」

「可以，小姐。」

再次陷入沉默，彷彿那段對話掉進了坑洞。

「我需要一點照明，」愛麗絲小心地說，走廊裡雖然有煤氣燈，可是只能從門口那裡送點光線進來，「請給我一盞煤氣燈跟一些火柴。」

「馬上來，小姐。」

艾瑪立刻採取行動，指令的話彷彿魔咒似的，讓她頓時活力充沛。她彬彬有禮地行屈膝禮，然後走了出去，接著，出現在門口的是臭著臉的黑先生。他把愛麗絲的行李扔在地上，她覺得他根本沒必要這麼用力，他腦袋微微向前點，向她打招呼。

「用餐那類的事情，那個姑娘跟妳說過了嗎？」他用渾厚低沉的嗓音說。

「說了，」愛麗絲猶豫一下，「我伯伯有沒有說過，我來這裡應該做什麼？」

「沒跟我說過，」壯漢露出笑容，牙齒灰中帶棕，「他想找妳的時候，一定就會派人來叫妳。在這期間，妳需要什麼，就問那個姑娘。圖書館的事情，老爺跟妳說的，都記住了吧？」

「圖書館可能有危險的事？」

「沒錯，地下室也一樣，要是讓我在地下室逮到妳，我會拿鞭子抽妳，懂了沒？」

愛麗絲點點頭。黑先生悶哼一聲，環顧一下房間，然後轉身走開，隨手把門關上，笨重的步伐使得走廊上的木條地板跟著跳動呻吟。

愛麗絲頓時覺得萬分疲倦，決定等早上再整理行李。她一屁股坐上床，床墊硬邦邦，床單上有不規則的污漬，邊緣還綻線了。她嘆口氣，解開鞋帶，把鞋子踢得老遠，然後舉起雙腿上了床，腦袋靠上凹凸不平的枕頭上，連衣服都懶得脫。走廊上的那盞煤氣燈透過下方門縫，把淡淡的微光送進來，在這片黑暗中看不見天花板。愛麗絲合上雙眼，假裝自己在山巔的洞穴裡隱居，遠離一切塵囂。

第四章——空空的屋子

當她再次睜開眼睛，天光已經從髒污的窗戶透了進來，殘餘的夢境漸漸逝去，先在她的腦袋裡打轉一會兒——那個妖精在夢裡嘲笑她，語無倫次說著聽不懂的話——然後才消失不見。她往上瞪著老舊的灰泥天花板，上頭的裂隙看來就像蜘蛛網。

愛麗絲找廁所找了半天，至少有三次轉錯了彎。回房間的時候，覺得整個人黏呼呼又邋遢，索性脫下喪服，在行李箱裡撈撈找找，換上了灰色女衫跟長裙，經過顛簸的旅程之後，衣服全都縐巴巴了。艾瑪留了盞油燈跟一盒火柴，愛麗絲把燈擱在霧濛濛鏡子前方的五斗櫃上。她從自己的物品之間挖出梳子，盡可能把頭髮理順，不過真是需要好好洗個頭了。她在行李箱底部找到那對老絨兔，她內心稍微交戰一下，就把絨兔拉出來擱在窗櫺上，好讓兔子幫忙看守房門。

屋裡的哪裡一定有浴室吧，她想。至少有廁所就證明他們有自來水。這裡距離紐約這麼遙遠，就算廁所在屋外，要水還得去水井裡汲，她也不會覺得訝異。

房裡雖然沒時鐘，但她下樓的時候確定已經超過七點滿久了。在那趟長途火車上，她只吃了在車站商店買的那包餅乾，現在胃口大開，她希望早餐還有剩。沒想到找飯廳還比找廁所容易。她推開一雙大彈簧門的時候，培根跟蛋的濃郁香氣迎面飄來。

飯廳就跟這棟大宅的其他區域一樣，規模特大。長長的木桌可以容納至少六十個人，桌邊放了看起來搖搖欲墜、絨毛磨光的軟墊椅子。整張大桌光禿禿的，只有一端擺了東西，那端的椅子已經往後拉開。有三個用保溫蓋罩住的大托盤竄出熱氣，聞起來好美味。除了愛麗絲之外，整個巨大的廳堂空無一人。

其他人都吃飽離開了嗎？愛麗絲不覺得自己遲到了那麼久，她悄悄繞過桌子，走到托盤前方的椅子旁邊——桌子一乾二淨，蠟打得光可鑑人，她都看得見自己的朦朧倒影。除了食物以外，還有一壺飲水跟一壺果汁，冰得透涼，側面都冒出水珠。

「哈囉？」愛麗絲說，「這是給我的嗎？有人在嗎？」

食物的香氣讓人難以抵擋。愛麗絲把手搭在椅背上，做出最後一番掙扎，想確定自己沒有違反什麼規則。

「如果我不應該碰這些食物，」她大聲說，「請什麼人跟我說一下。」

沒人回答。飯廳旁邊還有好幾扇門，其中一扇大的，她猜是通往廚房，可是門後並未傳出任何動靜或交談的聲音。她還是覺得自己有點像擅自闖進三隻熊的家並偷吃麥片粥的金髮女孩，可是她對咕嚕喊餓的肚子再也無法坐視不管。愛麗絲坐下來，掀起保溫蓋。

眼前的早餐簡直可比麗池大飯店的水準。除了培根之外，還有厚厚的火腿切片浸在肉汁裡，另外還有幾大盤的馬鈴薯煎餅、吐司，炒蛋裡摻著她認不出來的綠色東西。愛麗絲什麼都取一些，放到自己的盤子裡，然後憑著本能抬起頭要看爸爸，預期他會柔聲告誡她。他總是說，吃飯的時候，沒人喜歡食量太大的人。

飯廳裡當然還是空無一人。愛麗絲的喉嚨一緊，覺得胸膛裡好像有什麼鬆掉的東西喀啦喀啦響。她好想哭，想讓感受一傾而出，可是眼淚就是不肯來。片刻之後，她拿著刀叉全力撲向火腿，把它切得有點亂，看看有沒有人敢出聲抱怨。

她吃飽喝足之後，老實說，吃得稍微超過平日的分量，就把椅子往後推離桌邊，然後站起身來。這棟大宅跟墓園一樣安靜，可是她擺脫不了**有東西**盯著她看的感覺，於是再次高聲說話。

「我需不需要自己收拾碗盤？」

那是她在過去幾年學到的事。爸爸辭退女傭之後告訴她，要可憐的弗樂太太同時下廚兼清理，太勞累了，所以父女兩人負責洗碗，洗碗時，爸爸會把襯衫袖子高高捲到手肘那裡。

不過，食物還剩下不少，愛麗絲不認為應該全部倒掉。她走到廚房門口，把手搭在上面，往內推開一個縫。

「哈囉？」她把音量壓得更低說，「吃剩的該怎麼辦？」

沒人回答，於是她把門一路推到底。相比之下，她老家的廚房簡直小不隴咚，那裡有個長長的中央流理台，擦得一塵不染，沿牆有好幾排架子，上頭分門別類擺著碟子、碗盤跟湯缽，整理得井然有序。另一面牆上則是一整排的爐子跟烤箱，看起來大到同時足以料理一整頭牛，它們也都一塵不染。灶口上的油污刮得一乾二淨，連金屬框框也擦到泛著暗淡的光澤。另外有扇門通往後院，門上設有厚重的門鎖，還有一條通道，愛麗絲猜想是通往食品儲藏室的。

全都空無一人。這間偌大的廚房可以舒舒服服容納一打的廚子，可是眼前卻連個僮僕也沒有，根本沒有人來過這裡的跡象。愛麗絲任由門轉回原地，然後邊轉身邊搖頭。

托盤竟然都消失了，她剛剛用過的盤子不見了，裝水跟果汁的壺也沒了。她不小心滴到一點火腿肉汁的桌面也有人擦乾淨了。整個桌子閃閃發亮，上過蠟，狀態完美，彷彿不曾有人用過。

好吧，愛麗絲想。她覺得肚子裡有種顫動的緊張感，反倒惹得她心煩氣躁。這裡有怪事。她鼓起勇氣，準備查明原因。

接下來幾天，愛麗絲從上到下把整棟大宅探查了一遍，只有門鎖上的地方沒進去過。她發現飯廳跟廚房就是整棟大宅的縮影，整棟宅邸龐大無比，整潔到一絲不苟，而且空蕩蕩的。

三樓的好幾排客房全都撢過塵，布置得彷彿訪客即將蒞臨，她房間附近的走道是提供大群僕人起居的區域，裡面卻毫無生活跡象。客廳、縫紉間、洗衣間，另外有些房間放滿休閒椅以及目的不明的劣質小桌——全部都跟下戲後的電影布景一樣整齊有序、杳無人煙。

傑瑞恩住在一樓他專屬的套房裡，很少會走出房間，偶爾門縫下面會洩出恐怖的臭氣，有時氣味甜膩噁心，像是有東西腐壞，有時則是污濁辛辣的煙霧，刺痛愛麗絲的眼睛，害得她鼻水直流。老人真的出現的時候，通常是找黑先生講話，面對愛麗絲時，只有草率的寥寥幾句。

地下室是黑先生的地盤，穿過廚房旁邊的通道就可以抵達。他幾乎所有的時間都在下面，負責維護這棟大宅的煤氣跟暖氣系統。除此之外，愛麗絲一無所知，因為不管她問什麼，他一概拒絕回答。如果傑瑞恩態度很草率，那麼這個壯漢就是徹底的粗魯無禮，只要看到愛麗絲，就滿臉怒容，彷彿愛麗絲做了什麼冒犯到他的事。當然了，他的臉似乎天生就是用來生氣的，頭髮粗濃蓬亂，眉毛也是又粗又濃。

對比之下，艾瑪似乎藏不住秘密，但愛麗絲卻又覺得艾瑪這個人最難懂。她想方設法要跟那個女孩聊聊天，但是最後總跟她頭一天抵達的時候一樣，不久就漸漸陷入不自在的沉默，起初愛麗絲覺得艾瑪這樣逗她是故意的，幾天過後，她就摒除了這個想法，判定那個女孩只是單純而已，但說是單純也不大對。

吩咐艾瑪做什麼，她都會照做，動作迅速、毫不遲疑，而且有能力毫無瑕疵地執行複雜任務，她會讀也會寫——愛麗絲看過她翻閱一疊報紙，一頁接一頁，替黑先生把每頁上頭的某個細節寫進小筆記本。即使黑先生火冒三丈、橫眉豎目，艾瑪照樣不改彬彬有禮的態度。

不過，愛麗絲一時找不到更好的形容，只能說艾瑪感覺起來很空洞，就像這棟大宅一樣。愛麗絲爸爸有個朋友曾經這樣形容某人：「燈開著，可是人不在家。」在當時的那個情況裡，他指的只是那個可憐男人發瘋了，可是對愛麗絲來說，這種形容用在艾瑪身上更貼切。如果沒人發派工作給艾瑪，她就什麼都不做，只是呆呆站在前廳裡，或是獨自坐在自己房裡，連續好幾個小時無所事事，卻完全沒有不自在的徵兆。愛麗絲暗想，艾瑪比較像機械裝置而不是活人，她好奇艾瑪的後腦勺是不是有個秘密開關，可以用來把腦殼打開，露出咻咻運轉的齒輪跟活塞。

艾瑪之所以算是僕人，是因為她會完成傑瑞恩或黑先生——或愛麗絲交付的任務，可是艾瑪並不做愛麗絲認為是僕人份內的事。就愛麗絲來說，根本沒人在做僕人份內的事，但事情卻照常完成了，而且還是用偷偷摸摸的方式。起初愛麗絲心裡覺得毛毛的，後來只感覺怒火中燒。廚房裡沒有廚子，可是她抵達飯廳的時候，餐點已經擺出來了，等她吃飽一轉過身，餐盤眨眼就收拾不見。她傍晚回到房裡的時候，床單已經洗過，床鋪鋪好了，地板總是拖乾淨的，窗戶刷洗過了，煤氣燈清理過也點亮了，門窗橫木上的積塵也拂淨了。可是一切都發生在她的視線範圍之外，趁她沒在看的時候。不管她用多快速度從前一個房間衝到下一個房間，不管她多麼突然地轉過身去，永遠逮不到那些正在清掃的神秘人物。

這件事感覺就像天大的惡作劇，也許有人存心要把愛麗絲逼瘋，所以刻意採取這種手段。瀰漫在屋裡每個角落的那份寂靜，刻意到令人起疑，讓她想要一面尖叫一面在屋裡狂奔。她好想把碗盤砸在牆壁上或是打破幾扇窗戶，只是為了看看會發生什麼後果。她當然沒這麼做，因為爸爸把她教養成不會任性打破窗戶的那種女孩，也因為她陰沉地想著，那些窗戶肯定會在她轉開視線時補回原狀。

到了第四天，她覺得即使沒有那些神秘僕人，自己再不久也會發瘋。因為沒有任何她該做的事，而且除了艾瑪之外，她沒有任何交談的對象。而跟艾瑪聊天，比自言自語還要糟糕。她願意不計一切代價，就為了讓圓柏小姐指派一些代數作業給她，或是拿一段法文給她翻譯，這樣她就可以有完成功課的期盼。

午餐過後，艾瑪來到愛麗絲的房門口，愛麗絲爽快地跟著她走。愛麗絲那種如釋重負的感覺，讓她連看到黑先生都可以忍受。黑先生正在前廳等待她們，他看愛麗絲的眼神，彷彿愛麗絲是他想從鞋底刮掉的髒東西。

「蟲先生要找人到圖書館幫忙，」他沉著聲音說，「發生了一點小災難需要善後。妳們兩個過去，他需要妳們做什麼，妳們就聽話照做。」

愛麗絲的耳朵豎了起來，她在圖書館裡到處探險，一直沒找到的其實就是圖書館。她一直以為圖書館在大宅裡的某個地方，只是鎖起來罷了，搞不好就在傑瑞恩私人的套房裡。她一直希望碰上傑瑞恩的時間久到能夠問問，是否能讓她進圖書館逛逛。至少這樣我就可以找東西來讀了。

不過，即使對她來說有好處，但她還是忍不住抗議，「傑瑞恩說我不能去圖書館。」

黑先生拉長了臉。「他是說沒人陪就不可以進去，可是艾瑪會跟妳去，所以不要緊。艾瑪，記得把規則告訴愛麗絲，告訴她怎樣才不會走丟。」

「是的，黑先生。」

愛麗絲咬牙忍住進一步爭辯的衝動。說實在的，她不確定由艾瑪護送到底恰不恰當，畢竟這個女孩只會做愛麗絲交代的事。可是技術上來說，愛麗絲不能獨自到圖書館的規定，是傑瑞恩本人說的話；如果黑先生覺得可以，愛麗絲想說她應該也可以接受。

況且，傑瑞恩的圖書館既然大到會迷路！愛麗絲暗想，那我非得見識一下不可。

第五章——圖書館中的圖書館

讓愛麗絲詫異的是，艾瑪並沒有帶她到傑瑞恩的套房去，而是從廚房門口出去，穿過碎石小徑到後院裡。天空烏雲密佈，整個灰濛濛，目前雖然並未飄雨，可是感覺隨時都會飄下雨滴。空氣聞起來黏黏的，濕氣很重，風吹透愛麗絲的襯衫，讓她冷得直起雞皮疙瘩。

到目前為止，愛麗絲都不怎麼留意這片土地。雖然夏天的腳步已近，可是打從她來到這裡之後，就不曾有過豔陽高照的日子，戶外的空氣依然冷到要裹上保暖衣物。她從樓上窗戶往外看，印象中有一片大約是長方形的草坪，四周圍繞著多葉濃密的樹林，她一直懶得進一步探險。即使在天氣大好的時候，她對戶外活動也提不起興趣，不管爸爸什麼時候帶她到鄉間郊遊，她總是暗地急著回到有條有理的都會生活。

現在她發現自己的印象大多是正確的，只有一個重要的細節不同。草坪另一邊還有一棟建築，建築正面幾乎埋沒在周遭的蓊鬱綠意裡，側邊隱沒於森林之中，所以很難看出建築物本身的實際大小。

碎石小徑直接通往毫無裝飾的石砌正面，那裡設有一扇古老的單門，銅料泛著綠鏽。在愛麗絲的視線範圍之內，不見任何窗戶，也完全沒有美化或裝飾。

「這裡就是圖書館？」愛麗絲說。

「對。」艾瑪說，如同往常，沒有進一步說明。

這裡看起來更像碉堡，愛麗絲心想，或者是某種銀行的金庫。艾瑪抓起門上那只厚重的銅環往外拉，一面發出使勁出力的悶哼聲，門緩緩轉開，發出鏽蝕金屬那種痛苦的尖鳴。

迎面就是小小的前廳，除了從門口流洩進來的一絲昏暗陽光之外，放眼一片黝暗。一組防風燈掛在一面牆壁的鉤子上，就在另一扇銅門旁邊。

「妳進圖書館的時候，一定要用提燈，絕對不可以點蠟燭。」艾瑪說。聽到艾瑪主動說話，愛麗絲嚇了一跳，最後想起黑先生交代過艾瑪，要她解釋這裡的規矩。「而且在開內側的門以前，一定要先關上外側的門。」

「懂了。」愛麗絲說。

艾瑪點亮其中一盞燈，把火柴丟進蓄了水的桶子，水桶顯然是專為熄滅火柴所準備的。火焰在雙層玻璃裡發出微弱的閃光，好似遭到囚禁的精靈。她把那盞燈遞給愛麗絲，替自己也點亮一盞，然後關上了外側的大門。門緩緩轉動，又發出碾磨的抗議尖響，關上時發出可怕的砰轟聲，黑暗頓時從四面八方包圍上來，只有提燈裡閃動的黯淡光芒打破了黑暗。

艾瑪打開內側的門，把提燈舉過頭頂，照出兩側有巨型書架包夾、地板鋪有木頭的空間，一路從入口往後方延伸的——

愛麗絲倒抽一口氣卻忍住不作聲。從地板到她頭頂上竟然全都是眼睛，鋪天蓋地的眼睛。在提燈的照射之下，每隻眼睛都散放著明亮的黃光，而且每一隻眼睛都牢牢盯住她倆。

艾瑪穿過房間，完全不予理會，片刻之後，最近的一雙眼睛上前迎接艾瑪，漫步踏進提燈灑下的光圈裡，原來是隻灰白混色的小貓，愛麗絲吐出剛剛憋住的那口氣。

「原來是貓啊。」她自言自語。她在紐約的老家也養過貓，是專門用來捕鼠的貓咪，棕白雙色，大多時間都待在儲藏室。愛麗絲從來不去打攪那隻貓，貓也跟她保持距離。

艾瑪單膝跪地，伸出空閒的手。小貓嗅了她的手片刻，准許她搔搔牠的耳朵後方。

「我喜歡貓。」艾瑪說，聲音裡有種語氣是愛麗絲之前沒聽過的，要不是愛麗絲更清楚狀況，不然可能就會把這種語氣理解成「有人味」。

灰白貓判定艾瑪沒帶吃的來，就踮著腳步走到愛麗絲身邊，牠迎向愛麗絲的目光，眼睛眨也不眨，打了個長長的哈欠，然後晃了開來。牠的舉動彷彿是個訊號，周圍書架上的眼睛全部消失了，傳來一陣模糊的窸窣聲，二十幾隻貓各自回頭去忙剛剛一時中斷的事情。

愛麗絲從吃驚的狀態恢復正常，雙眼也適應了半明半暗的環境，更能掌握周遭的空間。這間圖書館似乎是個單一的廣闊房間，塞滿了書架，幾乎一路直達低矮的石砌天花板，書架大致排成一列又一列，但不按任何規則，書架之間相隔的縫隙並不一致，每個架子上都高高堆滿了書，有些承重過度，中央都往下塌陷了。

只要想得到的書都有，從古老的真皮裝幀巨冊到廉價的硬紙板小說，一應俱全，大部分像是來自上個世紀或是更早的年代。大多數的書名都是愛麗絲看不懂的外國語言，有些甚至是用她無法辨識的字母寫成。

她看不出任何條理，每樣東西上面都蓋著濃密的灰塵。空氣徹底靜止，她在附近的架子上看到貓咪在塵垢上留下一道道整齊的腳印。

好……大啊。愛麗絲去過市區的卡內基圖書館，那裡大得多，可是總是有人忙碌地來來往往。這個地方跟那棟大宅同樣有死氣沉沉的寂靜感覺，比較不像圖書館而更像墳墓，或是龍的秘密巢穴。有人蒐集這麼多書本，收藏在這個遠離人煙的地方，對任何人都沒有好處，到底有什麼動機？

她們開始走動，滑動的陰影給她一種令人忐忑的印象——她們背後的書架都在移動。她瞥見遠處有道光線時隱時現，如同暴風雨夜裡遠方船隻的領燈，很有撫慰的作用。愛麗絲一直回頭看著她們在積塵上留下的腳印，腳印逐漸隱入背後的黑暗裡。

「蟲先生在那邊工作。」艾瑪指向那道光。

「我在大宅裡沒看過他，」愛麗絲說，「他住這裡嗎？」

「對。」艾瑪說。剛剛讓她一時活躍的精神又消散無蹤了，再次恢復了用單音節回答的習慣。兩人默默往前走了幾分鐘。

「如果我迷路了，」愛麗絲過了半晌說，「我該怎麼辦？」單憑想像也知道在這樣巨大陰暗的地方很容易迷路。

「看看天花板。」艾瑪說。

艾瑪邊說邊舉高提燈，愛麗絲看到屋頂是石頭構成的，有什麼在形狀不規則的石塊之間放光——是黑曜石，接近三角形，大小跟她拳頭差不多。

「窄的那端永遠指向前門，」艾瑪語調平板地解釋，「這樣妳就永遠可以找到路回去。」

除非提燈熄滅了，愛麗絲心想，可是沒說出口。

她們似乎走了好幾英里，蟲先生的書桌才映入眼簾。桌子就擺在書架之間，檯燈周圍也堆滿了厚重的書。旁邊就是戴著眼鏡、一身黑西裝的男人，坐在看來搖搖欲墜的椅子上。

愛麗絲猜他是中年人，可是看起來滿老的。雖然頭髮還是深棕色，但髮線已經退了大半，露出寬闊的頭頂，額頭一片閃亮。臉孔削瘦灰黃，臉頰下陷，瘦長的手指關節粗大。他穿著寒酸的黑衣，像是售貨員或殯葬業者，他動也不動坐著，塵埃像雪花似地落滿他全身，把整個人都變成骯髒的灰色。聽到愛麗絲的腳步聲，他動了起來，塵埃從他身上揚起，像波浪一樣翻騰滾湧。

「啊，艾瑪，」他說，聲音跟屍體一樣乾，「這位一定是克雷頓小姐吧，不過我想我們沒見過面。」

愛麗絲客氣地點點頭。「是的，先生。」

「我叫蟲。」他有點德國口音，把蟲唸成了中。「我叫蟲奧圖，很榮幸認識妳。」

他的舌頭迅速掃過了乾燥皸裂的嘴唇，竟然是粉紅的而且柔軟得驚人。厚厚的鏡片把他的眼睛變成巨大扭曲的池子，可是她還是可以感覺到他的目光裡有點什麼讓人不舒服，就是好像……很飢餓。他露出笑容的時候，她看到他滿口烏黑的爛牙。

愛麗絲判定自己不喜歡蟲先生。

她清清喉嚨。「黑先生說你需要幫忙？」

「對。」他略微遲疑地把目光從她身上轉開，往書架指去。「又有個地方坍塌了，書架的木頭爛進裡頭去了。黑先生答應我，說會想辦法再買一組進來，可是在那之前，總不能把書丟在地上吧？我要妳們把那些書都帶過來。」
「不能丟在地上。」艾瑪說，顯然沒辦法判斷有的問題並不需要回答。
「還滿重的，」蟲先生說，「最好把推車拿過來用。」
他講完就轉頭回去讀書，彷彿這兩個女孩只是他隨手關掉的電燈，愛麗絲想說點什麼，只是為了讓他再轉過身來，可是想想還是作罷。
她轉向艾瑪。「來吧，我們最好開始動手。」

推車笨重醜陋又古老，輪子會嘎吱亂叫，需要她們合力拉扯才能控制住方向。推著這個喀啦作響、尖鳴不停的東西穿越圖書館的這片死寂，感覺幾乎有點褻瀆。愛麗絲想像她們行進的時候，有東奔西竄的貓咪在前面打先鋒。她們按照蟲先生的指示，找到那組古老書架，架子在書本的重壓下不支崩塌，腐爛木頭的殘塊跟幾百本厚書摔落在整片石頭地板上。
愛麗絲看到這番景象就嘆了口氣。「要花整個下午的時間才弄得完吧。」
艾瑪沒表達任何意見，只顧著開始撿拾掉落的書本，然後一落落疊在地板上。愛麗絲遲疑片刻，一時分心。她覺得自己的肩膀跟肩胛骨之間湧現某種奇特的搔癢，是那種遭人監視的古怪感受。她從眼角餘光瞥見有東西在動，但是轉頭望去，卻只看到一隻細瘦的灰貓，悄悄鑽過書架之間的縫隙。
「無所事事沒好處。」她大聲說。每當爸爸催她快點行動，就會跟她這麼說。她不由自主說出口，可是這句話所觸動的回憶讓她胸口一緊。她一時閉緊眼睛，然後強迫自己深吸一口氣。**如果我們提早完成，也許我可以問蟲先生，能不能讓我帶點東西回去讀。**「好吧，先把最大本的挑出來，我們要放在推車最底部。」

艾瑪乖乖遵從愛麗絲的指示，她一旦開始工作，就展現毫不懈怠的精神。最大本的書是一套亞麻布裝幀的大型對開本，久經歲月的洗禮而紙張泛黃、散發霉臭。兩個女孩把它們抽出來，放在推車上當作礎石，以便支撐整堆書。這份工作比愛麗絲想的還要辛苦，搬了一個鐘頭之後，她的背部隱隱作痛。因為使勁出力，汗水濕透襯衫，灰塵跟汗水混雜成灰色的泥糊，蓋住她的皮膚，就像某種恐怖瘟疫的痕跡。

還是有人在監視她，她直覺就是如此，可是不管她轉身轉得多快，永遠都沒機會瞥見暗中觀察她的人。她納悶那會不會是蟲先生在暗中察看她們的進度。

可能只是貓咪吧，她心想。

在無窗的圖書館裡很難掌握時間的流動，可是等她們把最後幾本彈簧圈小冊堆上推車的時候，愛麗絲認為已經將近傍晚。無論如何，愛麗絲的肚子都在提醒她，晚餐時間就快到了。她等不及要離開這間陳舊的圖書館，找個水槽，好好把無孔不入的黏人灰塵清洗乾淨。對於**一間不准人隨便進去的圖書館來說，這裡還真是令人失望，雖然肯定有什麼有趣的藏書，可是完全沒有條理，即使想找也不可能找得到吧。而且絕對沒什麼危險的，除非傑瑞恩擔心書架會垮下來壓傷我。**

最後剩下的工作就是要領著推車，回到蟲先生等候的地方。結果發現這可不是等閒小事。那疊書高過愛麗絲的腦袋，如果她負責從後面推，就看不到自己要往哪裡去，更不要說想控制方向了。整個推車現在重得不得了，單是要讓它開始前進，就花了好久的時間，而要讓它停下來，也要耗費同等的時間。艾瑪在前方，拖著推車往前，彎腰屈膝、左搖右擺地往前走，好讓推車往正確的方向移動；殿後的愛麗絲時而用身體抵著推車的頑強重量往前猛推，時而在推車快要撞上東西之前往後猛拉。

愛麗絲想像，她們兩人構成的景象一定很可笑，還好除了貓咪誰也看不到，這點讓她不禁暗自竊喜。所以當她在這台金屬怪獸的嘎啦尖響之間，確確實實聽到有人竊笑時，她相當詫異。

起初她以為那是自己的想像，畢竟這天很漫長，加上肚子餓了，心情也越來越煩躁。可是她們繞過轉角的時候，再次傳來竊笑聲。轉彎時，她們必須像牛仔跟野性十足的公馬搏鬥一樣，要把推車往旁邊拉，而這一次她絕對沒聽錯。愛麗絲一時想起那些貓咪，還有受人監視的感覺。可是——雖然她不是貓咪專家——她很確定貓咪一般來說並不會竊笑。她等了一下子，等她們把推車打直之後，盡量快速回頭一瞥。

是有隻貓沒錯，灰色的，定定坐在低矮的架子上，直直盯著愛麗絲，一副志得意滿的模樣。

前方有東西傳來砰咚響。愛麗絲趕緊轉身，盡力將拖車往後扯。等她把推車停住以後，趕緊繞過去，這才發現艾瑪倒在地上，正死命想躲開被推車碾過的命運。

「對不起！」愛麗絲脫口就說，伸手要扶艾瑪起身，「妳還好嗎？」

「還好。」艾瑪說。她站起身，再次抓住推車前側，連拍掉身上的灰塵都沒有。

愛麗絲回頭一望。讓她詫異的是，那隻貓竟然還在原地，前後甩著尾巴，揚起了小小的塵雲。

那隻貓才不會小聲嘲笑我咧，愛麗絲心想，**我快要發瘋了。**

可是，她的思緒底下永遠暗藏著這個想法：**如果爸爸可以跟懸浮在廚房桌上的妖精談話，誰曉得貓有什麼能耐？**

「艾瑪，」愛麗絲說，視線一直沒離開那隻貓，「剩下的這段路，妳可以自己把推車拖到蟲先生那邊嗎？」

「可以。」艾瑪說。片刻過去了，她還是動也不動，等著愛麗絲回到推車後側的崗位，愛麗絲嘆口氣。

「艾瑪，把推車拖到蟲先生那裡，跟他說我很快就過去。」

艾瑪點點頭，開始拉車，讓艾瑪獨自拉拖著這麼沉重的負擔，愛麗絲一時覺得很內疚，可是距離蟲先生的桌子已經不遠了，只要再拐過一個轉角就到了。等嘎嘎吱吱、喀啦作響的推車有了點進展之後，愛麗絲才回頭往貓咪走去，盡量放慢動作免得驚嚇到牠。

貓咪抬起腦袋，翻了翻眼睛，做出狀似不耐煩的神情，然後抬起一隻腳掌，動作文雅地開始清理自己。

「哈囉，」愛麗絲靜靜地說，她不希望有人看到她企圖跟貓咪交談，「我剛剛聽到有人在笑我，是你嗎？」

貓咪沒回答——老實說，要是牠真的回答了，愛麗絲肯定會大吃一驚——可是片刻之後，牠站起來，伸伸懶腰、打了哈欠，一躍跳到地上。牠悠閒地走了幾步，穿過書架之間的縫隙，遠離蟲先生書桌的方向，然後突然停下腳步，意有所指回頭望來。

「你要我跟……」愛麗絲頓住。真誇張，可是最糟還能發生什麼事？她往上一瞥，確定天花板的記號還在。不管這個地方有多像迷宮，要找路出去也不會那麼困難才對。

貓咪探詢似地歪著腦袋，愛麗絲稍微舉高提燈，跟著貓走，貓立刻轉身離開她身邊，帶路穿過書架之間的夾縫，然後沿著一條小道前進，一路在積塵裡踩出小小的腳印。

他們走了一陣子，推車前進的遙遠噪音幾乎立刻消隱不見，除了她自己輕輕的腳步，整個地方靜悄悄的。不管她把提燈舉得多高，黑暗依然團團包圍住她。貓咪不時會回頭，確定她還在，貓眼在幽暗的火光中亮著黃光。

愛麗絲逐漸意識到，有件怪事正在發生。他們循著直線前行，並沒有繞過任何轉角或是拐過什麼彎，可是卻有種換了好幾次方向的古怪感覺。她抬頭望著天花板的標示，努力回想它們原本指的方向，他們走的廊道不斷延伸，完全沒碰到牆壁或交叉路口，她覺得自己已經走了好遠的路，早該抵達建築物的邊緣了。

她用眼角餘光看到書架在變動，書架在她背後調整位置跟重新組合。她看著書架的時候，書架就讓人放心地靜止不動，就像一般書架該有的樣子，可是她一轉開身子，她發誓眼角就會瞥見書架之間的縫隙出現又消失，書本跟架子一會兒滑開、一會兒聚攏。

這一來倒讓她想起了大宅的隱形僕人，心態就從有點害怕，變得既興奮又心煩。所有事情都在她背後偷偷發生，她對這種狀況已經很厭煩了，不管這是哪種惡作劇，她都受夠了。**告訴我真相的時候總該到了吧**。

愛麗絲又走了幾步路，選了個時機，靠著單腳迅速旋過身去。

「到底是怎麼回……」

她越說越小聲，背後的步道竟然消失不見了，廊道延伸幾英尺之後，盡頭就是模樣笨重的書架，上頭的灰塵厚度一看就知道已經幾十年沒人碰過。

怒氣漸漸消失，恐懼再次襲上心頭。愛麗絲轉回來看貓。「喂——」

連貓咪也不見了。

在她前方，廊道通向一排無靠背的鋼製書架，更像食品儲藏室的架子而不是正式的書架。因為堆滿了笨重的皮裝厚書，幾乎成了一堵紮實的牆壁。步道往右一轉，跟這排書架平行，延伸了幾英尺之後，再次轉回它原本來自的方向。

不過，攫住愛麗絲注意力的是光線，眼前的書本之間的小縫隙透出了光線，灑下靈動的陰影，書架的另一邊有人，對方的提燈比她亮多了，還傳出某種非常模糊的聲響，她覺得耳熟得教人心煩。

她緩緩將自己的提燈擱在地上，悄悄湊近書架。那個聲量越來越大，低沉單調的聲響，像是電風扇——

她想起來了，她怎麼可能忘得了？那個妖精在她家廚房就是發出那種聲音，為了讓自己懸在空中，恐怖的黃黑翅膀嗡嗡鳴響。愛麗絲用雙手抵住整牆的書，氣急敗壞想尋找窺看的縫隙，到處都是針孔般的小洞，可是透過這些洞只能看到地板或是另一排的書。她注意到有一束光從較高的地方散射出來，就是提燈透出火光的地方，於是踮起腳尖拚命想搆到那裡。

「好吧。」有個聲音說，愛麗絲凝住不動，因為這正是黑先生熟悉的低沉嗓音。「你到底有什麼十萬火急的事？你明明知道我得冒著危險才能過來這裡。」

「你擔太多心了。」另一個聲音高亢又帶鼻音。聽起來就像那個妖精沒錯，愛麗絲幾乎可以確定，可是「幾乎」還不夠好，眼見為憑。「到目前為止都還滿順利的，不是嗎？只要我有這個，她就沒辦法看到我。」

「需要擔心的，又不只有她，」黑先生咕噥，「快說吧。」

「我得到的資訊確認了我們原本的懷疑，那本書就在這裡沒錯，我很確定。」

「我希望你的資訊可以更精確一點，」黑先生說，「我不知道你注意到了沒有，這邊的書可是多得不得了。」

「耐著性子，我的朋友。」

「我才不是你的朋友，而且我天生沒耐性。」黑先生的語調低沉而危險。「你去跟你家主人講，這個協議裡所有他該做的部分，他要說到做到。」

愛麗絲還看不到，她的視線就在書本縫隙的下緣，頂多只能看到天花板而不是談話的人。她抓住書架一拉，想測試書架能否撐住她的重量，書架連晃都沒晃，可是當她使勁抓緊的時候，書架的鋼製邊緣戳進了她的指腹，讓她的手指發痛。

「時機到了自然會做，」噗啪聲越來越大，「我會開始搜尋，等我一查到線索——」

「先發個訊息給我，」黑先生說，「這個地方有太多眼線。」

愛麗絲深吸一口氣，攀緊書架，把自己往上一提。她的雙腳四處摸索著立足點，可是她原本計畫用來墊腳的書本卻在腳下移動了，滑離位置，害得她只能靠雙手撐住自己。鋼鐵刺進她的肌膚，可是短短的那瞬間她終於看到了。眼前就是那個畸形的短短身軀，還有快速撲騰的黃黑翅膀。妖精跟著黑先生正要離去，愛麗絲一時失控，差點出聲對著妖精的背影叫喊。不管什麼辦法都好，只要能讓他在原地停留夠久，讓她來得及在書架之間找到可以鑽過去的地方，然後一把揪住他，質問他——

她雙手痛得過頭，只好放手一跌，雙腳從身體下方滑開，最後一屁股摔進塵土裡，呈大字型倒臥在地。愛麗絲久久躺在原地，聽著妖精的翅膀跟黑先生的腳步漸漸遠去。她緊握拳頭，書架的鋼製邊緣把她的手弄得又紅又腫，她吃力地換著氣。

更多的腳步聲讓她抬頭一看。艾瑪走了過來，滿身塵埃，整個人灰撲撲的。

「蟲先生要我來找妳，」她說，「叫我把妳帶到他身邊，他要我告訴妳，妳不應該自己一個人亂走亂逛，他很不高興。」

湧到愛麗絲嘴邊的回答非常無禮，說出來可會讓她爸爸震驚。她忍住了，合上眼睛，努力穩住呼吸。

他在這裡。那個妖精就在這裡，在圖書館裡。

現在不是該生氣或任由瘋狂念頭亂竄的時候。她需要的是冷靜又從容的行動。愛麗絲小心翼翼站起來，隨著艾瑪回到蟲先生的桌邊。

我要好好擬個計畫，想辦法找到他。

然後我就要抓住那個該死的東西，死命搖晃，直到他的牙齒喀啦打顫，直到他告訴我他對爸爸做了什麼好事。

第六章——偷溜出去

愛麗絲知道，比較穩當的做法是等待，她對這座圖書館認識得還太少，對那個妖精的事情更是一無所知。她希望黑先生會再派她過去幫忙蟲先生，可是他並沒有，到了隔天，愛麗絲已經心急如焚。她滿腦子都是那個妖精，還有等她有機會雙手扣住他的脖子時，就要逼問他的事。到了那天晚上，她意識到，自己如果不是此時此刻就溜出門到圖書館去，不然就只能瞪著天花板，一夜無眠躺到黎明為止，愛麗絲屈服了。

她沒換上平日的外出服，而是穿著長睡衣、趿著拖鞋溜出房門。夜裡，黑先生有時會在廊道上走動，如果她溜出去的半途被他逮著，身上打一陣哆嗦也只算是小小的代價，到時她三兩下就能編出這樣的理由——她要去上廁所，結果在黑暗中迷了路——事實上她也真的為了找廁所而迷路過兩次，不過要是她披著外套還戴帽子，那個藉口就行不通了。

她隨身帶了一盒火柴、一根蠟燭跟一支鉛筆，還有幾張摺好的紙。要是到時需要記下什麼，或是從書上抄寫什麼，那些文具就可以派上用場。她考慮要拿樓下壁爐的撥火棒當成防身武器，可是她想像不出真正遇到狀況的時候，帶著撥火棒又有什麼差別。

結果，溜到外頭去的過程根本平靜無波。煤氣燈關掉之後，大宅靜得跟墳墓似的，愛麗絲發現廚房旁邊的後門沒上鎖，她輕鬆推開，凜冽的夜間空氣迎面撲來，讓她微微倒抽一口氣。腳下的碎石子發出輕柔的嘎吱聲，不過這種聲音應該小到連大宅裡的人都聽不見。她輕手將門帶上，摸摸口袋裡的火柴跟蠟燭，視線越過草坪，望向圖書館那個低矮黝暗的外型。

從踏出房間以來，腦袋深處就一直有個聲音告訴她，她根本不該做這種事。不只是擔心被黑先生或蟲先生逮到而已，而是這種事情根本就是違反規定，愛麗絲這輩子幾乎向來都小心地待在正確的那一方。她單是想到這件事，腦海裡就浮現爸爸的影像，還有每次她有偏差行為時，爸爸看著她的神情。不是生氣的神情，而是悲傷失望的模樣，愛麗絲寧可用指甲活生生扯出自己的心臟，也不想再看到他臉上的那種表情。

可是，她提醒自己，爸爸已經走了，他走了，如果有可能把他找回來，答案一定就在草坪的另一端，就在那幢黑暗無窗的建築裡，**有些事情比遵守規定更重要**。

不是嗎？

她搖搖腦袋，開始越過草坪，避開從大宅就能一覽無遺的那條小徑，然後盡量貼近樹林的邊緣前進，不過，也不能**太**靠近。這座森林讓她害怕，超過了她所願意承認的程度，愛麗絲去過的樹林都是些經過馴化的溫柔地方，比方說通風良好、照料妥善的公園，而且想當然爾，她從來沒在晚上去過那些地方。這座森林不一樣，古老又陰暗，她只能看到黑色的濃密枝葉構成紮紮實實的一堵牆，往上竄入天空，遮擋了星辰。驟然揚起的一股強風都會讓葉子窸窸窣窣好一陣子，好似沙灘上的潮浪一樣起起又伏伏。風也很冷冽，直接穿透她長睡衣的薄棉料，害她的皮膚起了雞皮疙瘩，愛麗絲摟住自己取暖，希望自己當初在計畫的時候沒那麼謹慎。

圖書館看起來幾乎像是融入了森林裡，黑色隆起的建築物聳立在樹林間，好似古代的石柱，她可以看到月光映在銅鑄大門上的反光，她趕緊走過去，大大的金屬門好冰啊，一碰到門環的時候被凍痛了，可是她咬緊牙關一拉，期待會聽到鉸鍊的抗議尖響。

竟然毫無動靜，門卡得死緊，愛麗絲感覺自己彷彿拉了一個直接嵌進牆壁的環圈。鎖住了，可是應該不可能會上鎖吧，她暗想。艾瑪當初也沒用什麼鑰匙來開門，她自己也不記得看過鎖孔。

她這次更使勁地拉，門還是頑強地緊閉著，分毫不動。

愛麗絲的手指都凍麻了，於是鬆手放開門環，門環喀答敲在門上。久久片刻，她盯著堅定不屈的入口，不願相信自己這麼輕易就被阻擋在外。一陣特別猛烈的風穿透她的長睡衣，害她直發抖，彷彿一絲不掛。愛麗絲蹲伏下來，把雙手擠進腋下取暖，牙齒格格打顫，感覺淚水湧進了眼睛。

只是因為冷，她心想。他們通知她爸爸過世的時候，她並沒有哭。**我才不會因為門打不開就哭，我才不會。**

她只需要走回大宅，爬回溫暖扎人的床鋪，隔天早上再想辦法就可以了，叫艾瑪把進圖書館的訣竅告訴她好了。她轉身用顫抖的手背揩揩眼睛，回大宅的步道看起來比走出大宅時還更陰暗更嚇人，月光幾乎穿透不了枝葉交織的拱頂，沒辦法把路照亮。樹木在風中打著哆嗦、揮擺搖動，彷彿活生生的，樹葉跟枝椏騷動不停，發出骷髏般的空洞聲音。

不只如此，還有別的東西在動，貼近地面，只在橫越月光照亮的一小片地時現形了一下。是貓，一隻三花貓，白色的部分像白銀般發亮，最後溜回了陰影裡，牠順著圖書館的牆壁移動，穿過灌木叢並進入樹林。

貓咪，愛麗絲想。**圖書館裡有貓咪，數量還不少，牠們都一直困在圖書館裡？還是有路可以讓牠們自由進出？**

她不知不覺硬闖過建築角落的灌木叢，尾隨貓咪順著綠意過剩的建築側面走。她不得不承認，這種做法還滿蠢的，因為她幾乎馬上就弄丟了一隻拖鞋，枝椏對著她的長睡衣又勾又扯，在她腿上留下長長的鞭痕和刮傷。

有一刻，她的腳踝卡在斷枝上，腦海頓時湧現某個恐怖影像：她被困在原地無法動彈，直到艾瑪或黑先生無意間撞見她半裸凍僵的身體。這一切在不到一秒之內閃過她的腦海，而在同樣短促的時間裡，她成功掙脫了糾纏，但是心臟依然突突狂跳。讓她有動力繼續往前走的，就是想到背後所有的灌木叢，走回頭路會跟繼續往前走一樣痛苦。

前方忽地閃過一抹黃，是在月光中發亮的一雙眼睛。貓咪冷眼看著她踉蹌闖蕩、笨拙前進，卻絲毫不為所動。牠闖進一處小空地，湊巧可以讓她把貓咪看得一清二楚，接著貓咪便走向圖書館的牆壁——

然後消失蹤影。

愛麗絲戛然停住腳步，眨著眼睛。她發誓自己真的看到貓咪上前走進牆壁裡，彷彿牆壁跟霧氣一樣空虛不實，可是那是不可能的啊。

不可能有妖精，她氣沖沖地想，一面把長睡衣從糾纏不清的枝椏扯開，留下一小塊布料卡在上頭。可是我看過一個妖精，而且現在我都來到這種地方了。貓咪能夠穿過牆壁，這又有什麼不對？

她從灌木叢中掙脫開來，蹣跚走進小空地，倚在圖書館的粗石牆壁上。她的雙腿無處不痛，有東西割傷了她的左腳，她一把重心放在上面就會痛。長睡衣的衣襬已經扯得破爛，頭髮也因為摻著樹葉跟斷枝而亂成一團。她的呼吸急促，儘管夜裡冷颼颼的，皮膚還是熱燙潮紅。

經過片刻的休息，她逼自己再次行動。她沿著牆壁摸摸找找，就是她認為貓咪之前穿牆而過的地方，一路從地面摸向自己搆得到的高度，石牆在她的指頭底下感覺紮紮實實。她一時情急，用手指探進石磚之間的縫隙，想尋找什麼開關或隱藏的機械裝置。真是荒謬，她心想，如果貓咪都懂得怎麼開，密門怎可能複雜到哪裡去？

石磚接縫的地方除了剝落的灰漿之外，什麼都沒有。愛麗絲用拖鞋鞋底往牆壁猛踹，一時失去平衡，屁股重重著地，四周淨是石頭跟雜草。

背後有人發出笑聲，是那種討人厭的嘲笑。愛麗絲的心狠狠一跳，手腳並用往前猛爬，然後緊緊抵在牆上，突然湧起另一陣寒意。

「沒用的，」一個聲音說，「妳那樣也進不去的，因為妳不是貓，懂嗎？」

愛麗絲拚命想讓舌頭動起來，可是失敗了，感覺舌頭好像跟口腔頂部融合在一起。

「要是不管什麼人都可以用，那麼設個貓門也沒什麼意義吧。」那個聲音說，聽起來像是年輕人，有種她無法指認來源的悅耳口音，感覺就是高人一等。「貓門應該只能讓貓進出，我會說這是理所當然的，如果妳想知道我的想法。」

愛麗絲用力嚥嚥口水，一手抵住胸口，努力平撫狂跳的心臟，等她確定自己換得過氣的時候，就低聲說，「是誰？」

「就我啊，抬頭看看嘛，這就對了，稍微往左一點，現在再往上一點，太右邊了，不是，往上啦，妳這傻女孩。對了。」

愛麗絲試著跟從指示，仰頭盯著枝椏構成的懸垂拱頂，有一根扭曲無葉的枝條在她頭頂上彎垂幾尺，她發現自己望著另一雙閃亮的黃眼睛，貓眼後方隱約可見線條流暢的貓身。

「你是貓。」她脫口就說。

「妳的領悟力還真驚人，」貓拉長調子說，「不過，為了追求本質上的精確，我必須強調，其實我只有一半是貓[1]。不過，就個人的觀點來說，我向來認為屬於貓的那半，是較為優秀的一半。」

「而且你會說話，」愛麗絲說，努力要理解眼前的狀況。

「漸入佳境了喔！有那樣的腦袋瓜，難怪你們這些猴子當初稱霸天下。」

愛麗絲合上雙眼片刻，決心穩住自己。妳之前在圖書館裡跟著貓咪走，結果找到了妖精，她責備自己，現在聽到貓咪說話，又有什麼好大驚小怪的。她感覺到狂喜的興奮感像條小蟲一樣，在內心深處蠕動，她拚命壓抑下來。她想，自己該做的，就是按照邏輯來思考這件事。

1. 由於是半人半貓，以下都稱「他」。

她睜開眼睛，意識到自己根本不曉得該說什麼。

「我不得不說，如果妳現在是為了『低等生物模仿』比賽在做演練，妳參賽肯定會拔得頭籌。妳那種『目瞪口呆的母牛』表情，模仿得真是太到位了，妳可以裝一下長頸鹿的模樣嗎？」

「好啦，」愛麗絲說，「好啦，你是貓，而且會說話，你在這裡幹嘛？」

「終於開口了！可是這種反應還是不夠機靈，在眼前這種情況下，妳不覺得我才該問妳這個問題嗎？」

「我？」

「住這裡的畢竟是我。我是圖書館的貓，這裡是圖書館，所以這是我的地盤。妳呢，並不屬於這裡，所以請容我拿同樣的問題來反問妳：妳在這裡幹嘛？」

「我住這裡啊，」愛麗絲說，「住那邊啦，反正就是那棟大宅，我叫愛麗絲‧克雷頓。」

「我知道，可是妳跑來這邊幹嘛？」

貓咪一躍而下，動作模糊成團，最後以蹲姿著地。在月光的撫照下，他的皮毛是一片晦暗起伏的銀色，他的黃眼睛一直對著她的視線，可是她注意到他講話的時候，嘴巴一直是閉著的。那種聰明伶俐的語氣顯然不知打哪來的。

「為了禮貌起見，」他說，「我先自我介紹一下，妳可以叫我灰燼。」

「灰金？」愛麗絲複述。

「是灰燼，」貓生氣了，「全名是『灰燼飄過世界之死城』，簡稱『灰燼』就行了。」

愛麗絲跪下來，以貓的高度湊過去，「很高興認識你。」

「如果妳想跟我握手，可要當心了，鼻子等著吃我一掌。」灰燼說。

「你就是我今天下午在圖書館看到的貓嗎？」很難確定，可是她覺得就是這個毛色沒錯。

「如果我回答妳的問題，妳會回答我的問題嗎？」

愛麗絲嘆口氣站起來，一手搭在冰冷的石牆上。「我想進圖書館，可是前門打不開，所以我想說這裡可能有路可以進去。」

「想也知道門打不開，要是隨便讓門開著，這裡還能算是碉堡嗎？」灰燼打了哈欠，露出小小白牙，「如果進得去，妳打算做什麼？」

「我要找到那個黃黑色翅膀的妖精。」愛麗絲決定不要主動透露自己打算怎麼對付那個東西，搞不好這隻貓跟妖精是同一國的。

「原來，」他的皮毛起伏，「唔，為了公平起見，換我回答。沒錯，下午妳就是跟在我的後面走。」

「而且你還嘲笑我！」

「誰叫妳把自己弄得那麼狼狽，我忍不住啊。」

「你為什麼要帶我去找妖精？」愛麗絲說，「你知道他的什麼事？」

「帶？」灰燼輕笑，「貓咪高興晃到哪裡就晃到哪裡，至於有沒有人跟在後面，不干我們的事。」

「你——」愛麗絲咬緊牙關，默默忍住片刻，「欸，你能不能幫幫我，把我弄進去？」

他用那雙黃眼久久瞅著她。「當然能。」

愛麗絲眨眨眼。「真的嗎？」

「我是半個貓咪。」他把腦袋一偏。真怪，貓咪竟然做出這麼像人的姿態。「重要的問題是，小姑娘，我願不願意幫妳？」

愛麗絲好想踢他一腳。認識會講話的貓，最初那種興奮感已經開始消退，她再次想起自己滿是割傷跟刮痕，而且渾身發冷。

「你願不願意幫我？我會很感謝的。」

「我願意，」灰燼說，聽起來彷彿是臨時才下決定的，「可是那只是因為妳挑起我的好奇心，如果妳惹上麻煩，不要期待我會替妳撐腰。」

「謝謝你。」

貓微微嘆了口氣。「妳可以儘管說出口沒關係，我知道妳想說。」

「說什麼？」

「那句諺語啊。關於貓、好奇心，還有最後的結局。」[2]

「我又沒有要說那種話。」愛麗絲說。

「沒有嗎？」灰燼再次打了哈欠，「真是怪女孩。」

沒想到穿過牆壁的程序，比愛麗絲原本預期的單純多了。灰燼漫步走過她身邊，路過的時候一面悠閒地蹭了蹭她的腿，然後走進石牆，彷彿牆壁跟煙霧一樣虛無縹緲。一時之間，她只看得到揮甩不停的尾巴，然後他的臉龐再次冒出來，產生有點陰森的效果：一顆貓頭架在石牆上，有如狩獵的戰利品。

「妳可以穿過來了，」他說，「只要有我在門口就行，不過動作還是要快點。如果入口敞開太久，會引起別人的興趣。」

愛麗絲謹慎地伸出一手，手指原本該碰到石頭的地方，卻空無一物，空氣裡連一絲震顫或波動都沒有。她的手不見了，彷彿泡進了墨黑色的水，可是她還感覺得到手指的存在。她扭動一下手指，將手抽回來，看到手指完整無缺的時候，心裡隱隱約約鬆了口氣。

「來啊，快來。」灰燼說。

愛麗絲深吸一口氣，閉上眼睛，往前移動。那種空間的過渡狀態只能從空氣的變化裡察覺：四周突然變得溫暖許多，下一口氣就吸進了充斥整座圖書館的迫人氣味——混雜了塵埃跟舊紙的味道。她覺得有柔軟又溫暖的東西拂過腳踝，一時驚慌失措，最後才意識到只是灰燼。

她睜開眼睛，可是沒發生任何事情，這裡依然是絕對的黑暗。

「我看不到。」她低語。

「那是因為沒光線啊，」灰燼的語調有點沾沾自喜，「反正對人類來說就是不夠，我就還能看得見。」

「等等。」

她胡亂摸找著隨身攜帶的物品，找到了火柴之後，經過幾次嘗試，總算在地板上擦亮了

2. 灰燼指的是「好奇心會害死一隻貓」這句諺語。

一根。她把火焰轉到了蠟燭上，蠟燭散放微光，只能勉強讓她看到身旁兩側的書架，她後方是一堵石牆，她把手貼在上頭，只感覺得到冰冷的岩石。

「在圖書館裡點火？」灰燼斥責，「傑瑞恩老爺不會同意的。」

「要是我可以從前門進來，我就會借煤氣燈來用啊，」愛麗絲說，「我會小心的。」

「我確定妳會，」貓說，「好了，多虧有我出力幫忙，妳進來了，接下來呢？」

「我……我不確定。」

她噘起嘴唇，俯瞰貓咪，牠在閃動的燭光中只是一團灰漬。老實說，她覺得情緒有點暴躁，灰燼不管有多熱心，那種自以為是的優越感都很惱人；牠占了上風，讓她只能像個目瞪口呆的白癡，傻傻跟著牠行動。

「我來猜猜看。」灰燼說，牠無法像人類那樣咧齒嘻笑，不過她從牠的語氣就聽得出來。「妳以為自己隨便繞一繞，就可以巧遇妳在找的這個『妖精』？」

「我本來又不確定能不能進得來，」愛麗絲跟貓說，「我沒有長遠計畫，還請見諒。」

「妳該擔心的，不是我會不會原諒妳，」灰燼在愛麗絲身邊繞圈圈，尾巴撫過她光裸的小腿，「好吧，跟我來。」

「要去哪裡？」愛麗絲得加快腳步才不會跟丟貓咪，圖書館的書架高高聳立於兩側，在亮度不足的燭光中陰暗如洞穴。

「去找某個人，也許他可以幫妳查出妳想知道的事，」灰燼說，「如果妳夠客氣的話。」

「好好跟著我，」灰燼說，「如果我們走散了，妳永遠也找不到路出去。」

「艾瑪教過我找路出去的訣竅，」愛麗絲說，想強調一絲獨立的味道，「只要跟著天花板的玻璃箭頭走就可以了。」

貓嗤之以鼻。「妳可以跟著它們走沒錯，可是它們會把妳帶到哪裡去，完全是另外一回事。」

他們走了至少十五分鐘。愛麗絲已經脫掉剩下的那隻拖鞋——只穿一邊走起路來一跛一跛——她的腳現在沾滿了圖書館的塵埃。灰燼碰到十字路口時從不遲疑，所以她想灰燼很清楚自己要往哪裡去。可是這些書架看起來全都一個樣，她一時納悶，牠會不會為了好玩，故意帶著她兜圈子繞遠路。不過，這應該不可能，因為當她回頭看的時候，即使在昏暗的燭光中，自己在灰塵裡踩出的腳印還是很清晰，他們前方的灰塵永遠處於未經攪亂的原始狀態。

接著，圖書館的特性開始轉變，書架之間沒有整齊劃一的走道，書架分成小群小群緊緊挨在一起，圍出小小的空間，幾乎就像小房間。在這些圍出來的空間內部，愛麗絲瞥見了不是書架的東西——雕像、全副盔甲，甚至看起來很像活樹的東西，可以看到有動靜閃過，還有絕對不是貓的東西，在地板上投下了舞動不停的陰影。

他們在一群群書架之間穿梭時，灰燼的步伐原本自信十足，現在卻流露出不容置疑的謹慎意味，有時會突然停住腳步，辨識空氣的氣味，耳朵一面抽動，彷彿聽著愛麗絲聽不見的遙遠噪音。但下一次，牠會毫無解釋地就按著原路後退，領著她繞圈，盡量遠離看起來明明空蕩蕩的通道。當她試著詢問這麼做的理由，對方只是不容分說地要她安靜。

等到他們抵達目的地時，愛麗絲覺得已經跋涉了好幾英里，他們的路線一定很曲折，她想，因為圖書館內部不可能有這麼大。這一路走來，連一堵外牆都沒看到。

灰燼停在特定的一群書架前面，五座沉重的木頭書架組成了五邊形，彼此之間只有細細的間隔。他們越往圖書館的深處走，書本就越來越少，架子到最後整個都是空的。架上的灰塵如此之厚，看來好像已經累積好幾世紀。

「好了，」灰燼說，「在這裡等等，我馬上回來。」

「可是你說——」

貓靈巧地鑽過兩個書架之間的縫隙，轉眼不見身影。愛麗絲的視線跟著牠走，再過去除了一片漆黑，什麼都沒有，她覺得自己真是蠢斃了。

搞不好牠為了開我玩笑，她心想，故意把我丟在這裡。也許牠就是要確定我永遠都回不去，她開始質疑，自己當初跟著會講話的貓走，這樣做是否明智，貓咪這種生物一直有個惡名在外，就是很善變。

灰燼再次出現在燭光中。「他還沒來，」他說，「進來吧，可是動作要小心，什麼都別碰。」

她半信半疑望著架子之間的空隙。

「妳進得去啦，」灰燼說，「如果妳是貓，當然就更容易。」牠轉身輕輕鬆鬆就鑽過了狹窄的縫隙。

愛麗絲側著身子擠進兩座書架圍出來的角度，先把手臂推過架子包夾的空間，再試著把肩膀擠過去，讓她訝異的是，竟然並不困難。她清楚感受到，架子各自退開了一點，或者像黏土做的一樣往後彎曲。有東西掠過她的皮膚，有種隱約的刺癢感，彷彿穿過了一面溫暖的水霧，她吸進肺裡的下一口氣卻跟圖書館那種帶有塵味的乾燥空氣截然不同，她驀地停住腳步，半身還卡在書架之間。

「別杵在那裡啊，」傳來灰燼的聲音，「妳會害濕氣洩出去的。」

愛麗絲使出最後的力氣，拖著自己穿越書架，最後小心地將蠟燭帶進來。她一轉過身來，才發現不需要再用蠟燭，一時詫異差點鬆手弄掉了。

這小群書架的內部一點都不像外頭的圖書館，書架的靠背是陰影幢幢的巨型東西，更像岩石而不像木頭，書架圍出來的空間比從外面看起來要大上許多，面積跟大型花園不相上下，地板從佈滿灰塵的石頭，變成肥沃柔軟的黑土，土壤水氣很重，會巴住她的腳。空氣聞起來潮濕暖和，有東西正在腐爛跟成長的濃濃氣味。

這個地方的中央有個圓形池塘，儘管圖書館裡有池塘這件事很荒謬，可是愛麗絲也只能想到用這種方法來形容。池塘中央有個島，寬度只有幾英尺，島上有個細枝跟枯葉湊成的小火堆，朝氣蓬勃燒得劈啪作響，有個小鐵鍋就擱在火堆上方的鐵架上，就是故事裡的巫婆把粗心小孩抓來，放進去烹煮享用的那種。鍋裡有東西咕嘟咕嘟沸滾，往上升騰的蒸汽跟火堆的煙霧混在一起，朝著看不見的天花板裊裊飛升。

四周的土壤裡，長出了茂密到難以置信的菇類——從幾排模樣熟悉、短短幾寸的蕈菇，頂蓋是傘狀或泡芙狀，到比愛麗絲還高的巨型品種，應有盡有。尺寸越大的形狀就越怪異，像是會岔出好幾個抖顫的分枝，或是像結婚蛋糕那樣長出整齊的幾個同心圓。顏色也是多采多姿，不只是一般菇類那種枯燥的灰色跟棕色。在篝火的照明之下，她看到菇類上頭有一條條綠、紅、紫藍跟寶藍色的線條。

灰燼站在池塘邊緣，拱起背，想讓身體離地面越遠越好，牠的黃眼跟愛麗絲對上視線時，發出誇張的嘆息。

「真不知道他怎麼受得了這種濕氣，」貓說，「如果妳想問我意見，我會說這裡還真是個討厭的小洞窟。」

「誰是『他』？有人住在這裡嗎？」

「時機一到自然知道。」

愛麗絲不悅地瞟了貓一眼。「你真不夠意思。」

「是沒錯。」灰燼說，聽起來很自滿。他打了哈欠。「不過，也許我們可以打個小商量。妳先幫我一個忙，我就回答妳的問題。」

「幫忙？」愛麗絲瞇細眼睛，「什麼樣的忙？」

「讓我趴在妳的肩膀上，」灰燼邊說邊舉起前掌，「地上這樣，我的毛都亂七八糟了。」

灰燼比外表看來更輕盈，她把灰燼提到肩上，牠挪來挪去，最後才找到舒服的位置，爪子的尖端刺穿了她長睡衣的薄衣料，尾巴抵著她的肩胛骨來回掃動。

「好了，」愛麗絲說，「所以這是哪裡？」

「喵？」灰燼說，「圖書館啊，想也知道。」

「你不用故意耍聰明。」愛麗絲說，她一腳使勁往地上擠壓，發出了嘰啾聲。「看起來跟我以前去過的圖書館都不像，更不像外頭那間。」她模糊地隨手指指。

「我沒去過別家圖書館，所以我不會知道，」貓說，「可是妳說得對，妳可以把『外頭』那間當成前廳，這裡才是傑瑞恩老爺私人藏書的地點。」

「可是——」

「真正重要的書都收在這裡，可是這些書開始……滲漏，過一陣子之後，最後就會變成這樣的地方。」

「滲漏……」愛麗絲蹙眉，「對我來說，書一直都是很紮實的東西啊，紙張、皮革跟墨水，怎麼會滲漏呢？」

「看來妳是專家。」灰燼說，聽起來自尊有點受傷。

「抱歉，」愛麗絲說，「你講的是什麼書啊？」

「看看其中一朵大蕈菇，」貓說，「比方說那邊那個，看到了嗎？」

愛麗絲嘰啾嘰啾走了過去，這朵蕈菇的形狀很典型，有長長的白莖桿，深紅傘蓋上有綠點，大約四尺高。看到傘蓋頂端竟然放了一本書，愛麗絲好訝異。是一本皮革裝幀、厚重扁平的大書，跟她爸爸的藏書擺在一起也不會覺得突兀。封面的書名用金箔燙印而成，寫著《簇群》。

「這本書看起來很普通啊，」愛麗絲說，「為什麼要把書存放在這裡？這樣書很快就會受潮耶。」

「我跟妳說過，濕氣是從這些書裡頭滲漏出來的，」灰燼說，「書可能喜歡這樣吧。」

「喜歡？書是活的嗎？」

「也不能這麼說，不過，也不能說它不是活的。」

愛麗絲伸出手，一根手指搭在封面上，摸起來滿正常的啊。

「我可以看看裡面嗎？」她說。

灰燼輕笑，「看啊，可是妳只會把自己的頭搞得很痛。」

「我覺得看起來沒那麼難——」

「妳是誰？」她背後有聲音說，「妳在這裡幹嘛？」

愛麗絲轉過身去，速度太快，灰燼得抓得更緊免得掉下去。有個男生站在池塘邊緣，背對著火堆，陰影籠罩臉龐。他穿著厚重的長外套，幾乎就像有口袋的巫師斗篷，就她看得到的部分，他的臉龐削瘦，不大友善，很難猜他到底幾歲，不過從他的身高來看，年紀應該沒比她大多少才對。他在身前舉起雙手，採取拳擊手的站姿，彷彿預期會遭受攻擊。

「你終於來了，」灰燼說，「我們一直在等你。」

「灰燼，」男生嘆口氣，把手臂放下，「你可以給我一點預警的啊。」

「是可以。」灰燼表示同感。

男生皺起眉頭。「可是她來這裡幹嘛？」

「我來負責介紹吧。」灰燼說，「愛麗絲，這是艾薩克。艾薩克，這是愛麗絲。」

「我知道她是誰，」艾薩克說，「可是你幹嘛帶她來這裡？」

「說得客氣點，」灰燼冷哼一下，「是你自己跟母親說需要幫手的，不是嗎？」

「找她來幫？」艾薩克一臉難以置信，「她只是個……女生耶！傑瑞恩的姪女還是什麼的，我要拿她來幹嘛？當成誘餌嗎？」

「也許吧，」灰燼說，「誰也猜不到母親會怎麼做。」

「好了，」愛麗絲說。有人當她不在場似地自顧自討論她的事，她覺得受夠了。「首先，我不知道你需要別人幫你什麼，可是你想都別想，我不會幫的。第二，我不是別人帶來的。」她轉身怒瞪灰燼。「這隻貓說你也許可以幫我忙，可是看來牠有別的打算，如果有人的處境跟牠一樣，牠應該就會表現得坦率一點，要不然可能會發現自己深深陷進泥巴裡面。」

「別這樣嘛。」灰燼緊張地說。

艾薩克咯咯笑。「對，牠幾乎什麼都沒跟妳說吧？」

「他是讀者。」灰燼劈頭就說。

「我也是啊，」愛麗絲說，「會看書又有什麼特別的？」

「不，妳不是，」灰燼說，「他是讀者，巫師，法師，可以支配神秘力量的人。」

「那是什麼意思？」

「表示他可以運用這些書，」灰燼說，「或者應該說，可以試著運用這些書。」

艾薩克給灰燼冷冷一瞥，然後轉眼看著愛麗絲。「我知道這種事情可能很難接受——」

「我在圖書館中央，站在池塘旁邊，肩膀上還有會隻講話的貓，」愛麗絲無動於衷，「這些書又有什麼特別的？」

「看一看就知道了。」艾薩克說。他背對著火光，很難看出表情，可是她覺得他在冷笑。

愛麗絲轉身面對那朵蕈菇。灰燼的貓爪刺進她的肩膀，稍微更用力了點。

「要是我就不會冒這種險，」貓說，「相信我，妳的頭會連續痛好幾個鐘頭。」

「才不會呢，」愛麗絲說，「他可以讀的東西，我也可以讀。」

「不是那樣的，我跟妳說過——」

愛麗絲把封面翻開，低頭看著頭一頁，是紮實的文字方塊，不過是用她不認得的語言寫的，全是捲曲跟交錯的怪異線條。它們有點奇怪，彷彿失了焦似的，她覺得自己好像變成鬥雞眼，然後印刷字體竟然動了起來，有種緩緩蠕動的感覺，彷彿從紙頁上直接爬進她的眼球底部，最後組成了熟悉的英文字眼。

「等等——」灰燼說。

愛麗絲讀道：

愛麗絲睜開眼睛時，已經到了全然不同的地方，沒了艾薩克的明亮火堆，眼前淨是一片黑暗……

第八章——簇群

愛麗絲睜開眼睛時，到了全然不同的地方。沒了艾薩克的明亮火堆，眼前淨是一片黑暗，牆上只有一片片黯淡的微光，她感覺到腳下的磚塊因為年久失修而裂開塌陷。

灰燼的四腳同時探出爪子，力道大到能把她刺出血來，愛麗絲痛得尖叫一聲，動手要抓牠，但牠縱身一躍，落在磚塊地面上，發出輕柔的一聲咚，然後消失在黑暗之中。

「灰燼？」她靜靜說，一手覆住抓傷的肩膀。「你在哪裡？」

「這邊啦，妳這個半盲的兩腿生物，」貓說。她感覺到貓的尾巴拂過小腿，「好，算妳厲害，竟然耍了老灰燼，我喜歡妳『裝成無知的小女孩』那招，效果不賴。好了，我想妳已經擬好計畫了吧？」

「計畫？」

愛麗絲眨眨眼，舉起一手，想要找到自己手指的輪廓。她的眼睛正在適應這片幽暗，卻只能看出他們置身於地窖似的小房間裡，四面牆壁都有拱形的門口。光線來自生長在砌磚上的東西，以長條形狀垂掛下來，正熒熒發光，恍如在破爛的壁紙上塗了螢火蟲的內臟。

灰燼的語氣很煩躁。「對，計畫！逃出這裡的計畫。」

「我根本不知道**這裡**是哪裡，」愛麗絲說，「怎麼可能會有計畫？」

「妳現在繼續裝傻也不會有好處，」灰燼說，「很明顯，妳就是他們的一員，就是讀者。算妳厲害，還讓傑瑞恩到處跟大家說，他姪女的腦袋不靈光。」

「我根本不曉得他跟別人說什麼，」愛麗絲有點暴躁地說，「我不知道現在到底是怎麼回事，也沒有計畫。你只跟我說，這本書會害我頭痛！」

「我沒想到妳讀得懂啊！」愛麗絲可以聽出牠特別強調的字。「艾薩克只是在開玩笑！」

「如果你把他的笑話解釋給我聽，」愛麗絲反唇相譏，「搞不好我就會開始笑。」

她朝著最近一堵牆伸手，磚塊在手指底下感覺滿真實的，有磨圓的角落跟古老剝落的灰漿，她一手順著發光的苔蘚摸去，發現手上的皮膚沾了塵粉，一時發出綠色閃光，繼而消逝不見。她現在可以看到，四個門口各自通往一條狹窄的廊道，廊道的天花板很低，中央有條溝渠，停滯的臭水深達幾寸。

「感覺像是下水道，」她大聲說，「我在一本書裡看過紐約下水道的照片。圖書館下面有下水道嗎？」

她可以看到灰燼瞪著她，貓眼在黑暗中像是兩個燦爛的環圈，在牆壁散發的微光中，牠的黃眼泛著綠色。

「妳是正經的吧？」貓說，「妳真的不曉得發生什麼事了。」

「我真的不曉得！再說最後一次，你……你這隻笨貓，我什麼都不知道！」

「唔。」灰燼眨眨眼，繞著圈圈走，一面猛甩尾巴。「那麼我應該告訴妳，我們絕對死定了。」

一陣長長的沉默。

「死？」愛麗絲說，「你是什麼意思？」

「亡故，長眠，終結，脫離這個臭皮囊。我想妳對這個概念應該滿熟悉的吧，不過到了這個節骨眼，我想我不應該假設妳熟悉任何事情。」

「灰燼，」愛麗絲強忍著耐性說，「我們到底在哪裡？」

他嘆口氣。聽到貓嘆氣還真怪。「我們當然是在那本書裡面啊，妳剛剛讀的那本，就是《簇群》。」

愛麗絲噗哧一笑。「你不是認真的吧。」

「如果妳不想聽答案，就別亂問。」灰燼說。他怏怏甩著尾巴，開始朝著一條廊道走去，愛麗絲頭一次感覺到恐懼，趕緊跟了上去。

「好啦，好啦，」她說，「我們在那本書裡面，那我們是怎麼進來的？」

「妳把我們帶進來的啊，」貓說，「看來妳擁有那種天賦，妳是讀者。」

「我讀過很多書，」愛麗絲說，「可是從來沒發生過這種事啊。」

灰燼冷哼。「顯然不是每本書都會這樣，這是傑瑞恩的書，很特別，屬於叫『囚禁書』的那一類，因為讀者會用這種書，把所有討厭的東西關起來。」

「討厭？」愛麗絲回頭一看，卻只見到一片黑暗。「你是說，這裡除了我們以外還有別的東西？」

「當然了，就是簇群啊。」

「簇群是什麼？」

「我哪知道啊？」灰燼說，聲音很緊繃，「我只知道傑瑞恩把牠塞進囚禁書裡，可能不大友善吧！」

愛麗絲思索片刻，他們倆走的廊道微微向右拐去，所以已經看不到最初的那個房間，更多苔蘚條懸掛在牆壁上發光，到處都有目的不明的金屬裝置固定在磚塊之間，淌下長長的鏽漬。

「所以，」愛麗絲終於開口，「我們要怎麼出去？」

「我就想說妳到最後總是會問起，」灰燼說，「至少有兩個方法可以離開囚禁書，在外頭的另一個讀者如果對這本書很熟，就可以把妳弄出去。」

「艾薩克有辦法嗎？」

「他可能要先苦讀一年，」灰燼說，「而且法力要比他目前大更多才行。」

「另一個方法是什麼？」

「把囚犯找出來，」灰燼說，「然後殺了牠。」

「什麼？」

「囚禁書就是這麼寫的，」灰燼說，「讀者進入囚禁書之後，要先征服囚犯，這本書才會放他出去。在妳的狀況，要說放『她』出去。」

「可是，」愛麗絲說，「我什麼都不想殺。」

「除非簇群是妳靠著三寸不爛之舌，就可以把它說到死的東西，否則我懷疑不管妳怎麼想都沒影響。讀者本來就應該先有萬全的準備，帶著魔火或銀劍什麼的裝備才會進囚禁書，通常不會穿著長睡衣、踩著布拖鞋就闖進來。」

「我腳上連拖鞋都沒有。」愛麗絲提醒牠。她腳下的砌磚因為年久而磨損，蒙著濕氣而黏答答，可是偶爾還是有尖銳的角落會刮痛她的光腳。「所以我們要怎麼辦？」

「我想我會想辦法殺了囚犯，」灰燼說，「可是，我懷疑如果是我殺得了的東西，牠當初就不會被關起來了，畢竟我只是半隻貓。等我們一找到牠，牠可能會想辦法宰了我們。」

「對於我們可能會被殺死，你好像不怎麼煩惱嘛，」愛麗絲說，「如果你是半隻貓，那你有四條半的命嗎？」

「沒有，並沒有，」灰燼厲聲說，「我都快嚇死了。」一陣長長的停頓，愛麗絲用力嚥口水，貓咪回頭看她，雙眼散放黃中帶綠的光，然後冷哼一聲。「只要在人類面前，不管是不是讀者，就是不能表現出恐懼，要是母親聽到我剛剛的反應，肯定會活剝我的皮。」

灰燼輕腳繼續往前走，愛麗絲趕緊追上去，他們順著看似了無盡頭的廊道默默走了半晌。

「搞不好沒那麼嚴重，」愛麗絲慢慢說，「也許我們可以跟那個囚犯……講講道理或者——」

「噓。」灰燼說。

「又不是不可能，」愛麗絲抗議，「你不能直接假設說——」

「我的意思是安靜，」貓低嘶，「我聽到有東西來了。」

愛麗絲停下腳步，灰燼在幽暗中幾乎隱去形體，只是一抹黑上加灰的暗影，但意外的是，她的眼睛很快就適應了淡淡的綠光，前方是另一條拱形通道，再過去有某種空間。她聽到那個方向傳來了模糊快速的聲響：噠──噠、噠──噠，有如奔過大理石地的小型犬。有東西從門口朝著他們快步趕來，低矮又快速。愛麗絲沒把握地環顧四周尋找灰燼，可是已經不見蹤影。

不久，那個東西走進最近的那圈光裡，體型跟大老鼠差不多大，可是她覺得更像小鳥，不過這是她所見過的鳥類裡模樣最怪的，牠靠著兩條像鳥的腿站立，除了趾頭展開的雙腳之外，身上覆滿深色的毛或羽毛。近似橢圓的身體往前傾斜，就像她在照片上方看過的鴕鳥，可是沒脖子、沒頭也沒翅膀，更沒有任何退化的殘跡。兩顆黑眼睛在尖尖的長嘴喙上閃閃發光，嘴喙看起來跟縫紉的針一般尖銳。

噠──噠──噠的噪音來自牠的腳爪，在鴿子般的急促步伐裡模糊不清。牠在幾碼的距離之外停下來，身體往後傾斜，才能仰頭看她，然後發出審問意味的短促呱嘓聲。

愛麗絲忍不住笑了，灰燼說了那些恐怖的話之後，恐懼已經在她內心深處沉澱下來，可是這個小東西怪雖怪，看起來比較像是你會從地下室趕出去的小害蟲，應該不會造成什麼威脅才對。

搞不好是經過馴化的東西，她判定。牠看起來並不怕她，她緩緩蹲下，召牠過來。

「過來吧，這就對了，我不會傷害你的。」她想了一下又補充說，「如果你會講話，現在請先跟我說，免得我出糗，我會很感謝的。」

這個東西似乎不會說話。不過牠還是冒險往前走來，一次幾尺，稍微左挪右移，彷彿要從不同的角度端詳她，最後只跟愛麗絲相隔一隻手臂的距離。愛麗絲伸出一隻手，免得牠想先嗅一嗅。當牠快速往前衝來，跳上她的掌心凹處時，她勉強壓下驚跳起來的反應。牠的爪子像針扎一樣痛，但並未戳破她的皮膚。牠又呱嘓一聲。

「你很友善吧，對不對？」愛麗絲說。她把這個小生物往上抬高，跟牠四眼相對。牠意外地沉重，像是小小的鉛製砝碼，根本不像小鳥。牠往後蹲坐下來，爪子時抓時放。「我好想知道你叫什麼喔，我可以確定的是，你不屬於我可以想到的任何一個物種。」

這個小東西轉換重心，接著，等牠近到可以用嘴喙碰到愛麗絲的鼻子時，就一撲而上。牠的爪子在愛麗絲的掌心裡所造成的壓力，讓她在剎那間警覺起來，她憑著直覺將腦袋猛地往後一仰，躲過了被這小生物尖如針的嘴喙刺穿眼睛的命運。嘴喙在她的臉頰上劃了一道，就在眼睛下方。愛麗絲尖叫一聲，想要退開，身子抵著隧道牆壁，可是那個生物一跳就落在她的長睡衣上，死命巴著布料不放。

牠再次撲擊，這次對準了她的肩膀，布料跟皮膚彷彿是薄紗似的，尖尖的嘴喙一刺就穿了過去，掐咬著她的皮肉。牠把嘴喙往後一抽，鮮血就湧了出來，牠張開嘴喙，露出跟蛇舌一樣細瘦的黑色長舌，快閃出來，靈巧地舔舐她的傷口。

愛麗絲甩動手臂，但牠只是抓得更緊，她好不容易才用另一隻手抓住那個東西一拉。牠隨著扯下來的小塊布料一起鬆開時，她可以感覺牠在自己的指間蠕動不停。她使勁全力將牠丟向牆壁，牠卻把腿收攏起來，像顆壘球似地彈了回來。一時片刻，牠躺著不動，她以為自己殺了牠，但牠的腿再次咻地射出來，朝著地上扒扒抓抓，最後站直了身體。牠再次盯著愛麗絲，又發出一聲呱噥，這回聽起來就沒那麼友善了。愛麗絲一手搭在牆上撐住自己，感覺一滴血順著臉頰淌下，她納悶自己該不該拔腿就跑。

她還來不及決定，黑暗中就有其他東西在動。灰燼發動攻擊時成了一團模糊的灰毛，一把撞上那個東西，讓牠滾了一圈，然後趕在牠還來不及站起來以前，把牠困在腳掌之間。灰燼不理會牠扒抓不停的爪子，一把咬進那個小生物，迅速一甩，就像貓咪咬著老鼠、甩斷老鼠脖子那樣，就算沒達到意想中的效果。那個蠕動不停的東西看起來還是相當無助，灰燼洋洋得意地轉身面對愛麗絲。

「我抓到了！」愛麗絲注意到，即使滿嘴咬著那個蠕動不停的鳥狀東西，還是不會妨礙灰燼講話。「呸！味道就像煤炭。」灰燼再次將牠一甩，那個東西發出高亢的呱噥聲。「妳有沒有什麼很重的東西可以拿來砸牠？」

不久之前，愛麗絲根本想都不會想這麼做，現在臉頰跟肩膀痛得火燙燙的，她很樂意拿撥火棒把那個恐怖小東西痛打一頓。

「也許我可以把一塊磚塊撬鬆，」她咕噥，「不然就是——」

她停頓一下，灰燼專注在獵物身上，一直箝住牠，一面用腳掌戲弄似地拍個不停。在那狂亂的呱噥聲之下，她可以聽見別的東西，幾乎像是落在鐵皮屋頂上的雨聲。

噠，噠，噠——噠，噠——噠——噠。

噠噠噠噠噠噠噠——

「灰燼，放牠走。」愛麗絲用氣音說。

「可是——」

「快跑！」

她拔腿就跑。灰燼趕緊拋下牠的戰利品，跟了上去。片刻之後，那些小生物塞滿了整條通道，爪子在磚塊上踩出斷斷續續的噠噠響，逐漸匯聚成越來越強的音量。

第九章——被困住了！

愛麗絲以這輩子最快的速度，用力踩著腳步沿著隧道狂奔。她滑進了有四扇門的房間，氣急敗壞望向每扇門，不確定該如何是好。噠——噠——噠的回音從磚塊上反彈，幾乎同時是從四面八方湧來。

她覺得每扇門都差不多，於是直直往前衝，進入另一條廊道。有更多走廊以隨機的頻率從這條廊道分岔出去，眼前看不到有什麼結實的東西，可以把她自己跟逐漸進逼的簇群隔開來。

她拐過轉角，進入四線道的分岔口，然後往左轉，一聽到呱嘓的聲音，連忙打住腳步。一對小生物悄悄溜出來擋住去路，愛麗絲只好往後退，朝著反方向的廊道奔去。往前幾十碼之後，廊道岔成了T字路口，聽到其中一條路傳來了爪子刮磨石頭的聲音，於是踏上反向的一條路，她心臟狂跳，感覺砰砰撞在肋骨上，胸口裡氣息相當混亂。

「牠們在趕集。」灰燼說，同時奔跑跟說話，對他來說顯然不成問題。

「趕集？」愛麗絲倒抽一口氣。

「要把我們趕向某個東西，」灰燼說，「可能是死巷。」

愛麗絲的腦海裡頓時浮現一個影像：轉進某條廊道，卻發現前方除了一堵空白的牆壁之外空無一物，然後轉頭回來卻發現出口滿是珠子般的小眼睛。她想像牠們急急朝她一擁而上，惡毒的爪子像毯子似地蓋滿她的全身，尖如針的嘴喙狠狠啄刺——

她的喉嚨後側嚐到苦味，於是咬緊牙關，某個地方一定有路可以出去。

到了下個路口，她停下來傾聽。灰燼在反向的路上跑到一半，邊滑邊走停下來轉頭看她。

「妳要——」

「噓！」片刻之後她合上雙眼，「你有沒有聽到水聲？」

「有，」貓說，「在那邊。」他用腦袋指出方向。「所以才更該走別條路——」

「來吧。」

愛麗絲朝著水聲奔去，灰燼猶豫片刻之後也跟了上去。

「可是，」他說，「我聽到牠們往這邊來了！」

「繼續走就對了！」

他們繞過轉角，發現有一小隊簇仔擋住他們的去路。那些鳥狀的小東西發現獵物朝自己衝來，反倒露出一副吃驚的模樣，愛麗絲利用牠們一時的躊躇，暴衝過去，重重踩下其中一隻，牠彈往一邊，彷彿她踩到的是顆網球。她往旁邊踉蹌，狠狠撞上磚牆，力道大得擦傷了手掌，可是她又從牆邊迅速轉開，繼續往前奔馳。另一隻簇仔在她路過的時候，藉機瘋狂戳刺，她感覺腳踝漾起一陣痛楚。

接著她就超越牠們了，爪子的蹦跳聲從她背後傳來，幾乎快被清楚的水聲整個淹沒。她再轉過一個彎，看到——感謝上帝——一扇門，是輪船上那種生鏽的鐵艙壁，門半開，水聲從門的後方傳來。愛麗絲側著身子鑽過門縫，灰燼跟在她後面跳進來。牠一穿過門口，她就馬上用背部抵著門使力推，可怕的是，門卻頑強抗拒，動也不動，她以為自己的重量還不夠。接著門挪動了幾寸，生鏽的鉸鍊在這番摧殘之下發出尖鳴，斷斷續續畫出弧線，最後才鏗鐺碰上金屬門框。機置裡有東西發出了喀答聲。

愛麗絲倚在門上氣喘吁吁，覺得自己的肺就快衰竭了，片刻之後雙腿一軟，身子順著粗糙的鐵門表面往下滑，最後坐在黏呼呼的磚砌地面上。

「妳還好嗎？」灰燼說。

愛麗絲忙著大口換氣，有一陣子都無法作答。她評估自己的狀況，發現自己渾身滿是割傷、擦傷跟瘀血，臉頰也沾了血跡，撞上牆壁時，手掌嚴重擦破皮。

等她緩過氣來、能夠講話的時候，就說，「我想我還活著，你呢？」

「我渾身髒兮兮的，」灰燼說，「我想

有一隻可能把我的尾巴啃掉了一點。」

愛麗絲閉上眼睛，呼出一口長長的氣，感覺手腳都在發抖，可是還是勉強站了起來，東張西望一番。

她對於自己勘查到的結果還滿失望的。她原本希望能有個障礙物，可以把自己跟簇群隔絕開來，她是找到了一個沒錯，可是這一側的空間沒比衣櫃大多少，而且裡面也沒有其他出口。流水聲的來源就在角落，天花板有根粗粗的大水管，水流又急又大，往下傾注到磚砌水槽裡，再從水槽裡的鑄鐵格柵流洩出去。愛麗絲久久看著這個排水格柵，可是即使她可以把生鏽的格柵搬開，排水孔也窄到她擠不過去。

一陣空洞的砰聲注滿了整個空間，讓她嚇得跳起來。片刻之後，又傳來一聲，然後又兩聲，她把手搭在門上時，可以感覺衝撞所造成的震盪。她想像外頭廊道上擠滿了簇仔，把自己當成活導彈一樣往空中猛拋，捶擊著門口……

砰砰撞擊聲持續傳來，愛麗絲拉了拉門，感覺鎖得滿牢靠的，呼吸起來也稍微放鬆了點。

「我很不想這樣說，」灰燼評道，「可是我們的狀況並沒有顯著的改善。」

愛麗絲朝門一撞。「對我來說，已經比剛剛好了。」

「除非妳想待在這裡，直到餓死為止，」貓在距離那股洶湧水流最遠的角落裡，彎身開始梳理皮毛。「我靠著吃妳的屍體還可以多活一陣子，可是到最後也是死路一條。」

愛麗絲合上雙眼，歇斯底里地咯咯亂笑。「誰說你可以吃我，而不是我吃你？」

「就我們體型的相對大小來看，這樣才合邏輯啊，」灰燼邊說邊整理外表，「我吃起來也不過一口的量。」

愛麗絲深吸一口氣，感覺是這幾個小時來的頭一次。

「沒人要吃別人，」她說，「我們只是必須想個辦法。」

仔細看過整個房間之後，她不久就開始有了頭緒。

她匆匆檢查過牆壁，發現有個裂成兩半的磚塊，愛麗絲從鬆裂的地方，掰下形狀隱約像楔形的殘塊，她用這個殘塊猛擊部分磚塊周圍的灰漿，就在門口旁邊，在腦袋左右的高度。她的工具雖然很粗糙，可是老舊的灰漿潮濕腐朽，有些磚塊一開始就是鬆脫的，她下了點功夫之後，成功把幾個磚塊從凹槽裡撬出來，然後稍微往下移一點，努力要再挖掉兩個磚塊。

「如果妳打算在牆壁裡挖個隧道，」灰燼說，好奇地旁觀，「我想這樣作用不大。」

愛麗絲不理會牠。她又拉出兩個磚塊，拋到一旁，然後把剛剛挖出來的洞當成手攀跟腳踩的據點，手腳並用攀上牆面。不是很舒服，可是足以爬到距離地面四英尺高的地方，也不會有馬上鬆手失足的危險，她往下跳回地面，傷痕累累的雙腳一陣劇痛，讓她疼得皺起臉來。她聳聳身子把棉質長睡衣脫下來，袖子都撕裂了，到處沾有污漬。睡衣底下穿的連衣裙很薄，這裡的空氣冰冷到讓她打起哆嗦，她爬上水槽的邊緣，用一根手指測試水溫，真是冷到骨子裡。

她咬緊牙關，把長睡衣用力塞進水裡，在水槽底部的格柵上攤開，吸力讓衣服停留在原位，可是為了穩當起見，她拿了幾個磚頭過來，丟在衣服上面壓牢。水雖然會從布料上的幾個破口漏掉，可是還不足以抵銷水管噴湧的水流，水槽裡迅速積起水來。灰燼驚駭地看著。

「來吧，」愛麗絲說，「你最好坐在我的肩膀上。」

「同意。」貓咪邊說邊趕往愛麗絲身邊，水積到水槽邊緣之後，往外溢到地上，這時愛麗絲把貓抬起來，讓貓趴在自己肩上，感覺冰冷的水在雙腳四周拍濺，然後轉身面向那扇門。

接下來的部分才困難。撞門的砰砰響沒有緩解的跡象，她把手貼在內側門閂上，可以感覺門隨著每次撞擊而震動。她花了片刻在心裡演練自己該做的事，灰燼則在她肩膀上搖搖晃晃盡力保持平衡，爪子的尖端刺過她的連身裙。

「好了，」她大聲說，「豁出去了。」

她推開門閂，往內拉門，開了一寸小縫。另一邊的簇仔立刻往前推擠，把門撐大，發出勝利的呱嘓聲，紛紛湧進房間來，水漫過牠們的腿，往外流進廊道。愛麗絲一跳，攀住事先在牆上準備好的據點，手指一時在濕答答的磚塊上打滑，害她嚇得心跳暫停，然後勉強把指甲扣進灰漿裡。她冒險往下一看——門現在半開，越來越多黑色小生物湧進房裡，佈滿了整個地板，最後成了騷動翻騰、呱嘓不斷的簇仔大軍。最接近她的幾隻開始跳躍，想進攻她暴露在外的雙腳，可是牠們跳不到該有的高度，攻擊不到她，嘴喙頻頻刮過磚牆。

「我不想當個煩人精，」灰燼說，腳爪現在抓得死緊，緊到在她皮膚上刺出了血滴，「可是我看不出這樣有什麼用。」

「抓穩了。」愛麗絲說。

「我絕對不放手。」

溢出磚槽的水現在以穩定的速度流進走廊。愛麗絲距離門的邊緣只有一英尺，卻必須擠出全部的勇氣，才能伸手過去，因為她站得搖搖欲墜，轉移重心就會有失手摔落的危險。一隻腳下的灰漿已經快要垮下，她一時停止呼吸，還好腳並未打滑失控。她的指尖一摸到門就往前推，起初很慢，鉸鏈頻頻發出抗議聲，門終於漸漸關起。正要進來的簇仔忿忿地呱嘓叫，連忙擠進房裡，爬到同伴鋪成的活地毯上。愛麗絲更使勁往前推，門發出回音連連的轟隆響，門閂終於喀答扣上。

這扇鐵門並不防水，可是已經夠好了。原本漏進廊道的水現在無處可去，幾分鐘之內，愛麗絲就可以看出小房間的水位逐漸升高，冰冷的水流濺出磚槽邊緣，開始沿著牆壁寸寸往上攀升。

灰燼沮喪地看著積水，「妳想牠們會浮起來嗎？」

「不會，」愛麗絲說，「之前我捧起過一隻，他們的密度太高了。」

爬升的水現在淹過了簇仔的腿，這片活地毯扭動不停，想要逃跑，越來越多簇仔把自己拋向愛麗絲腳邊的磚牆。有幾隻甚至想辦法找到可以扒抓的點，把嘴喙插進灰漿，可是撐不到幾秒鐘就再次跌進簇仔大軍裡。

「我們家裡以前也有老鼠，」愛麗絲邊說邊盯著臉前距離幾英寸的磚塊，「家裡會放捕鼠器，可是有時候效果不好，那些可憐的東西還活著。爸爸會要僕人把老鼠帶到外頭，丟進集雨桶淹死。」她用力嚥嚥口水。「我一直替牠們覺得難過。」

「牠們死，總比我們死好吧。」灰燼說。水現在積了至少有一英尺高，全面淹過了簇仔，可是簇仔還是拚命想要逃跑，在水中翻攪不停。「妳知道再幾分鐘就會淹到我們了吧？」

「到時我會開門放水出去。」愛麗絲說。

灰燼思索了一下這種策略。「請問，妳開門放水的時候，我會站在哪邊？」

「貓會游泳不是嗎？」

「我一直還沒機會弄清楚我會不會！況且，我只是半隻貓。」

「總是個學習經驗啊。」

「我絕對拒絕！」

「那你還有幾分鐘可以另外想個計畫。」

他倆默默等待水位上升。水面不再翻騰攪動，可是愛麗絲不確定這表示簇仔都溺死了，還是牠們只是待在水很深的地方。為了保險起見，她等到積水幾乎淹到了腳趾那裡。

「你想到什麼了嗎？」

「還在想。」灰燼語氣絕望地說。

「來不及了。」愛麗絲吸口氣，放開了扣住牆面的手。

以前暑假到爸媽朋友家作客期間，愛麗絲在長島的沙灘那裡學會了游泳。大西洋的水溫總是很低，即使晴空萬里的時候也一樣，可是現在這種冰法完全是另一回事。冰水對她的打擊就好像肚子猛挨一拳，將她肺部的空氣都趕了出去。她勉強踢著雙腿，盡量遠離水底——想到會踩到一大群溺死的簇仔，她就覺得反胃——一面急著摸找門閂。灰燼剛剛從她肩膀飛躍而下，現在正在她背後，牠原本還拚命想攀住磚牆，最後卻還是摔進了水裡。牠氣急敗壞地滑動不停，發出斷斷續續的尖叫聲。

愛麗絲拚命想打開門閂，但手指卻馬上凍麻了。雙手感覺就像凍結在冰塊裡。她的手掌往下壓，用力拉扯門把，但門還是文風不動，她頓時領悟到原因何在。

「這邊的水太多了，」她的牙齒格格打顫，「我打不開……太重了……」

灰燼要不是沒聽到，不然就是沒回話。愛麗絲虛弱地把自己推離門口，朝著水槽的方向游去。如果她可以把長睡衣挪開，水就會開始排掉——她懷疑排起來也不夠快，可是她也只能想到這個方法。可是現在寒意竄進了她的身體，順著她的四肢擴散，好似冰冷的手指穿透她的胸膛猛掐，她覺得自己的雙腿彷彿綁上了水泥塊，頂多只能勉強把頭伸出水面。，但是現在就連把頭探出水面都做不到了。上下顎卡得死緊，她以為牙齒會壓碎，手臂也完全麻木了。她拚命划水，可是勉強只能虛弱地亂揮手腳，她沉入水下時，臉頰上的傷口湧上一陣刺痛。

她忖度爸爸眼睜睜看著吉迪恩在自己的周圍解體時，是不是就有這種感覺。她的腦海裡浮現爸爸的身影，他在輪船逐漸沒入海浪底下時，緊緊抓住欄杆的模樣，她無法呼吸了。

有東西動了，地上彷彿開了個洞，水正漸漸流出去，將愛麗絲一起往下吸。可是水動也沒動，只有愛麗絲在動，她不是往下墜而是逐漸遠離，方向跟平常的三度空間垂直。她感覺有什麼緊繃起來，然後啪嚓——

第十章——圖書館的巫師

她一睜開眼睛就看到熟悉的煤氣燈光閃閃爍爍。

她躺在床上，蓋著柔軟又沉重的厚被子，最重要的是暖烘烘的，感覺棒極了，一時片刻，她只是沉浸在這種感覺裡。她身上已經套了件乾淨的長睡衣，有人也照料了她的割傷跟刮傷，她的雙手跟雙腳都裹著亞麻布，臉頰上貼了塗有黏稠膏藥的繃帶。

她不認得這房間，可是從華麗的裝潢看來，她猜就在傑瑞恩的私人套房裡。牆壁上排滿了書架，小壁爐散放著火光，一張高背扶手椅就擺在床舖旁邊，彷彿之前一直有人坐在她身邊。

愛麗絲躺回原位，將被子拉到下巴，細細品味那股暖意以及活著的滋味。在差點被吞噬、險些溺斃、凍死跟刺死的經歷之後，暫時讓一切順其自然發展，她就已經心滿意足。

巧的是，沒等多久就有人出現了，木頭嵌板的房門打開，眼前就是傑瑞恩，雙手捧著熱氣騰騰的馬克杯，他踩著布拖鞋輕腳越過房間，模樣就跟她第一次看到的沒兩樣，一身襤褸的衣物，蓄著過時風格的八字鬍，可是有什麼無以名狀的事情已經有了改變。他走動的時候，流露出某種明確的目標感跟力量，凡是路過的地方，那裡的空氣真的就會劈啪作響。

「妳醒了啊，」他說著便把馬克杯擱在床頭小桌上，然後在床邊的椅子上坐定，閃過一抹笑容。「我想妳一定滿頭霧水吧。」

「你是巫師。」她語氣堅定地說。他挑起一邊眉毛，她猛力搖著腦袋。「你就是巫師沒錯，而且還有一座魔法圖書館，如果你想告訴我，說我是……生病了或是有幻覺，還是說類似的話，我發誓我一定會放聲尖叫，之前發生的事絕對不是發燒時的夢魘。」

「我不會用那種說法來侮辱妳的智商。」傑瑞恩捋著八字鬍。

「抱歉，」她說，「我只是……我不確定你會不會——」

「沒關係。」傑瑞恩往後坐進椅子裡，「至於『巫師』，的確有人這麼叫我。他們也叫我法師、魔奇、聖徒跟惡魔。在我們自己人的圈子內，我們通常用『讀者』來稱呼擁有這種天賦的人，這樣稱呼比較……精確一點。」

「灰燼說過類似的話。」愛麗絲說，然後頓住，上千個問題立刻跳進腦海，可是這些問題彼此推來擠去。「你知道我爸爸怎麼了嗎？」

傑瑞恩噘起嘴唇。「這件事恐怕說來話長，而且聽起來很不愉快。」

「拜託，我一定要知道，」愛麗絲撇開視線不看他的臉，幾乎不敢開口詢問，「他真的死了嗎？」

「我……不清楚。」愛麗絲的臉一定流露了某些感受，因為傑瑞恩嘆了口氣並搖搖頭。「噢，我不想給妳錯誤的希望。他死了，這點幾乎可以確定，我的意思只是，他的死法可能不是對外公開的那樣。」

愛麗絲的喉嚨突然一緊。「到底發生什麼事了？」

「為了弄懂這件事，妳對讀者必須先有一點瞭解。」他瞥瞥床頭小桌上的馬克杯。「對了，妳應該趁冷掉以前先喝。」

「為什麼？」愛麗絲狐疑地瞅著杯子，「是靈丹嗎？」

傑瑞恩咯咯笑，搖了搖頭，愛麗絲拿起馬克杯嗅了嗅，然後謹慎地小啜一口。是熱可可，醇厚香甜。

「我們這樣的人不多，」傑瑞恩繼續說，「我指的是讀者，這種天分很罕見，擁有這種天分的人，絕大多數都在沒意識到自己的潛能之下度過一生。全世界大概只有二十幾個受過完整訓練的讀者，遺憾的是，他們大多寧可維持現況，因為對他們來說，任何天賦異稟的新來者，要不是值得占有的戰利品，不然就是該要殲滅的威脅。」

「你指的是我吧？」愛麗絲說。

傑瑞恩點點頭。「愛麗絲，妳有成為偉大讀者的潛能，也許是這個時代最偉大的一個，前提是要有正確的訓練。遺憾的是，這也連帶讓妳陷入危險，打從妳還小開始，我就盡全力在保護妳。」

「為什麼？」愛麗絲說，「你真的是我伯伯嗎？」

「更正確的說法是，我是妳曾祖父的祖父，不過，說不定我漏數了某一世代，有時候，記錄會有點紊亂不清。儘管如此，我還是覺得關照家人是很重要的，我這個人很重感情，會用自己獨有的方式來表達。」

「可是……」她想說「那是不可能的啊」，卻意識到這句話聽起來有多愚蠢，索性轉而小啜一口熱可可。「我爸爸是讀者嗎？這些事情他都知道嗎？」

「他本人不是讀者，這點很肯定，這種天賦在家族的血脈裡流傳，可是出現的頻率很不規則，常常會跳過好幾個世代。至於他知道多少，我就沒把握了。我確實知道的是，我原本努力要隱藏妳的身分，最後還是失敗了，我的一個……同行，就是另一個讀者……知道了妳的潛力。我相信這個人跟妳爸爸聯絡過。」

「我看過類似的情形。」愛麗絲用力吞嚥。「爸爸後來為什麼要離開，把我丟下來？」

「這點我也只能猜測，也許妳爸爸認為自己離開，可以把這個人的注意力從妳身上轉移開來，他認為這種做法或許能夠成功。我的猜測是，另外這個讀者把妳爸爸從吉迪恩帶走，為了掩蓋自己的作為就把船弄沉了，我一聽說發生什麼事，就意識到自己必須趕緊把妳帶來這邊。」

「如果爸爸是被人帶走的話，」愛麗絲劈頭就說，「他可能就還活著……」

傑瑞恩閉上雙眼，一臉疲憊的模樣，不知怎地感覺比臉上所呈現的歲月痕跡還要年老許多。「我不想假裝自己確實知道狀況，可是我倒是很清楚讀者同行的本性，一旦工具失去利用價值，他們不會把工具留在身邊。我們恐怕是一群相當冷血無情的人。」

「好吧，」她暫且把這個想法貯藏起來，留待以後再仔細琢磨，「那你為什麼把我帶來這裡，卻提都不提這件事？你明明知道我最後會發現的！」

「我就想說妳會發現，」傑瑞恩說，「儘管妳接觸到這件事的方式，比我原本希望的還激烈。」

愛麗絲怒火中燒。「你可以先警告我一下的。」

「我想我警告過妳了，」傑瑞恩態度溫和地說，「只是擁有天賦還不夠，我把妳帶到這裡來，部分原因也是為了想看看妳是什麼樣的人。有些人的心智——應該說是大部分人，也就是絕大多數人類的心智——非常排斥超自然事物，他們把自己裹在正常化形成的毯子裡，只要有東西洩漏出來，他們就會編小故事替自己找台階下，要不是說『我在做夢』，不然就是說『全都是我的想像』。如果把不容置疑的證據拿來跟這樣的心智對質，面臨的危險就是會把那種心智逼到崩潰。」傑瑞恩攤開雙手。「我可不希望把妳帶來這裡，最後卻把妳逼瘋。」

「你確定你沒把我逼瘋？」愛麗絲有點暴躁地說。不過，發現傑瑞恩一直知道她會溜進圖書館，她暗地鬆了口氣。就某個角度來說，這就表示她其實不算違反規定。

傑瑞恩綻放笑容。「滿確定的。」他說。

愛麗絲頓住，思索著。「那艾瑪、黑先生跟其他人呢？他們是不是……」

「讀者嗎？不是，他們是我的僕人，就跟他們說的一樣。」

「這些事情他們都知道嗎？」

傑瑞恩點點頭。「別怪他們沒把這個秘密告訴妳，因為我對他們下了非常嚴格的封口令，如果妳很生氣，怪我就好。」

「我想我並不生氣，」愛麗絲帶著溫和的好奇心，檢視自己的感受，「可是現在要怎麼辦？」

傑瑞恩的臉色突然嚴肅起來並說，「現在妳有個選擇。」

「選擇？」愛麗絲喝完整杯可可，把杯子擱在一旁，把毯子抓得更緊一點，「什麼樣的選擇？」

「讀者過著危險的人生，對讀者本人跟周遭的每個人來說都是。」傑瑞恩搔著八字鬍，「老實說，我並不希望有人去過這樣的生活，所以也不會勉強妳。可是我也不能丟著妳不管，缺乏訓練又無依無靠，像無頭蒼蠅一樣隨便運用那種力量來開啟某扇門，卻不曉得門後面潛藏著什麼。」

「聽起來我並沒有選擇空間，」愛麗絲說，「如果我有那種天分，不管我喜不喜歡，那種天分就是在。」

「不見得喔，我可以抹消妳的記憶，讓妳忘掉發生過的事，而且確保妳永遠不會在無意間又發現這個秘密。妳的人生會跟之前一樣，這裡永遠會有個地方給妳住，我會確定妳過得快樂。」

愛麗絲覺得毛骨悚然。「你是說你會把我的頭顱切開，然後隨便亂弄我的大腦？」

「可以這樣說，可是妳感覺不到痛，我向妳保證。為了要過正常生活，那是妳唯一剩下的選擇。」

愛麗絲閉上雙眼。聽起來應該很誘人，她猜想，**如果我可以把這些事情都忘掉，把一切都拋到九霄雲外，只要當個正常的女生……**

可是這個世界就是這樣啊。世界比她原本想像的還要深刻、奇特跟嚇人，不過至少是**真**

實的。刻意遺忘，現在就放棄，就等於屈服在自己的恐懼之下。爸爸可沒有教她隨便放棄。**妳會覺得害怕**，爸爸曾經告訴她，這沒什麼好丟臉的，重要的是妳要採取什麼行動。

「另一個選擇是什麼？」

「當我的學徒，」傑瑞恩說，「在這裡工作，我會訓練妳，直到妳養成捍衛自己的能力。」

「要多久呢？」

「好幾年吧，也許長達幾十年，即使在受訓期間，妳都是個讀者，必須面臨伴隨而來的危險，世俗世界會永遠對妳關起大門。」他搖搖頭。「我知道這不是妳主動要的，也曉得對妳來說一定很煎熬，可是我向妳保證，沒有別的辦法了。」

愛麗絲深鎖眉頭，但是說到底，要做選擇並沒那麼困難，遺忘魔法，就表示遺忘出現在她家廚房的妖精，那是她對爸爸的最後一份記憶，也等於是放棄可以查出爸爸真正遭遇的任何機會。**如果我受訓成為讀者，那麼也許……**

「好吧，」愛麗絲說，「我的意思是，當你的學徒。」

「我就想說妳會，」傑瑞恩微微嘆口氣，「即使是現在，妳對自己即將付出什麼代價也還不清楚，記得，妳還是可以選另一條路，如果妳想放棄，或是，」他幾乎臨時起意似地補充，「如果妳失敗的時候。」

第十一章——魔法師的學徒

那天剩下的時間，愛麗絲都在自己的房間裡休息，熟悉的隱形僕人會把餐點送到她門口，用過的髒碗盤也以同樣的方式眨眼間收走。她上床就寢以前，先把繃帶摘掉，對著鏡子看看自己，她的瘀血漸漸消退，割傷已經結了痂。臉頰上的那道傷口還是紅通通的，劃過了雀斑點點的蒼白肌膚，跟用尺畫出來的一樣筆直。

翌晨，當她聞到樓下在料理早餐的氣味，一打開房門，就發現有隻灰色小貓坐在門口。愛麗絲對牠皺眉。

「灰燼？你來大宅幹嘛？」

「我為了自己的過錯受到懲罰，」貓嘆口氣，「可以讓我進去嗎？我們必須談一談。」

「我想可以吧。」灰燼悄悄路過她的腳踝，灰燼一進來，她就把門關上。「不過，我應該生你的氣才對。」

「為什麼？」

「你說為什麼是什麼意思？你差點把我害死耶！」

貓跳上她的床舖。「妳也差點把我害死啊。」

「那樣說很不公平，我連讀者是什麼都不曉得，更不要說我不知道自己就是讀者，至少

發燙。

我讓我們兩個都活著出來了。」

「還弄得渾身濕答答。」灰燼咕噥。

「都要怪艾薩克啦。」愛麗絲說。一想到他自命不凡、不屑一顧的表情，她就氣得臉頰發燙。

「我就是想跟妳談那件事，」灰燼說，「妳跟傑瑞恩提過艾薩克的事了嗎？」

愛麗絲皺起眉頭，在腦海裡重播昨天那場對話。「沒有，我想沒有，其實沒機會說。」

「太好了。」他坐下來，把前掌收折在身下。「聽著，妳不能跟傑瑞恩提他的事，也不能跟黑先生說，誰都不行。」

「為什麼不行？」愛麗絲瞇起雙眼，「他進圖書館幹嘛？他應該去那邊的嗎？」

「事情很複雜——」

「他不應該進去的吧？」愛麗絲咧嘴笑開，「你有秘密不讓傑瑞恩知道。」

「保密的不是我，我只是聽話行事，至於為什麼，妳得跟母親討論。」

「你昨天提過她，你指的是你親生母親嗎？」

「對，」貓說，「她負責替傑瑞恩看守圖書館，讓艾薩克留在圖書館裡是她的主意。」

「如果她負責替傑瑞恩看守，那她為什麼會——」

「我不知道，可以嗎？在她有機會親口跟妳解釋以前，妳別說出去就對了。」

愛麗絲思索著，她真的應該跟傑瑞恩說點什麼才對，可是在簇群的世界裡，灰燼幫過她的忙，要不是他事先解釋過狀況，她可能無法存活下來。

況且，她內心有個部分鬼鬼祟祟說，如果灰燼跟艾薩克都違反規定，也許他們更有可能幫我的忙。她還沒放棄尋找黃黑妖精的事，雖然她開始意識到，要達成目標可能比她原本想的還要困難。

「好啦，」她說，「暫時不說，可是我不保證喔，傑瑞恩知道你跑來這裡嗎？」

「其實呢，」灰燼說，「自從我讓妳進那本書以後，他就派了一份工作給我——只要妳進圖書館，我就要當妳的隨身保鏢，我們應該在早餐過後去找蟲先生的。」

「那我們最好先去吃早餐。」

灰燼等愛麗絲換好衣服，在她身邊輕腳走到主要階梯那裡，下樓下到一半，灰燼拱起背部，凝住不動，片刻之後，黑先生的碩壯體型就從二樓出現了。他的表情就跟平常看到愛麗絲一樣惱怒，這次的臉色尤其難看，可是一注意到灰燼，臉龐就扭成了譏笑的表情。

「我要叫艾瑪設下捕籠，」他說，「害蟲又溜進屋裡來了。」

灰燼發出低沉的吼聲，黑先生嗤之以鼻，愛麗絲怒瞪著黑先生，之前聽到跟黃妖精講話的就是他的聲音，現在她忖度傑瑞恩到底知不知情，他們兩人聽起來不像是要做什麼正大光明的事。

「你最近去過圖書館嗎？黑先生？」愛麗絲說，盡量裝出天真的語調，「我敢打賭我幾天前聽到了你的聲音。」

黑先生盯著她不放，烏黑的濃眉毛往上挑。

「也許有，也許沒有，我高興去哪就去哪，反正辦的都是老爺的事，妳管不著。」他湊得更近，嗓音壓成低沉的咆哮，「如果我是妳，我就不會隨便管別人的閒事。就因為妳是讀者，不代表妳可以在這個地方大搖大擺，而且妳不應該跟貓一起鬼混，妳可能會把自己搞得一身跳蚤。」

他沒等她回應就挺直身子，跟她擦身而過，他的虎背熊腰逼得愛麗絲跟灰燼連忙擠到樓梯的另一側。愛麗絲瞪著他的背影，直到他離開視線為止，然後低頭看著灰燼。

「這個人好糟糕，」她說，「他好像不喜歡你。」

「只要不聽他指揮的人，他都不喜歡，」灰燼說，「我只聽母親的命令，不聽他那類人的指令，可是我想他主要是在氣妳。」

「我？為什麼？」

「妳是傑瑞恩的新學徒，」灰燼解釋，「妳的地位就變得比他高，或者說，妳的地位最後會比他高，妳說在圖書館聽到他的聲音，是什麼意思？」

愛麗絲眉頭一皺。當時，灰燼就在她開始偷聽黑先生說話以前消失不見了，牠顯然沒聽到那段對話……

「沒什麼，」她說，「我只是……故意惹他生氣。」

「妳跟他相處的時候，應該要當心，」灰燼說，「他很危險。」

「我才不怕黑先生呢，」愛麗絲說，雖然她的確有點害怕，「來吧，我們去吃點東西。」

早餐過後，愛麗絲跟灰燼結伴走到圖書館，這一次她拉門環的時候，很輕鬆就打開了門，她點亮一盞防風燈，走了進去。門口旁邊那幾排整齊有序的書架，跟她昨晚看到的那種詭異的幾何排列，可說天差地別。她用一根手指撫過臉頰上的結痂，提醒自己昨晚的經歷不是她瞎編出來的。

蟲先生就在她上次看到的長桌邊，受到一疊疊書本的包圍。她走近的時候，他抬起頭來，送了她一抹稍縱即逝的笑容，露出了滿口爛牙。

「克雷頓小姐，」他以柔軟低沉的口音說，「真高興看到妳從……妳的探險恢復過來。」

愛麗絲點點頭。「灰燼交代我過來跟你一起工作。」

「沒錯，妳要幫我的忙，開始學點……呃……這行的竅門，如果妳有問題，儘管提出來。」

「謝謝，」她停頓一下說，「你是讀者嗎？就像傑瑞恩？」

「當然不是，」灰燼說著便跳上書桌，揚起了一小團塵埃，「他是僕人，就跟我們其他人一樣，妳問嘛，問他到底是什麼東西？」

蟲先生怒瞪著貓。愛麗絲嚥了嚥口水。

「這個問題聽起來不怎麼禮貌。」她壯膽開口。

「妳的判斷很精準，」蟲先生說，「我很高興妳比這個……捕鼠獸還懂事。」

「你竟然叫我捕鼠獸！**捕鼠獸**？！」

「所以，」愛麗絲壓過灰燼激憤的說話聲，「我急著想開始工作，我應該做什麼？」

「尋找魔法，」蟲先生說，舔了舔嘴唇，粉紅的舌頭相當靈活，看了教人不安。「傑瑞恩老爺跟妳說明過了嗎？」

「他什麼都沒說明。」愛麗絲說。

蟲先生在巨大的眼鏡後方眨眨眼睛，模糊地指了指四周的書架。「妳在這裡看到什麼？」

「書？」

「沒錯，是書，它們就像魔法倘佯其中的海洋。」

「這些都是魔法書啊？」

「不，它們本身並不是。可是它們當中常常會有某個特定的字、片語或句子，蘊藏了超自然的意義。如果由我來看，我只會看到紙張上乾巴巴的字母，可是對妳來說，它們就會表達出一絲力量。」

「可是如果你看不到魔法，你的工作怎麼會是找魔法呢？」

「一次談一件事就好。好了，這些片段一定要擷取出來，就像外科醫生從病人身上取出異物一樣，再來，就可以把這些片段加以組合，當作魔法的原料，傑瑞恩老爺可以把它們編織在一起，一個接一個，創造出妳提過的那種新書。」

「囚禁書嗎？」

「還有入口書、世界書、通往海洋底部的書，以及其他一百種東西。他拿這些書做什麼，或者做這些事的原因，我們一概都不清楚。我們的任務只是要在圖書館裡徹底搜查，尋找他可能用得上的片段。」

愛麗絲皺起眉頭。「這些書你不是都查過了？這些書一定放在這裡好久了。」

「魔法可不是用印刷機壓進書裡頭的東西啊，姑娘！它在哪裡生根，又能夠持續多久，沒人說得準。妳難道沒有這種經驗——拿起以前讀過的書，卻發現這本書用不同的方式跟妳說話？」

愛麗絲點點頭。

蟲先生聳聳肩。「書會老，會泛黃，紙頁會乾枯、碎裂、破損。什麼樣的小瑕疵，會讓簡單的紙張跟印墨衍生出真正的意義，誰曉得啊？某些作者、某些印刷師傅，甚至是裝訂工或排版員比其他人更可能產生魔法。我們懷疑那些稍微擁有一點讀者天分的人，不管到哪裡去，都會留下小小的痕跡，就像鞋子沾到油漆又去走路的人。傑瑞恩老爺手上擁有的，是最優質的藏書之一，可是即使在這裡，我們也要小心挖掘，才能找到有價值的片段。」

「所以我應該……怎樣呢？隨便抓起一本書，然後快快掃讀過去嗎？」愛麗絲腦海突然浮現的景象是，自己下半輩子都窩在這間圖書館裡，耐著性子翻閱古老的對開本，年華逝去，頭髮逐漸斑白，皺紋與日俱增，圖書館的塵埃會像斗篷一樣披在她的身上。

「我們沒那麼原始，」蟲先生說，笑容暗示著他明白愛麗絲暗地裡的恐懼。「讓我介紹個新朋友給妳。」

他彎身往桌底下摸摸找找，拿出一個開放式的木箱，乾草鋪滿了半個箱子。愛麗絲看到有個黑色發亮的東西依偎在乾脆的草稈之間。蟲先生把手伸進去，將那個東西抬出來放在桌面上，發出嘰啾一聲。

愛麗絲必須抗拒兩種非常強烈的本能。第一就是拔腿就跑；第二就是找到書架上最重的一本書，把那個恐怖東西砸成一灘黏糊。牠看起來隱約像是水蛭，不過是她所見過最大的一隻，烏黑的身上帶有灰色條紋，大小有如小型犬。她想其中一端就是腦袋，上頭有圓形皺縮的括約肌當成嘴巴，還有兩道平行的隆起，有幾十個黑色硬點順著這兩道隆起分佈，這些硬點可能就是眼睛。牠從箱子裡被喚醒，無助地蠕動片刻之後，靠著波浪起伏般的側腹，微微抬起了身子。

愛麗絲也覺得想吐，壓下了喉嚨後側湧上的苦水。她試著告訴自己，即使牠大到可以用無牙的嘴巴包住她的拳頭，也沒比蚯蚓更糟糕。

「那是什麼？」她的聲音忍不住微微發抖。

「牠恐怕沒什麼正式的名字，」蟲先生深情望著這個生物說，「按照牠們的功能，我都叫牠們『尋覓者』，牠們那種天分幾乎是獨一無二的，即使隔著距離，也能找出含有魔法片段的書籍。我懷疑牠們可能嗅得到，要不然就是擁有我們所缺乏的其他知覺。妳可以把牠當成尋血獵犬來用。」

「牠對指令有反應嗎？」愛麗絲說，有點興奮過頭，「比方說『待在原地』跟『腳側隨行』等等的？」

「沒有，」蟲先生說，「我想牠們沒耳朵。」

他從箱子裡拿出一條皮繩，穿過直接拴進水蛭背部的金屬環孔。蟲先生動作俐落替繩子打了結，把另一端遞給愛麗絲。

「只要拉牠一下，牠就會懂妳的意思。牠開始攀上書架的時候，就表示妳已經接近自己想找的那種書了，接下來只要把附近的書一本本拿給牠看，直到牠喜歡其中一本為止，然後妳快速瀏覽那本書，最後就會找出魔法片段。我向妳保證，妳一看到就會知道自己找到了。」

「好，」愛麗絲冷淡地說，「好吧。」

「對了，尋覓者皮膚上的濕氣，是牠靠自己分泌的，不用特別替牠保濕。」

「太……好了。」

第十二章──終結

我在牽水蛭散步耶，愛麗絲暗想，我的牽繩綁著水蛭。她必須壓抑自己，免得發出誇張的竊笑。

「尋覓者」穩定地拉扯牽繩，就像態度熱切的小狗，愛麗絲任牠朝著自己想去的地方走。灰燼跟了上去，沿著書架快步前行，偶爾集中力氣，在書架之間跳躍。

「那些事情你本來就知道嗎？」愛麗絲問灰燼，「就是那些書、魔法片段等等的事？」

「母親可能提過一兩次，」貓說，「可是我其實不怎麼專心聽，因為對我來說沒什麼差別，反正不在我的職務範圍內，可以這麼說。」

「那你的職務範圍又是什麼？除了照顧我之外。」

「把不應該進圖書館的東西，擋在圖書館外。」

愛麗絲咯咯笑。「難怪傑瑞恩會生你的氣。」

「對啊，哼，」灰燼怒火一起，猛甩尾巴片刻，「這件事教我要有幽默感。」

他們默默走了一陣子。

「這個東西從哪來的？」愛麗絲邊說邊朝尋覓者點頭，「我從沒聽過這種東西。」

「當然是從書裡面來的啊，」灰燼說，「從另一個世界來的。」

「另一個世界？像是別的星球嗎？」

「也許吧，誰曉得啊？妳都看過圖書館後方的書架了。那些書每一本都是通往另一個地方的入口，可能是地球上的某個地方，也可能是地球以外的地方。」

「那些書是讀者創造出來的嗎？」

「也可能是他們自己找來的，或是從別的讀者手上偷來的。」

「那些世界就在那些書裡面嗎？還是說那些世界本來就存在，只是說書可以打開通往那些世界的門口？要是沒人寫這本書，那麼這本書可以通向的世界還存在嗎？還是說——」

「那些世界原本就存在，」灰燼說，「妳如果繼續那樣想下去，會把自己搞瘋的。相信我，人類就有過這種經驗，這就好像去想妳把衣櫃的門關起來以後，衣櫃的內部還存不存在，妳順著這條思路去想，最後就會認為整個宇宙都是一場夢，是某個人夢到自己在別人的夢境裡，或者這一類的胡言亂語。妳只需要知道的是，傑瑞恩老爺把書存放在這裡，這些書有時候會洩漏。暗夜裡，會有東西在這間圖書館到處潛行，是妳不會想遇到的東西。」

「不是從囚禁書裡跑出來的東西吧。」

「不是，不一樣。」

愛麗絲思索片刻。「蟲先生呢？如果他不是讀者，那就表示他也是從書裡出來的嗎？」

「當然了，黑先生也是啊，連母親也是從書裡出來的，不過是好久以前的事了，我懷疑連傑瑞恩也不記得了。在這裡，只有妳跟傑瑞恩是真的人類。」灰燼遲疑一下。「噢，還有艾瑪，我想她也算。」

「為什麼黑先生要替傑瑞恩工作？他好像不大喜歡聽指令行事。」那個碩壯的暖氣爐工人會支領薪水，這個想法突然變得很可笑。他從來不離開這棟大宅，賺來的錢又要怎麼花？

灰燼煩躁地甩甩尾巴。「讀者會跟他的僕人訂立某種魔法契約。只要讀者可以取得那個東西的同意，兩方就會受到契約條款的束縛，直到有什麼打破了這個魔法為止。黑先生可能不大滿意自己的工作，可是他也束手無策，除非——」

尋覓者扯了一下牽繩，愛麗絲停住腳步並舉起一手。「我想牠找到東西了。」

那個像水蛭的東西真的朝著某個架子扯緊繩子，是個裂縫處處的廉價木頭書架，上頭重重壓著堆積如山的陳舊平裝本，愛麗絲沒辦法判斷尋覓者要她注意的是哪本書，所以她投入一段冗長乏味的過程，就是把書一本本舉起來讓那個生物檢查。

她花了二十分鐘才找到對的那本書，是一本半腐爛的厚書，書名好像是荷蘭文，她看不懂。她把書舉高的時候，尋覓者就把黏呼呼的身體壓在封面上，所以她把那個生物的牽繩繫好之後，開始翻閱這本書。內容她完全看不懂，有些跟衛生紙一樣薄的紙張，她才一碰，就整個瓦解了。這樣做感覺好像完全沒意義，她幾乎就要斷定自己的做法不對，此時就發現自己正在尋找的東西。

在接近書本結尾的地方，有張撕破一半的紙頁，上頭印了紮實的文字方塊，樣子跟書裡的其他部分都不一樣。印刷方法相同，依然是愛麗絲不懂的語言，可是當她的目光落在上頭，心裡卻突然湧上某種清晰的感受，那些文字的含意突然變得顯而易見，有如信號燈，在褪色墨水跟異國文字裡散放光芒。她無法解釋是什麼含意，可是感覺明顯得就像她臉上的鼻子，彷彿直接略過她的雙眼，直接沉入她的腦海裡。

她意識到自己以前就有過同樣的感覺，不過這種感覺很少出現。愛麗絲一向很愛書，先是孜孜不倦把爸爸書架上的書看完，然後凡是能從卡內基圖書館借來的書也都讀。偶爾，就會讀到讓她產生這種感覺的段落，彷彿有道光從書本發射出來，直接照進她的頭顱。她從來就無法向任何人解釋這些段落對她來說為什麼這麼有意義。她想讓爸爸看出那種感覺，但爸爸只是笑了，說書本會以不同的方式對每個人講話。

這種感覺也跟她打開囚禁書時的感受隱約有些相仿。如果這個算是模糊的呢喃，那麼囚禁書就是一種鏗鏘有力的大吼，意義如此強烈，一把揪住了現實，把現實扭成了結，愛麗絲低頭看看手中的這本書，臉上忍不住漾開了笑容。原來這就是魔法。

她趕回了蟲先生身邊，希望他能示範怎麼處理她找到的東西，可是那個眼睛大如銅鈴的學者只是把書擱在書堆上，要她回去找另一本。她完成第二趟尋書之旅後，灰燼決定自己還是留在蟲先生書桌底下打盹比較好，而不要亦步亦趨跟著她。等完成第三趟之後，愛麗絲認真考慮要跟灰燼一起鑽進桌下打個盹。

尋覓者走了又走，顯然不知疲倦。到了下午，她因為走了不少路而雙腳發疼，無所不在的灰塵嗆得她咳不停。對愛麗絲來說，可以用來描述魔法師學徒新生活的那些字眼，「無聊」原本不在其中之列，不過，她開始納悶，身為讀者學徒是不是就只是這樣了。當她開始在想，進大宅吃晚飯的時間是不是快到了，這時頸背又湧現奇怪的感覺，讓她頓時打住腳步。

就像她來圖書館的頭一晚，在她發現妖精之前，她背對著書架時，四周的書架就移動個不停，重新排列組合，卻不曾攪亂堆積了幾十年的塵埃。她的第一個衝動就是要迅速轉身，逮到書架正在活動的當下，可是她忍住了，只是動也不動站著，直直盯著前方。尋覓者暫停腳步，把身體緊緊蜷成一粒小球，彷彿在害怕什麼。

「哈囉，愛麗絲。」

那個聲音是低沉的氣音，柔軟又圓潤。如果天鵝絨跟絲綢可以說話，音質可能就像那樣。這種聲音讓愛麗絲聯想到隱匿行蹤，但隨時準備要撲出來的黑暗東西。

她打起哆嗦，強逼自己慢慢轉身。

她背後原本有條走道，現在變成了死巷，籠罩於陰影之中，不管愛麗絲怎麼移動提燈，燈光就是不肯穿透那個區域。她只看得到一雙眼睛，黃中帶銀，像貓一般細長。這雙眼睛跟灰燼長得很像，但眼睛的高度跟愛麗絲的視線齊平。

「哈囉。」愛麗絲勉強開口。

那個聲音說，「我就想說，我應該找妳稍微聊一聊。」

愛麗絲嚥嚥口水點了頭。「妳是……灰燼的母親吧？他說妳是這間圖書館的守護者。」

「是是是的……」她低嘶，「妳可以叫我終結。」

「找我有什麼事？」

「孩子，這還不明顯嗎？」終結露出笑容。愛麗絲心想至少是個笑容。在黑暗之中，她只能看到提燈照在森白牙齒上的微微閃光，那些牙齒就跟刀子一樣長。「我想幫幫妳。」

愛麗絲的肚子深處微微發顫，這是她從不曾有過的感受，即使在以為自己就要落入簇群的魔掌時也不曾這樣。她努力讓自己平靜下來。

「幫我？」她說，從聲音聽不出她在發抖，這點讓她頗為得意，「怎麼幫我？」

「妳選了一條暗黑的道路，」終結柔聲說，「我希望妳走這條路的時候保持警覺。」

「妳是說我去當傑瑞恩學徒的事嗎？」

「是是是的。孩子，妳還不知道他可能會對妳做出什麼事。」

「可是傑瑞恩幫過我，我從簇群那裡逃出來以後，要不是有他幫忙，我可能早就死了。」

「對，」終結說，「可是他是個讀者，他的魔法奠基在殘酷跟死亡上，那是他的天性，他會傷害妳、強迫妳、擊潰妳，然後告訴妳那是為了妳好。他會派妳行使他的命令，妳會替他戰鬥、替他流血、替他殺戮。他會教妳足夠的技巧，可以替他效勞，但永遠不會教妳太多，免得妳會超越他。到最後，等到妳的利用價值已經沒了，就會把妳當成在手中斷裂的刀子那樣，一把丟開。」

一陣長長的沉默。愛麗絲的嘴巴發乾。

「無論如何，」終結繼續說，「愛麗絲．克雷頓，我想我們可以結成盟友。我想找我很久以前遺失的東西，是一本書，就藏在圖書館的某個地方。」

「那跟我有什麼關係呢？」

「在找那本書的不是只有我，我想，另外幾個人當中的一個，妳會很有興趣。」

愛麗絲思索片刻，接著想起妖精說過的，當時她偷聽了妖精跟黑先生會面的對話，「**那本書就在這裡，我很確定。**」

「那個妖精！」她脫口而出，「那個黃黑兩色的妖精，他也在找同一本書？」

愛麗絲認為終結的笑容更燦爛了，「沒錯，那個妳叫做『妖精』的，是個叫維斯庇甸的毒妖精，他是另一個讀者的手下，那個讀者是傑瑞恩的敵人，想要占有這本書。」

「那我就必須找到他，」愛麗絲說，「他可能知道我爸爸真正的狀況。」

「這件事不簡單，」終結說，「他是個聰明的小討厭鬼，他身上有某種護身符，讓我看不到他。」她的語調流露一絲不滿，「要不然，他絕不可能在我不知情的狀況下，踏進我的迷宮裡。不過，還是有辦法可以設圈套逮住他，只需要適合的誘餌。」

「換句話說，那本書，」愛麗絲的腦袋快轉起來，「如果我們手上有這本他那麼急著想要的書，就可以把他引誘到我們身邊來。」

「沒錯，所以妳懂了吧，對我們雙方都有好處。」

「好吧，」愛麗絲謹慎地說，「可是我不懂我要怎麼在這種地方幫妳找出一本書。」

「因為藏書地點的特性，我無法親自找出那本書，」終結說，「可是一定有辦法可以找到，要不然維斯庇甸也不可能試著要找。我之前頭一次嘗試找人來幫忙……但是成效並不理想。儘管如此，要是你們兩人攜手合作，就還有找出什麼東西的希望，我確定你們已經見過面了。」

愛麗絲努力思索，來圖書館短短這段期間內，自己還見過了誰。終結指的不大可能是艾瑪，也不會是蟲先生，更不會是——

「**艾薩克？妳找他幫妳？**」

「對。」

「唔，」愛麗絲說，「妳沒什麼進展我也不會覺得訝異，我才認識他五分鐘，他就差點把我害死了。」她頓住。「之前是妳沒錯吧？妳故意把我帶到黑先生跟妖精會面的地方，然後又叫灰燼帶我去找艾薩克。」

「聰明的姑娘，」終結柔聲說，「沒錯，這個迷宮的路線由我親自指揮，我希望它們通往哪裡，它們就會照我的意思走。」

「為什麼不直接找我談就好？」愛麗絲說，「幹嘛暗中下指導棋？」

終結輕聲竊笑。「我想那是我的本性使然。」

愛麗絲想像這間圖書館就像一塊棋盤，那雙眼睛就懸在上方，把小棋子往這裡跟那裡挪來移去，以便達到自己的目標，不管終結說她有多願意幫忙，這種景象想來都讓人不愉快。

只有一個問題困擾著她。「那傑瑞恩呢？」

可是如果可以讓我找到維斯庇甸……

「他怎麼樣？」

「妳是他的僕人吧？我是說，這是他的圖書館，妳又是圖書館的守護者……」

她越說越小聲。那雙黃眼睛瞪得老大，深沉渾厚的低吼從書架上反彈回來，把愛麗絲的臼齒震得格格響，她覺得自己好像小老鼠，在廚房裡忙著覓食，結果一抬頭，突然就看到那雙眼睛浮現在上方。

「我受到傑瑞恩的束縛，」終結用低沉危險的語調說，「那是一份古老的契約，我必須利用這個盤旋複雜的迷宮，確保他圖書館的安全，保護他的珍貴書籍免得遭到敵人竊取，但我不是他的僕人，總有一天……」

她停下來凝望遠處。

愛麗絲清清喉嚨。「抱歉，我的意思只是，如果有人想偷他的書，我們不是應該跟他說一聲嗎？」

「那不是他的書，」終結厲聲說，「是我的。」

「好啦，好啦，」愛麗絲說，「只是問問嘛。」

那雙黃眼睛不見了，原本的陰影黑暗又空洞。

「到底是什麼書嘛？」愛麗絲說，半是自言自語，「為什麼有那麼重要？」

終結的聲音好似遙遠的低語。「龍……」

第十三章——巫師之眼

愛麗絲深吸一口氣，敲了敲傑瑞恩套房的門。馬上就有回應了。

「什麼事？」

「是我愛麗絲，先生，」她說，「黑先生說你要找我。」

早上起床第一件事就是在門口遇到臭著臉的僕人，絕對不是什麼愉快的經驗，可是在圖書館花了一星期搜尋魔法片段之後，能夠接到傑瑞恩的召喚，愛麗絲還是雀躍不已。

他打開套房房門，照舊穿著邋遢的外套跟沾有污漬的背心。不過鬍子跟八字鬍才剛經過梳整，他的眼裡帶有期待的閃光。

「進來，進來。」他迎著她走進前廳，路過她在簇群事件之後醒來的那間臥房以及六扇關起的房門。廊道盡頭有扇門開著，傑瑞恩揮手要她進去。

「在這邊，」他說，「注意抱枕。」

這個房間小小的，地板上鋪了厚實的酒紅色地毯，愛麗絲的鞋子一踩就陷了進去，牆壁上掛滿了模樣柔軟的布料。房裡沒有家具，連書櫃都沒有，不過有流蘇裝飾的抱枕散落各處，堆攏在幾個角落裡，堆成某種窩巢。傑瑞恩坐在這些抱枕中央，看起來完全格格不入。

「我想為這個地方的模樣說聲抱歉。他說，「請把鞋子脫下來，不用拘束。」

愛麗絲滿頭霧水，在他指定的地方坐下，跟他面對面。她把裙子整齊收摺在身體下方。地毯看起來柔軟，坐起來也一樣，像是有彈性的厚苔蘚，滑過她的指間。

「跟蟲先生一起工作的感覺如何？」傑瑞恩說。

愛麗絲考量了一下自己可以怎麼回答，最後判斷誠實可能還是上上策。「有點無趣，先生。」

「我猜也是，妳久了就會發現，魔法是九成無趣、一成刺激，而刺激的那些通常就像烈火一樣傷人。」他搔搔臉頰，漫不經心撫平八字鬍。「我想就跟其他任何事情一樣。」

「我只是想學點東西，先生。如果我要當你的學徒，不是應該要讀書做功課嗎？」

「學習魔法不像學習拉丁文或代數，而是比較像是學游泳或騎腳踏車，不管花多少時間研讀，都無法取代一丁點的**實作**，所以妳今天才會來到這裡。」

愛麗絲盡量不要表現出興奮的模樣，可是心跳稍微加快了。「是的，先生。」

「就像很多事情一樣，起步是最困難的。有某種——也許可以說是感覺、感知、世界觀，最後會完全成為妳的第二天性。可是第一次要瞥見那個東西，難度非常高。」

他高聲嗯哼一下，清了清喉嚨。「這件事同樣很難用文字來解釋，所以我們在這裡要做的事，我很難替妳做什麼心理準備，妳一定要記住，比其他事情都重要的，就是我跟妳一起進行的時候，妳所體驗到的一切，都不是妳一般所瞭解的那種**真實**。我們結束的時候，妳會發現自己還坐在這個房間裡，身上不留一絲痕跡。這點我可以向妳保證，妳信任我嗎？」

「我信任你，先生。」

「好，妳準備好了嗎？」

愛麗絲點點頭。「我準備好了。」

「把手給我。」

他伸出自己的手，掌心向上，握住愛麗絲的手腕。他的手指很削瘦，可是握力跟鐵一樣剛硬。他們坐得如此接近，她可以聞到他溫暖甜膩的氣味。

「好了，」傑瑞恩說，「嗯，如果對妳有幫助的話，儘管放聲尖叫。」

愛麗絲的心臟猛撞胸口。她暗想，**期待總是最糟糕的部分，醫生把針刺進你胳膊之前的那一刻，比真正感覺到針刺進去還要糟糕多了。**

接著傑瑞恩做了某件事，不是她看得到或聽得到的事，但她還是感覺到了。有什麼隱形的東西躍過他倆相隔的空間，彷彿一張面具似的，停駐在她的臉上，像個活生生的東西一樣扒抓她的皮膚，最後找到她的嘴角，竄進她的體內。她可以感覺它逐漸往外擴散，就像吸進一口熱氣一樣，除了往下朝她的肺部走，也往上穿透她的鼻竇，鑽過頭顱，最後找到她的雙眼。

她錯了，這種痛楚比原本的預期還糟，比她體驗過或想像過的都還糟。感覺就像有人把玻璃尖塊刺進她的眼睛，然後在眼窩裡來回扭動，把痛楚像捲鬚似地往下送往她的全身。她彎起腳趾，手臂猛地抽動，想去抓痛苦不堪的眼珠，可是傑瑞恩緊緊抓住她不放。她的視線黑成一片，可是還能夠聽到某人的尖叫，是小女孩那種可憐的高亢叫聲，滿是驚懼跟痛苦。

結束得跟開始一樣快，讓心智麻木的痛苦就凝縮在那短短一瞬，可是要再過幾分鐘，她才能形成前後連貫的思緒。痛苦的幻覺還在她的頭顱裡迴盪，傑瑞恩的聲音穿透這團雲霧，是催眠師那種溫柔平板的語調。

「愛麗絲，聽我說，愛麗絲，妳沒事了。結束了，妳好端端的，只要聽我說，聽我的聲音……」

她顫巍巍吸了口氣，身體竄過一陣戰慄，她的手指牢牢抓住傑瑞恩的前臂，力道大到指甲都在他的皮膚上刺出小傷。

「妳沒事，」傑瑞恩重複，「愛麗絲，妳聽得到我說話嗎？」

「聽得到。」她啞著嗓子說。

「都結束了，這種事妳永遠不用再經歷了。」

「抱歉，」她咕噥，意識到剛剛放聲尖叫的是自己，「對不起。」

「妳表現得很好啊，」他說，「以前我在做這件事的時候，都把舌頭咬傷了，嚴重到三天都不能講話。好了，妳現在覺得怎樣？」

「我……還好。」微微的痛感還是來來去去，不過強度越來越低。

「那就睜開眼睛吧，可是要小心，記得我說過什麼才是真實的。」

她原本沒意識到自己閉著眼睛，或者甚至是毫髮未傷。她眼睛一睜開，呼吸就卡在喉嚨，放了抱枕的房間不見了，也不見傑瑞恩的身影，連愛麗絲自己都消失了。她低頭看看自己懷裡，空無一物，彷彿她被變成隱形的了。她的雙手把傑瑞恩的手腕扣得更緊。

原本鋪滿地毯的房間，現在成了星羅棋布的巨大遠景，除了點點細光之外，一片漆黑，那些星子散佈在她的上方跟下方，好似撒在黑絲絨上的沙粒，它們不是真實世界的星辰——她看不到任何熟悉的星座，也沒有她知道的星辰那種友善的閃光。

「妳還在這裡，」傑瑞恩用平靜單調的語氣說，「坐在圖書館大宅的房間裡，跟我在一起，我剛剛做了的事情，就是控制妳的視界，把它拉往新的方向，就是妳從來沒看過的方式，不是往上或往下，也不是往左或往右，而是往**內在看**。這就是魔法的另一半，要往內看，並且看出事情的本質。好了，不要慌。」

愛麗絲的視野開始旋轉，彷彿在原地轉動，有個大型東西進入視線，很快就填滿了整個世界，有點像是她曾經看過一次的彗星奇想素描——熊熊燃燒的火球，背後拖著發亮的長尾巴——只是那條尾巴延續不斷，進入了不知界限何在的遠方，而且那種火光是燦爛的藍。

那道光似乎直直朝愛麗絲過來，或者是她正朝著那道光移去，她的呼吸卡在喉嚨裡，那道光幾乎近到可以觸摸，可是她卻感覺不到熱度。事實上她什麼都感覺不到；就她的身體而言，她還坐在放滿抱枕的房間裡，跟傑瑞恩在一起。

「我看到的是什麼東西？」愛麗絲等自己發得出聲音的時候問。

「妳自己，」傑瑞恩說，「或者應該說是魔法版本的妳。妳的本質，妳的靈魂，如果妳想這樣說也行，不過我一般並不會做太多宗教信仰上的解讀，我們在這裡看到的東西，有很大部分是由我們原本的成見形塑出來的，所以不應該急著下什麼深刻的結論。」

「我的……」愛麗絲用力嚥嚥口水。

「我希望妳做的是回頭看，順著尾巴望去，有東西繞了又繞——看到了嗎？」
她花了片刻時間。
「看到了，」她說，「一條小銀線。」
「這部分有點棘手，」他一定感覺到她緊繃起來，因為他趕緊補一句，「不過，不會痛的。我要妳伸出觸角，抓住那條線。」
愛麗絲果敢地點點頭，可是當她放開傑瑞恩的手腕，他卻說，「不要用妳的手。」
她張嘴要抗議，想想又作罷，反倒把注意力集中在那條小線上，專注地盯著，想靠念力叫那條線過來，或是用念力讓自己接近那條線。當她發現自己可以伸出觸角，就以某種完全不像一般三度空間的次元，將自己向外延展。她掌握住那條線，可以感覺那條線的張力在她心中顫抖，就好像握住一條釣魚線，而有東西正在猛扯那條線的遠端。
「妳抓到了，」傑瑞恩語氣相當滿意，「我早該知道妳的學習速度很快，好了，握住那條線，我會放開妳的雙眼。」
有什麼從愛麗絲的內在淌了出來，從她頭顱裡面往下走，再從雙唇之間流溢而出，恍如一口輕輕的吐息。她眨眨眼，再次睜開眼睛的時候，燦亮亮的彗星跟星夜已經消失。只剩下傑瑞恩，在煤氣燈之下影影綽綽，依然握著她的手腕，八字鬍底下綻放笑容。
「還抓著那條線嗎？」他說。
愛麗絲點點頭，那條線在她腦海裡帶來微微刺癢，就像用幻肢握著一條幻線。
傑瑞恩放掉她的手腕並且往後一坐。「試著輕輕扯一下，朝著**這裡**，朝著這個世界拉，

輕輕碰觸就好。」

「好吧。」

愛麗絲的雙手痙攣發痛，可是心裡的抓力依然強勁。她拉著那條繩子，朝著她認為是「現實」的方向扯，那條線起初抗拒著，後來稍微讓步，她身邊傳來小小的啵聲，膝蓋突然感到某種壓力，接著就聽見記憶猶新的呱嘓聲。

簇仔默默站著，爪子壓凹了她的裙子，牠身體偏斜的角度幾乎有點古怪，小小的黑眼睛發著亮光。她全力控制自己才沒驚跳起來，也才沒直接抓起那個惡劣的小東西，往牆壁上猛砸。

「我還以為我把那些東西都殺死了。」愛麗絲說，盡可能維持語氣的平穩。

「妳是殺死牠們了沒錯，對了，我還滿想聽聽看妳是怎麼辦到的。可是，之前是在囚禁書裡面，裡面的狀況有點不同。妳要知道，囚禁書裡的時間並不會往前走，只是會繞啊繞個不停。」傑瑞恩聳聳肩。「把囚禁書想成是小說好了。如果有個角色在第四百頁的地方死了，妳翻回書本開頭的時候，他還是活著的。」

「所以我溺死也沒影響嗎？」

「我想，對妳本人來說影響是很大，但就這本書來說，它會重頭開始，妳只是不見了而已，再也看不到妳而已。以此類推，身為讀者，妳不是那個故事的一部分，妳只是硬把自己塞進裡頭一陣子。」

簇仔挪了挪身子，爪子刺進愛麗絲的大腿，她咬緊牙關。

「可是這個東西來這裡幹嘛？」

「是妳把牠叫來的，」傑瑞恩說，「妳手上握的那條線會連到囚禁書，當初妳打敗簇群的時候，簇群的本質跟妳自己的本質就形成了連結，簇群現在是妳的了，永遠都會是。簇群會把力量借給妳，替妳迎戰敵人，有必要的話，也會為妳赴死，但是事後又會準備好隨時採取行動。」

「可是——」愛麗絲俯望那隻簇仔呆滯的黑眼睛，她的胃在翻攪。

「這就是讀者的力量，」傑瑞恩繼續說，「囚禁書會給我們力量，讓另一個存在體受我們意志的束縛，妳已經踏出了第一步，我要恭喜妳，可是妳還有很長的路要走。」

第十四章——創造初次印象的第二次機會

「我還是覺得牠們讓人發毛。」灰燼說。

「我想，什麼東西會不會讓人發毛，不是由你來決定的，」愛麗絲說，「你是會說話的貓耶，你才讓人發毛吧，這整個地方都讓人發毛。」

「哼嗯。」灰燼憤慨地豎起了毛。

灰燼蹲踞在最近的一個書架頂端，愛麗絲心想自己這副模樣一定很古怪，穿過圖書館走道，背後跟著一列會走路的書，就像母鴨帶小鴨。得要往每本書底下一窺，才會見到順從的簇仔四隻一組合扛一本書，雙腿跨出一致的步伐，牠們讓愛麗絲聯想到螞蟻合力抬起比自己身形大好幾倍的鵝卵石。

蟲先生要求把整個架子上的書都拿去給他，原因只有他自己才曉得，所以她背後那串書延伸了好一段距離。愛麗絲以謹慎的步調帶頭，注意力大多投注在讓簇仔持續移動上面，灰燼悶悶不樂跟在她身邊，對她利用這些小生物的方式，似乎相當不以為然。

「如果妳叫牠們全部去跳池塘呢？」灰燼說，「牠們會聽話照做嗎？」

「牠們會，可是我不會下那種命令，沒必要對牠們那麼殘忍。」

「也對，牠們都已經是妳的奴隸了，妳哪裡還需要更殘忍呢。」

愛麗絲狠狠瞪牠一眼。「如果你還記得的話，這不是我主動要求的，某個自以為聰明的半貓決定說，為了好玩，讓我見識一下囚禁書也不錯。」

「勞心勞力還弄得一身濕，」灰燼邊說邊甩尾巴，「我想我不大可能忘得了。」

「先安靜一下，」愛麗絲說，「這部分有點棘手。」

他們走到了蟲先生的桌邊，那位戴眼鏡的學者連頭也沒抬，愛麗絲就在他身邊開始搭起書塔，這件事進行起來比最初看來更困難，因為簇仔把下一本書往塔頂疊上去的時候，很容易就讓整疊書一下失去平衡，幾乎就快成功的時候，一個小傢伙在瑞典字典的書套上絆了一跤，害得整堆書全部滾落傾倒。簇仔們像蒲公英毛球爆開一樣，連忙作鳥獸散，只剩被字典壓住的那個還困在原地，蟲先生抬起頭來，一臉惱怒。

「抱歉，蟲先生。」

他冷哼一下，回頭忙自己的工作。愛麗絲彎身把字典從簇仔身上抬起來，簇仔那種橡膠球般的生理機能，保護牠免於受到重創。牠發出滿意的呱嘓聲，跳站起來，就在愛麗絲放開心裡的抓力時，簇仔發出細微的啵聲，然後消失蹤影。她靠自己的雙手把書本重新疊好，盡量不去理會灰燼的咯咯譏笑。她忙完之後，清清喉嚨說，「接下來呢？蟲先生？」

蟲先生怒目望著她，雙眼在厚鏡片的後方好似糊開的油彩，愛麗絲不確定是不是自己的想像，可是她覺得自從她從傑瑞恩那裡學到了法力的基本原則之後，隨著每天過去，蟲先生對她的態度越來越惡劣。

「喏，」他說著便遞給她一張紙條，上頭是他的整齊筆跡，是要前往某個書架的一組指令，加上一串書名。「把這些書找出來，然後帶回來。」

「它們裡面有魔法片段嗎？」愛麗絲說。

「裡面有什麼，妳不用管，」蟲先生說，「叫妳幹嘛，妳就幹嘛。」

灰燼溜過她身邊，蹭了蹭她的腳踝，然後在桌下蜷起身子，準備打個小盹。愛麗絲轉身，心裡嘆了口氣，回頭走向書架迷宮。

吃完從廚房帶來的一包三明治當午餐之後，愛麗絲在安靜的地點安頓下來，打算花點時間練習怎麼跟簇仔互動。她在心裡輕拉一下那條線，耳邊傳來輕柔的啵聲，就喚了一隻簇仔現身；在心裡稍微使勁拉扯，就湧出了一大堆那種小傢伙。牠們面對她圍成半圈，晶亮的黑眼睛凝望著她，發出柔和的呱嘓聲，乖順地等待命令下達。

不過，說起來其實也不算是她對牠們下令，而比較像是她多了一隻手腳。她只需要動動腦筋，這些生物就會急著言聽計從，不過，要牠們精確無誤照著她的希望行動，有時就跟穿針引線一樣困難。

她先讓牠們往一個方向衝，再換另一方向跑，然後要牠們就會全速撞上書架，橡皮般的小身體就會像天女散花一樣彈出去。愛麗絲發現，這幾乎不可能傷到牠們，試圖壓扁牠們的話，只會讓牠們像橡膠球一般，往其他方向彈開，而牠們總是在眨眼間就再站起來，準備投入更多行動。

那些嘴喙也相當銳利，她把一張三明治包裝紙丟給牠們當作測試，幾秒鐘之內就撕成碎片，小紙屑漫天飛舞。愛麗絲想到自己跟灰燼當初要是被逮到，會有什麼下場，不禁打起哆嗦。

今天，她想要牠們爬上書架，木頭對牠們的小爪子來說太硬，很難抓得住，而且牠們也不擅長跳躍，可是愛麗絲想叫牠們疊成某種金字塔。牠們爽快地攀上彼此的背部，可是要穩住整個結構的話，就必須同時留意牠們每一隻的狀況。她頭幾次嘗試的時候，牠們總是不久就坍塌成一堆扭動彈跳的身體。

最後，她總算勉強讓牠們保持足夠的穩度，一隻勇敢無畏的簇仔快步爬到金字塔頂端，然後費勁攀上了愛麗絲手臂搆不到的橫架。她對牠揮揮手，得意洋洋地咧嘴一笑，那隻簇仔怔怔站著回望她，等待進一步指示。

愛麗絲讓其他簇仔都消失不見，發出的啵啵聲響就像有人在烘爆米花，然後瞅著架上的那隻簇仔。

「牠們都已經是妳的奴隸了，」灰燼說過，「妳哪裡還需要更殘忍呢。」

不過，這並不像奴役，其實不算。她沒召喚簇仔的時候，牠們根本不存在。所以牠們並不會閒閒等候，覺得無聊。比較像是……養狗。會幫忙趕綿羊，聽到哨聲還會耍把戲的那種聰明小狗。就她所知，這些小東西喜歡跳來彈去，替她往牆壁衝去。也許我應該餵牠們吃點東西。傑瑞恩沒提到這類的事，他主要都在教導她怎麼讓簇仔聽令行事。

終結在她腦海深處柔聲說：「他是個讀者，他的魔法奠基在殘酷跟死亡上。那是他的天性。」

我也是讀者，所以……

她皺著眉搖搖腦袋，聚焦在那隻簇仔上。按照傑瑞恩的說法，她應該能夠探進牠的內在，透過牠的眼睛來觀看。她之前用一批簇仔來嘗試，結果頭馬上痛了起來。**不過，單是一隻我應該應付得來。**

愛麗絲合上眼睛，透過心念朝著那隻簇仔探去。她感覺得到牠，是內在黑暗裡的一個銀色微粒，跟閃亮的線條相連，而那條線正團團纏繞著愛麗絲，一路連回囚禁書。愛麗絲把注意力轉入那個小銀粒，努力不要睜開現實世界中的雙眼，而是讓簇群的感官知覺流進她的內在。突然之間，她發現自己俯瞰著一個女孩，身穿女衫跟沾滿灰塵的裙子，有一道筆直的長疤劃過臉頰上的雀斑。

成功了！愛麗絲壓下自己的興奮感，不想失去那份脆弱的連結，可是她忍不住吃吃竊笑，**我永遠不用擔心有沒有鏡子可以照了。**

她試著移動那隻簇仔，簇仔的視角搖擺不定，但她現實中的身體卻定定不動站立，結果讓她一時摸不清方向，但是她抵抗一波類似暈船的感受，持續不懈。不久，她就讓牠順著架子來來回回快跑，路過書本的時候，順便拂去上頭的灰塵。她可以做到的不只是透過牠觀看——爪子踩在木頭上的噠噠聲，聽在簇仔自己的耳裡滿響亮的，她甚至覺得可以聞到貼近灰塵的氣味。

我本來還不知道牠們有耳朵呢，一定是藏在毛髮下面的某個地方。

她轉頭回來看自己，瞥見走道過去更遠的地方有動靜，透過簇仔的眼睛觀看，動態的一切都顯得更鮮亮、更明顯，但靜止的物體反而會微微隱退，就像漆彩的布景。她要簇仔跑到書架邊緣往下眺望，以為會看到無所不在的圖書館貓。

朝她走來的不是貓，而是艾薩克。

愛麗絲趕緊讓簇仔消失，睜開現實中的眼睛，回到自己身體的時候，稍微有點搖搖晃晃。裙子上沾滿了塵埃，她拂掉了一些，振作精神，轉身面對他。

他背後沒有火堆的搖曳光線，遠遠沒有初次見面那晚那麼嚇人。他下襬寬大的長外套非常破舊，是藍中帶灰的軍用雨衣，滿是破洞跟補丁，如果這件外套真的在戰壕服過役也不意外，對他來說大了幾號，衣襬拖到地上，揚起了慢動作的塵埃海嘯。

愛麗絲判斷，他年紀可能比她大一點，可是身高卻跟她差不多。他有個尖挺的鼻子，聰慧的深色眼睛，滿頭亂蓬蓬的棕髮。

她叉起手臂，狠狠瞪他，圓柏小姐在她交出一頁錯誤連篇的法文作業時就會有這種反應。讓她很高興的是，他立刻就像剪下的花朵一般垂頭喪氣。

「哈囉。」他說。愛麗絲斷定，他露出有點像老鼠的表情，雙眼四周在顫動，一副隨時準備拔腿逃命的模樣。

「少用『哈囉』來呼攏我。」愛麗絲說，還在模仿以前老家教的神態，「我本來可能會被殺死耶！」

艾薩克戒心一起，高舉雙手，「又不是我的錯！我怎麼知道妳是讀者？」

愛麗絲冷哼一聲。「別拿那個來當藉口，你那時候還說要把我拿來當誘餌咧。」

「那只是說笑的，」艾薩克慘兮兮說，「多多少少算是玩笑話啦。欸，如果我向妳道歉，有沒有用？」

「至少是個開始。」

「對不起我說要拿妳當誘餌，其他的事情也都很抱歉。」

他臉上露出那種小狗被踹的表情，愛麗絲覺得自己態度稍微軟化了點。確實，他當然不可能知道愛麗絲是個讀者，連愛麗絲自己都不知道了。但就某方面來說，這全在傑瑞恩的計畫之中。

這個想法讓她微微不安。艾薩克不在傑瑞恩的計畫之中，終結把艾薩克帶進圖書館，尋找那本她叫做龍的書。她跟灰燼都把艾薩克藏起來，不讓傑瑞恩知道。愛麗絲不曉得原因何在，可是他們把艾薩克的事當成祕密，就表示傑瑞恩可能不會認同，她再次湧上那種胃部扭絞的感覺。

「好吧，」愛麗絲說，謹慎地瞅著艾薩克，「我沒死，也不算是你害的。可是我還是不確定我應該跟你講話。」

「終結說她會解釋給妳聽。」艾薩克說。

「她解釋過了。」愛麗絲想起低沉渾厚的嗓音跟發亮的貓眼，自己頸背上的細毛就聳了起來。她忖度，終結現在會不會就藏在陰影裡看著他們。在棋盤上把棋子挪來移去……「至少，她稍微解釋了一下，她說你在找一本書，就藏在圖書館的某個地方。」

艾薩克熱切地點點頭。「不只是藏，還有人看守，終結告訴我她會找幫手來，就把妳帶到我身邊了。起初我不懂她為什麼這樣做，可是一等我知道妳是我們的一員，全部都說得通了。」

「誰說我會幫忙的？」

艾薩克眨眨眼。「終結說的啊。」

「她給了我一項提議，」愛麗絲表示同意，「可是我還沒決定要做還是不做。」

「可是妳一定要幫忙啊！」艾薩克抗議，「否則——」他突然打住。

「我不確定我該不該幫忙，」愛麗絲說，「畢竟我是傑瑞恩的學徒，我真正應該做的，是告訴他你在這裡。」

「聽著，」艾薩克忽地把聲音壓低，幾乎成了竊竊私語，「妳不能信任傑瑞恩，如果他收妳當學徒，那只是因為他想從妳這裡得到什麼。」

「終結就是這麼說的，可是就我看來，我也沒什麼特別的理由該信任她，」愛麗絲追加，「也沒必要信任你，傑瑞恩幫過我，我想不出他可能想從我這裡得到什麼，是他沒辦法靠自己力量得到的。」

「妳不知道他的真面目。」艾薩克陰沉地說。

「你就知道喔？」

「對！」

「怎麼知道的？躲在他的圖書館裡就知道了喔？」

一陣長長的停頓。艾薩克咬著嘴唇，斜瞟愛麗絲。「妳打算怎麼樣？」他說。

「我還不確定，」愛麗絲蹙著眉頭說，「我需要想一想。」

「唔，想快一點好嗎？我想我們剩下的時間不多了。」

「你剩下的時間也許不多，」愛麗絲說，「可是我屬於這個地方。」她用極其傲慢的口吻說，但艾薩克擔憂的神色讓她的語氣少帶了點刺，她不自在地重新叉起手臂。「我最好回頭工作了。」

「要是妳……作了決定，可以過來跟我說一聲嗎？終結可以幫妳找到我。」

愛麗絲嘆口氣。「好吧。」

艾薩克的臉龐恢復了一點血色，吐出一口長長的氣息。愛麗絲對他微微點個頭，就轉身順著來時路回去。

「愛麗絲？」

她回頭望去。「怎樣？」

「我剛剛在架子上看到的是妳的生物嗎？從囚禁書來的嗎？」

「你指的是你害我被困在裡面的那本書嗎？」愛麗絲說。

艾薩克的臉一歪。「對。」

「對，反正是牠們的其中一個。」

「灰燼跟我說在裡面發生的事了，」艾薩克搔搔腦袋側面，把原本亂蓬蓬的頭髮撥得更亂。「牠還是很氣自己被弄得一身濕，可是我覺得妳表現得很棒。」

「噢，」愛麗絲再次皺眉，不確定該說什麼，「謝了？」她姑且一試。

艾薩克綻放一抹快速又鬼祟的笑容，一轉身，身上的帆布料跟著旋轉翻動，攪起一陣灰塵，愛麗絲望著他的背影片刻，然後才走回蟲先生的桌邊。

第十五章——再次偷聽

幫蟲先生找完書之後，愛麗絲回到大宅裡早早吃了晚餐。儘管之前吃了三明治，肚子還是餓得咕嚕叫。傑瑞恩跟她說過，用魔法會耗掉不少能量，交代她一定要吃得營養健康。施魔法並不會讓她覺得疲倦，只是連續投入太長時間，腦袋變得鈍鈍、糊糊的，就像她逼自己一口氣寫太多頁代數練習一樣。

她發現艾瑪站在前廳裡，如果艾瑪是別人，愛麗絲會認為她在等人，可是就艾瑪的狀況來說，比較可能是因為黑先生派她完成某項任務之後，就把她丟在這裡，忘了給她進一步的指令，愛麗絲叫她回房間躺下，自己則繼續朝著飯廳走去找東西吃。

自從發現傑瑞恩家裡的真實特性之後，對於那些會趁著愛麗絲轉開身子，悄悄烹煮菜餚跟清理餐桌的隱形僕人，愛麗絲是越來越覺得自在了。不管那些害羞的傢伙是誰，都對自己的本行很專精，不過對愛麗絲的口味來說，他們端出的菜色有點太傳統了，她忖度自己能不能請傑瑞恩跟他們談談，在菜餚裡面多加點現代特色，也許多添幾樣新鮮蔬菜。

不過，今晚她發現自己無心好好品嚐餐點，於是匆匆吃完，上樓回房間去。她滿腦子都是終結跟艾薩克，他們都警告她，傑瑞恩這個人不能信任，卻要求她信任他們。可是傑瑞恩對她還不錯——除了在放滿抱枕的房間裡的那一刻，可是那對她的訓練來說很關鍵——想到生活在他的屋簷下，卻有秘密不能讓他知道，愛麗絲深深感到不自在。

就另一方面來說，終結顯然知道維斯庇甸的什麼事，而那個妖精是她唯一跟爸爸剩下的連結。**如果我不幫終結，妖精會找到這本書，然後離開，我可能永遠沒辦法再找到妖精的下落。**她爸爸可能死了，不過，她遲遲無法從內心最黑暗的角落裡排除一絲微小的希望。一想到自己永遠無法確知爸爸是死是活，就讓愛麗絲想要放聲尖叫。

為了平息內心的騷亂，她躺在床上閉起雙眼，喚來一隻簇仔。把心念探進簇仔裡頭，透過牠的眼睛來觀看，這件事做起來越來越駕輕就熟了。她從這個新視角檢視自己的房間：行李箱擱在角落，那雙絨毛兔就擺在窗檯上，她從圖書館借來的書凌亂地堆在床頭小桌上。簇仔照著她的指揮跳下床，彈了彈之後，把身體調正，從半開的房門往外窺看走廊。

真好奇牠可以走多遠？傑瑞恩沒提過這類的細節。愛麗絲把簇仔往外派往僕人專用的樓梯，爪子噠噠噠踩在木頭地板上。從牠低矮的角度來看，所有的房門都像高聳入天的超大入口，煤氣燈成了頭頂上遙遠的光。走到樓梯那裡的時候，愛麗絲透過小傢伙的眼睛，盯著有如石板、往下直降的梯級，看似無止無盡，通往深深的無底洞。

她猶豫片刻，然後決心嘗試一下，能夠借用別人的身體，帶給她解放的感覺，不管簇仔發生什麼事，她都覺得篤定又自在，反正總是可以讓牠消失不見，然後發現自己還安安穩穩躺在床上。她的心眼裡，可以看到灰燼不以為然怒瞪著眼，可是她用一個想法把灰燼的影像趕開。**我是讀者，身為讀者就是這麼回事啊。**

簇仔嘗試跨出第一步，愛麗絲馬上意識到往下走可能有點棘手。梯級的高度幾乎跟這小傢伙的身長不相上下，牠那雙鳥似的短腿根本跨不過第一階。愛麗絲最多只能讓簇仔在階梯邊緣保持平衡，然後往下一跳，可是簇仔的天生本能就是把腿收攏，然後用彈跳的，而不是靠雙腳落地。她感覺簇仔滾到了下一階的邊緣附近，眼見著就要摔落，這時牠又站了起來。

看著像山一樣高聳的階梯，她暗想，也許叫簇仔下樓梯不大好。不過，她不是輕言放棄的那種女孩。再次一跳，帶她又往下一階，然後再一階，最後她覺得自己抓到訣竅了。她正覺得動作流暢起來，進入某種不錯的節奏時，簇仔的爪子卻在木頭的光滑處打滑，滾了下去。愛麗絲太意外，沒有及時讓牠站正，那個小傢伙索性把自己蜷成一顆球，用力撞在下一階上，彈力帶著牠又往下越過兩階再反彈回到空中。

透過簇仔眼睛所看到的景象，隨著牠順著樓梯往下撞擊彈跳而瘋狂打轉，讓愛麗絲都反胃了。她趕緊拋開牠的感官知覺，睜開自己現實中的眼睛。頭幾刻，她得努力克制才不會嘔出來，定定瞪著天花板，提醒自己剛剛摔下階梯的並不是她。一旦控制住難纏的胃，她再次謹慎地把觸角伸往那隻簇仔，要是牠嚴重受傷，她就準備用念力讓牠消失。

讓她訝異的是，牠正平靜地站在二樓平台，看來毫髮無損。牠們真的很像小橡皮球，愛麗絲心想。接著突然湧現另一個想法，讓她不禁哈哈大笑，這樣也許有點不莊重，可是反正沒人在看，而且總比一次往下走一階要容易。

片刻之後，簇仔全速衝到平台邊緣，從第一階飛越下來，把腿收攏，撞到往下數的第四階，回彈的力道大到差點碰上低矮的天花板。這次愛麗絲一路相隨，簇仔像個亂跑亂竄的網球一樣，一路彈彈撞撞下樓梯，這種感覺逗得讓她開懷大笑，碰上平台牆壁之後以某個角度反彈離開，然後繼續往下越過另一大段階梯，在扶手跟牆壁之間瘋狂地來回彈跳。

篌仔現在到了一樓，跟她相隔了三層樓的距離，篌仔站起身的時候，愛麗絲注意到這種距離產生的影響，如果移動篌仔就像移動她先前從不知道自己擁有的手腳，現在感覺就像那隻手腳好像跟鉛一樣重。痛是不痛，但是相當費力，那個小傢伙距離越遠，感覺起來越沉重。

此刻，那種重量還算可以忍受，她用篌仔的眼睛環顧四周，想弄清楚目前的方向。僕人階梯底部可以通往廚房旁邊的走道，那扇門顯然開著，因為篌仔彈著越過了那扇門，然後從對面的牆壁反彈回來。從一個方向看去，廚房一如往常黑暗寂靜，另一個方向連向一扇總是關起的門，穿過那道門可以前往黑先生的地盤——鍋爐室。

只是今晚那扇門沒關，門跟門框之間有個窄隙，大小湊巧可以容納篌仔的身軀。裡面的煤氣燈光從窄縫流洩出來，湊得更近時，愛麗絲可以勉強聽見說話聲。

是**維斯庇甸**！她很確定自己可以辨識妖精帶有鼻音的單調語氣，還有黑先生更低沉的嗓音。她還來不及多想，就已經派篌仔躍過門檻、鑽過縫隙，穿過那扇門。她非常輕微地拂過門板時，門發出了嘎吱聲，聽在這小傢伙的耳裡簡直有如震天價響。愛麗絲停下來，花了片刻聆聽，可是對話的聲音不受打攪地繼續往上飄來。

走得越遠，承受重量的感覺就越強烈，可是現在已經聽得到妖精單調的拍翅聲，還有可能是火堆的劈啪響。穿過短短的廊道時，先經過煤氣燈，再拐過轉角，然後迎面就是另一段階梯。階梯底部，光線映亮的門口襯托出他們的輪廓，黑先生站著，另一個較小身影懸浮在他面前的空中——是維斯庇甸。

「……你確定這份地圖有用嗎？」妖精用高亢的鼻音說。

「是我直接從骨神使那裡拿到的，」黑先生用渾厚的嗓音回答，「最好有用，我可花了不少錢，她談交易的時候立場很強硬，我只好提醒她以前欠過我幾次人情。我沒辦法在圖書館試用，可是這張圖有畫出路線一開始怎麼走，不會有問題。」

「那又沒什麼意義，」維斯庇甸半信半疑說，「到了迷宮裡面，狀況才會棘手起來。」

「那就不要用啊，」黑先生憤恨地說，「儘管用手一本本找好了，我才不在乎，只要我拿得到我該得到的就好了。」

「好啦，好啦，」妖精說，「火氣沒必要這麼大吧，那就給我吧。」

「不要。」

一陣尖銳的吸氣聲，然後是久久的沉默。愛麗絲讓簇仔蹲在第一階的邊緣，拉長耳朵傾聽。

「你說不要，是什麼意思？」

「我的意思就是，時候到了，你們那一方該表現一點誠意了。」黑先生在妖精面前揮動一根粗手指，維斯庇甸嗡嗡往後退。「你們想要的，我全都照著做了，不是嗎？我把你弄進來，讓你不會洩漏形跡，現在還找了地圖給你，我甚至把小女生跟她爸爸的事通報給你知道，不過，這件事你沒拿到多大好處就是了。」

愛麗絲的一口氣凝在喉嚨裡，那隻簇仔搖搖晃晃。

「一等我把地圖交出來——」黑先生對著背後的門揮揮手，火就在那裡熊熊燃燒著——

「就沒有什麼能夠阻擋你了，你就會抓起急著要的這本書，匆匆趕回家去。回去跟你家主人講，黑先生要討你們欠他的，而且現在就要。一等你家主人實現諾言，你就可以拿到這份地圖，然後就祝你好運了。在那之前……」他扠起粗壯的手臂，無動於衷地等候。

一時之間，維斯庇甸激動地左飛右飛，等到恢復平靜之後，才懸浮在那個碩大的僕人臉前，語調裡帶有譏諷的味道，愛麗絲記得那晚在她家廚房也聽過。

「我以為我們的交情老早超越這個層次了，」妖精說，「我們還沒學會彼此信任嗎？」

「你可能有學會信任我，可是我把你抓起來能丟多遠，對你的信任就有多少，」黑先生在張狂的鬍子底下露出不懷好意的笑容，「現在仔細想想，應該可以丟出好些距離。」

「好吧，」維斯庇甸說，「我得跟我主人商量一下。當然了，多拖一天，事跡敗露的風險就更高，這點你明白吧？」

「那你最好加快動作吧，我會——」

愛麗絲為了把每個字聽清楚，讓簇仔往前傾身，就在這時，感覺到簇仔即將跌落。牠往前翻滾，自動縮腳蜷成一顆球，砰地撞到階梯，高高彈入空中。愛麗絲趕緊放開心中的銀線，讓那個小東西瞬間就消失。世界變得一片漆黑，她一時驚慌失措，然後才意識到原來自己只是閉著雙眼平躺在床上。一睜開眼，天花板皸裂的漆料馬上映入眼簾。

黑先生竟然跟維斯庇甸說去哪裡可以找到我。她覺得心中的怒火再次熊熊燃起，**他把我出賣給那個可惡的小妖精，害爸爸急著踏上旅程，結果……**

她必須找到終結稱作龍的那本書。聽起來黑先生有門路可以找出那本書，她必須拿到那張地圖，不管那會不會違反規定。

愛麗絲翻身下了床，尋找鞋子的同時，心中已經忙著擬定計畫。她有個想法，但認為自己需要幫手，而她只可能從一個地方找人幫忙。

第十六章——黑先生的巢穴

愛麗絲帶著艾薩克走出圖書館的時候，太陽正要沉入四周的森林後方，他在門檻那裡停下腳步，一手搭在青銅大門上，身子打著哆嗦。愛麗絲回頭一看。

「怎麼了？」她說。

「沒事。」他讓門自動關上，發出空洞的轟響，然後在破舊的軍用雨衣裡縮得更深。「好冷。」

太陽一消失，寒意迅速竄起。愛麗絲盡量不去想她上一次在天黑之後離開大宅的經驗，還有那天晚上到最後她在簇群的世界裡為了保命而陷入苦戰。煤氣燈光從大宅的窗戶流洩出來，快活地透過布簾散放光亮。

「妳確定我們不會不小心遇到人？」艾薩克說。

「除了黑先生之外，不小心也遇不到人，」愛麗絲說，「傑瑞恩都待在自己的房間裡，艾瑪除了別人叫她去哪裡，她哪裡都不去。」

「好吧。」艾薩克深吸一口氣，打起精神，「帶路吧。」

他們只是要趁夜悄悄溜進廚房，又不是要偷偷跨越敵人的陣線，愛麗絲覺得艾薩克那種誇張的反應實在沒有必要。不過，當他們沿著草坪邊緣行進，一路躲在樹蔭底下時，她暗自承認，艾薩克面臨的風險比她自己的高多了。說到底，要是他們被逮個正著，她認為自己頂多會被臭罵一頓。可是，如果傑瑞恩或黑先生在大宅裡發現艾薩克，她不曉得他會有什麼下場。**他們總不會真的……傷害他或是做出那類的事吧。會嗎？**

愛麗絲嚼著嘴唇，回頭看著艾薩克時，心裡多了點敬意。雖然她百般不願承認，可是想到自己要單獨跟黑先生正面對峙，逼他退讓，她的膝蓋就有點發軟。她很高興能夠說動艾薩克一起來。

愛麗絲緩緩走到後門那裡，把門拉開一個縫，往內一瞥。艾薩克再次繃緊身子，準備拔腿就跑，他緊張兮兮的態度就快傳染給她了，她告訴自己不要傻了。

一如既往，廚房空空如也，鍋碗瓢杓全都一乾二淨，掛在該掛的位置。艾薩克謹慎地走進屋裡，東張西望，彷彿從沒見過這樣的地方，愛麗絲發現自己正在忖度，搞不好他真的沒見過。她這才意識到，自己對艾薩克一無所知，連他從哪裡來的，是某個人的學徒還是自立門戶，也都不曉得。她搖搖頭，壓下突然湧上來的好奇。**晚點再說，現在不是時候。**

「好了，」她低語，「黑先生的房間在下面這裡，我想他把地圖收在暖氣爐室，就在後面。如果我們運氣好，他已經上床睡覺什麼的，我們就可以溜過去把地圖找出來。」

「要是運氣不好呢？」

「那我就會故意做什麼讓他分心，你就去找地圖，然後趕在他回來以前離開。」

艾薩克皺眉。「你確定他把它叫做『地圖』？我們其實不曉得自己要找的東西是什麼。」

「他就是說地圖沒錯。」

「萬一我找不到呢？」

「那我們就……另外想個辦法。」愛麗絲不得不承認，這個計畫不是天底下最優秀的，可是在這麼短的時間內，她也只能想出這個了。「你準備好了嗎？」

他點點頭。

愛麗絲把門小心推開，希望不會發出吱嘎聲。門默默往內旋開，露出一條短短的廊道，還有她之前讓簇仔駐足的樓梯間。在閃爍的煤氣燈光下，她看到底部有個方方正正的大房間，擠滿了一大堆東西——有一籃籃的鐵釘、一箱箱的肥皂屑、超大瓶的油跟清潔劑、一捆捆包起來的蠟燭。房間後側，通往暖氣爐室的門開著，散放黯淡的紅光，石板地面沐浴在深紅光線裡。她正在看的時候，有個影子越過了地板。

「他在裡面。」她對艾薩克低語。

「好吧，」艾薩克不確定地朝樓梯底下望去，「所以妳要負責誘開他，由我進去。」

「對。」

「就希望他沒把那個東西藏起來或是鎖起來。」艾薩克的眼神一時出現古怪恍惚的神情，彷彿盯著遠端牆上的某個東西。「我準備好了。」

愛麗絲緊繃地點點頭，一次踏下一階，小心不要發出噪音。她一走到樓梯底部，就悄悄繞過一堆堆的補給品，走到房間對面的角落，避開暖氣爐室門口的視線。

她合上雙眼，伸出觸角，找到等候中的那條簇群銀線。她把線收攏，輕輕一拉，五隻簇仔靜靜出現在她腳邊。牠們齊聲呱嘓叫，向她打招呼，她趕緊在心裡下令要牠們安靜。

她小心翼翼把視線延伸到一隻簇仔之內，一直閉著現實中的眼睛。她帶領那隻簇仔繞過一堆補給品，走向暖氣爐室的門，然後下令要其他幾隻隔著幾步的距離跟在後頭。那隻鳥兒般的小傢伙趕忙越過地板，直到可以把黑先生看個清楚為止，黑先生坐在工作長桌邊，用笨重的鐵剪忙著處理什麼。她的視角距離地面只有幾寸，看不到桌面。

簇仔悄悄走得更近，最後跟那個壯漢距離只有幾英尺。她還來不及走得更近，他就猛哼一聲，將椅子從工作長桌邊往後推開，一隻巨手以駭人的速度往下伸來，一把抓起地板上的那隻簇仔。愛麗絲一時驚恐萬分，必須特別提醒自己，面臨危險的不是她自己的身體。簇仔的一邊眼睛可以就近看到黑先生那張毛茸茸又坑坑巴巴的臉龐，一絲絲煙霧從他的鼻孔噴洩出來。

「這是什麼？」他說，他的聲音透過簇仔的耳朵傳來，同時傳進愛麗絲現實中的耳裡，結果構成了某種古怪的回音，「你是什麼鬼東西？」

他掐掐簇仔。要是他抓的是老鼠，那些粗如臘腸的手指一施壓，鼠兒肯定粉身碎骨，整個被掐成一團黏糊，可是簇仔的韌度幾乎跟橡膠硬球差不多，只是繼續盯著他看。黑先生把頭一偏，露出笑容。

「你是個兇悍的小混蛋吧？」他轉向暖氣爐，「來點小火，看看你喜不喜歡。」

「攻擊他。」愛麗絲低語。

另外五隻簇仔衝上前去，嘴喙向前進攻，就像排成楔形隊形的中世紀長矛騎兵。銳利如針的喙尖擊中黑先生的腳踝，刺透他厚厚的皮靴。同時，他抓在手裡的那隻簇仔也扭著身子，把嘴喙扎進他的手，就是食指跟拇指之間的位置。

這個壯漢像頭動物一樣咆哮，聲音大到愛麗絲從簇仔的感官知覺撤退，用雙手捂住耳朵。他把手上抓的那隻簇仔用力砸向牆壁，簇仔像網球一樣反彈回來，滾過了地板。其他幾隻簇仔趕緊逃命，避開他抓捕的雙手，回頭快步朝著門口奔去。

正如愛麗絲所希望的，黑先生跟了上來。愛麗絲讓簇仔成群結隊，直到黑先生離開門口為止。他垂著腦袋像是一頭憤怒的公牛，撲上來的時候，簇仔就趕緊作鳥獸散。他對準一隻動作有點太慢的簇仔踢去，簇仔撞上了牆壁之後一彈，落在木箱當中，木條跟著碎裂。黑先生再次怒吼，追著其他幾隻簇仔跑。簇仔快步奔逃躲閃，拚命躲開他的追趕。

去吧，愛麗絲用念力叫艾薩克行動，瞥見他閃身衝向暖氣爐室時，她心滿意足。為了逮到簇仔們，怒火沖天的黑先生踢翻了盒子，亂砸原本整齊堆好的備用品。愛麗絲開始微笑。要跑在黑先生前面不被逮到，這種事幾乎有點好玩了——凡是會絆倒黑先生的物品，簇仔一概都能鑽進底下或是繞過去。即使黑先生追上來了，對著這種韌性極強的小傢伙又揮又踹，也無法真正傷到牠們。

他絆到木箱，撞進一袋馬鈴薯。**活該啦**，她想。

黑先生不再亂揮手腳。他抬起頭，發出獸類般的低沉怒吼，然後嗅嗅空氣，就像獵犬捕捉氣味。

「算妳高明，」他用渾厚的聲音說，「噢，非常高明。」他打直身子，把雙腳從殘破的木箱抽出來。「妳以為這樣耍可憐的老黑先生很好玩嗎？」

黑先生把擋路的一盒餐具拋開，砸出了鏗鏘巨響，才跨兩大步就朝愛麗絲逼來。

「我——」愛麗絲才說出這個字，他就已經制住她。他兩手各自抓住愛麗絲的一邊手臂，她遲了一步才想逃走。不管她怎麼使勁，他的手指幾乎文風不動。他一逮到她，就滿意地用一隻手同時抓住她的兩邊手腕，把她的手臂拉到她的頭頂上方。

「我本來就知道我的地下室有一堆害蟲，」黑先生說，「可是這一隻比其他都還大一點。」

「我是想說——」愛麗絲再試一次。

「我敢打賭妳在想什麼我都知道。妳想說，**我是傑瑞恩的新寵兒，來找點樂子好了，就來捉弄又笨又可憐的黑先生吧，反正他什麼都搞不清楚。**妳就是這樣想的嗎？」

「沒有，」愛麗絲說，「我只是……」

愛麗絲停下不說，部分因為想不到要說什麼，才不會洩漏口風，讓黑先生知道房裡還有別人，不過主要是因為他往上扯著她的手臂，逼得她得拉長身子，最後還得踮起腳尖站立。

「對啦對啦妳很『公正』[3]啦，」黑先生學舌，「我確定妳想說，如果最壞的情況發生了，黑先生又能怎麼樣？毒打我嗎？」他咆哮。「如果妳那樣想，那就表示妳不認識黑先生。」

他慢慢把她往上抬，她的雙腳在覆滿灰塵的地面來回掃動，最後在空中無助地踢踢蹬蹬。她就像遭到獵殺的兔子，懸在他的單手上，覺得自己的雙手漸漸麻痺，感覺肩膀即將脫

3. Just（只是）這個詞另外還有「公正」的意思。

臼。她在腦袋後側撈找那條通往簇群的線，可是每次幾乎快搆到的時候，她對上黑先生的雙眼，那條線就從她鬆掉的心念滑開。

「等我告訴妳我打算怎麼辦，妳一定會嚇得尿褲子，」黑先生說，「等我們結束以後，唔，妳會很訝異暖氣爐竟然會熱到那個地步。熱到等傑瑞恩過來看看的時候，我就對他稍微無奈地聳個肩表示不知情。哼，反正到時候燒得什麼都不剩，沒東西可以反駁我的說法。到目前為止，淪落到這種下場的，妳也不是頭一個。」他綻放野蠻的笑容，露出巨大的牙齒，然後往愛麗絲的臉上噴一口惡臭難聞的煙霧。「可是在那之前，我們要先——」

有人開始唱歌。

樂聲灌滿了整個房間，就像一個仁慈的神祇那樣，用溫柔的手把她從遲鈍的身體裡拯救出來。樂音持續了數不盡的時間，彷彿直到永永遠遠，她只想躺下來，沉浸在那種狂喜裡。樂聲灌滿了她全身，透進她的毛細孔，然後再往外爆散。整個宇宙繞著她旋轉，隨著那種絕妙的歌聲舞動。

聲音開始得突然，結束得也很突然。愛麗絲頓時覺得身上彷彿遭到重擊似的，有種強烈無比的失落感，不過，片刻之後，那種感覺就消退了，那首樂曲的光輝消散，好似一場漸漸淡去的夢。她睜開雙眼，心中湧現某種古怪的平和感。

艾薩克正彎身朝她湊來，一隻胳膊摟住她的肩，另一手搭住她的下巴，乾乾的嘴唇貼上她的嘴。他睜著眼睛，對上視線的那剎那，兩人都吃了一驚，接著愛麗絲的手掌突然竄出，猛力將他推開，讓他跌了一跤。

艾薩克一臉滿意，連忙站起身來出聲叫她。「來吧。」

「可是——」愛麗絲覺得自己的腦袋不大能夠運轉，「你剛——」

「來啊。」艾薩克說。

愛麗絲吃力地站起身，有點搖搖晃晃，一轉身就看到黑先生還站在她背後。愛麗絲得把牙關咬緊到發痛的地步，才能悶住一聲尖叫。他閉著雙眼，巨大的手貼在身側，一臉敬畏地半張著嘴巴。

艾薩克已經走到樓梯的一半。

「艾薩克！」她低嘶，「你拿到地圖了嗎？」

「我找不到像地圖的東西，」艾薩克說，「快來啊，我們沒多少時間！」

我們非找到不可。黑先生已經起了戒心，要是他們現在就離開，絕對不會再有第二次機會，她轉身面對那個龐大沉默的身影。

「他一定藏在身上，」她說，「我要檢查他的口袋。」

「**愛麗絲**！」艾薩克的聲音很緊繃，「我們必須快點走！」

愛麗絲不理他，悄悄湊近黑先生。她的頭頂勉強只到他的胸口，她必須踮起腳尖才能摸到他的上衣側袋。愛麗絲碰到他的時候，他微微挪動身子，她就像受驚的鹿一樣，凝在原地不動。但他還是閉著雙眼，片刻之後，她吐了口氣繼續動作。

那個口袋裡裝了一把零錢跟幾支笨重的鐵鑰匙。愛麗絲就讓它們留在原地，然後繞到另外一邊，不管艾薩克氣急敗壞的嘶聲警告。貼近黑先生時，會聞到煤炭跟黑煙的氣味，彷彿他就是暖氣爐本身。

他的另一個口袋裝著厚厚的一包東西，掐在她的手指底下沙沙作響。愛麗絲小心翼翼把它抽出來，發現手上拿的是張羊皮紙，對摺多次之後成了一個胖胖的方塊。

「我們快走！」

愛麗絲趕在艾薩克後面，一次跨兩階，滑過他身邊，打開通往廚房的那扇門。幸好一切依然黑暗靜寂，他們奔出後門，進入夜色。

他們抵達樹林邊緣，走在前往圖書館的半途上，不怕大宅裡的人聽見，相對之下安全了些，艾薩克才突然停住腳步，倚在幼樹上吃力喘氣。愛麗絲還不到上氣不接下氣，可是黑先生抓過她肩膀跟手腕的地方都隱隱作痛，嘴唇還因為艾薩克的吻而微微刺癢，她覺得自己滿臉通紅，很高興夜色黑到他看不見。

「剛剛怎麼了？」她說，「你剛剛做了什麼？」

「我看到妳惹上麻煩了。」艾薩克說。

「那你幹嘛親我？」

「抱歉，」他說，「是不得已的啦，那是魔咒的一部分，親妳的話，妳就可以擺脫魔咒的影響，要不然我得一路揹著妳，我不確定自己有沒有力氣。」

「噢。」愛麗絲把袖子舉到唇前，心不在焉抹了抹，「你對黑先生做了什麼？他會那樣多久？」

「我很快就會幫他解除魔咒，要是我使用太多法力，傑瑞恩一定感覺得到。」他頓了頓。

「妳拿到地圖了嗎？」

「我想是吧，」愛麗絲舉起那個紙方塊，「我們可以——」

「晚點再說。」艾薩克從她手中一把抓走方塊，塞進外套裡。「我們最好趕在追兵出現以前回圖書館去。」

「好吧。」

艾薩克把自己從樹上推開，開始往前邁步。愛麗絲跟在後面，猶豫了片刻。

「艾薩克？」

「怎樣？」

「謝謝你。」

「噢，」他尷尬地聳了個肩，「別客氣。」

第十七章——迷宮的地圖

愛麗絲本來擔心圖書館的銅門會卡得死緊，就像她頭一晚遇到的情形，可是她才扯一下門環，門就遲疑地打開了。她如釋重負嘆了口氣，領著艾薩克走進裡頭，把那扇嘎吱作響的門隨手關上。她擦亮一根火柴，成功點燃了一盞防風燈。她把燈拿給艾薩克，但他只是面帶笑容舉起一手，一顆發出白色柔光的球體從他的掌心裡顯形，懶洋洋往上飄去，繞著他的腦袋打轉。

「還滿方便的耶。」愛麗絲說。

他聳聳肩。「只是小磷蟲，如果妳跟傑瑞恩討，他一定會挖一隻給妳。」

愛麗絲盯著那個東西片刻，她本來不知道那是活的東西，可那當然是了。傑瑞恩說過，讀者的力量來自透過契約束縛、為他提供服務的生物，所以艾薩克在囚禁書裡的某個地方找到了那團小光，然後……殺了牠？愛麗絲不自在地垂下視線。

「傑瑞恩感應不到嗎？」愛麗絲說。

「在圖書館裡就沒辦法，」艾薩克說，「終結可以把我藏起來。」

她點點頭。「好吧，我們來看這張地圖。」

艾薩克把羊皮紙方塊從口袋拉出來，他們一起細細查看。這份地圖有好多張紙的厚度，

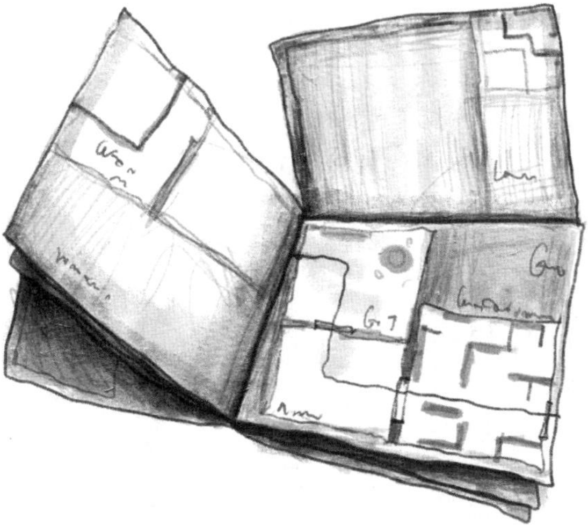

以複雜的模式重複往內摺疊，外側整個是空白的。
「我不確定就是這個喔，」艾薩克說，「我連這間圖書館會有地圖都不確定了，這間圖書館變來變去，維持原狀的時間不會久到可以畫地圖吧。」
「讓我看看。」愛麗絲說。
艾薩克低頭看著地圖，猶豫片刻，然後遞了過去，看樣子好像應該把地圖展開，可是只要她試著把一層層翻開，就會受到頑強的阻力，她試著把小指探進兩張紙之間，來回扭動。
「嘿！」艾薩克說，「小心啊！妳會撕破的。」
愛麗絲皺著眉頭，沿著邊緣摸索，接著突然找到可以撐開的地方，於是將兩層互疊的紙張剝開，把這個方塊當成小小書一樣翻閱，感覺到微微的黏性，彷彿有人曾經在上頭打翻蘋果汁。
那張羊皮紙原本壓緊的地方，有張完美的小地圖，畫得小到她幾乎看不清細節。這張紙其中一半的中央，就是他們目前站立的接待室，有兩扇厚重的門。從門那裡開始，有條綠色細線順著紙張的長邊延伸，進入圖書館之後，蜿蜒穿過書架組成的迷宮，然後越過地圖原本的摺痕，最後止於紙張另一側的盡頭。

艾薩克藉著小磷蟲的光，低頭入迷地看著地圖。

「一定是魔法，」愛麗絲說，「你知道這個怎麼運作嗎？」

「完全不知道。」

這個反應讓愛麗絲覺得釋懷了點。「黑先生說他是從骨神使那裡拿到的。你聽說過骨神使這種東西嗎？」

艾薩克搖搖頭。「有個朋友曾經跟我說過，只要你曉得從哪本書去找，幾乎什麼東西都找得到。某個世界、某個地方會有你需要的東西，某個讀者可能在一千年前就寫下怎麼找到這個東西的方法，讀者已經存在很久了，他們也許偶爾會搞丟東西，可是永遠不會刻意把東西扔掉。」

「我自己親眼見識過了。」愛麗絲說，一面朝通往深如洞穴的圖書館那扇門點點頭。她用手指描過紙張上的綠線。「我想我們應該跟著這條線走。可是我們走到這頁的盡頭以後，接下來會怎樣？」

「我猜我們到時就會知道了。」艾薩克說。回到了圖書館之後，艾薩克就顯得開心許多，這也是情有可原的。至少在圖書館裡，就算有追兵出現，他總是有辦法躲起來。「來吧。」

愛麗絲大約知道蟲先生書桌的方位，於是小心留意他的燈光，可是這條綠線距離那個學者工作小空間的邊界相當遙遠。他們默默行進一陣子之後，愛麗絲細看地圖，宣布他們已經跟蟲先生隔開一大段距離，不會有被聽見的危險。圖書館跟往常一般安靜，除了艾薩克長外套在背後拖出來的痕跡，依然厚厚積著完全不受攪擾的灰塵，愛麗絲連一隻貓都沒看到。

艾薩克偶爾查看那張地圖，可是他們走得越久，越證明地圖裡的每個細節都正確無誤，他也就越來越少查了。他們走的路線相當曲折，顯然是隨機的，可是他們全都乖乖照著走，即使有條小道寬闊得很誘人，看就知道可能是捷徑，他們也依然毫不動搖。愛麗絲提防風燈提得累了，就跟艾薩克交換職務，改由她來讀地圖，由她帶路一陣子，沿著灰塵遍佈的寂靜走道行進。

她有好多問題想問艾薩克，比方說，如果他出力幫忙，終結答應給他什麼作為回報，還有他一開始是怎麼進這間圖書館的。可是她怕這麼一問，會在達成目標以前，危及兩人之間那種脆弱的聯盟，當兩人之間靜得久到令人難以忍受時，她清清喉嚨並說，「你什麼時候發現自己是讀者的？」

艾薩克在揚起的一團塵埃之中忽地頓住腳步。「什麼？」

「抱歉，我是不是不應該問？」愛麗絲猶豫不決，「只是因為我幾個星期以前才發現自己是，所以好奇你是什麼狀況。如果太私人，你不回答也沒有關係。」

「不，不是那個……」他搖搖頭，「妳只是嚇到我了。」他低頭望著地圖，又走了起來，愛麗絲跟在他身邊。「老實說，我不大確定耶，我覺得自己好像一直都知道，所以一定比我記得的還更早。」

「可是你什麼時候開始學這些東西的？」

「我一學會看書——我指的是一般的閱讀——主人就派工作給我了。我七歲就束縛了我的第一個生物。」

「七歲！」愛麗絲說，「你七歲就跟某種怪物決鬥了？」

「只是某種像蜥蜴的魚啦，」艾薩克說，幾乎抱著歉意，「我用棍子打了牠。」

「可是你已經有主人了？」

「我這輩子一直有主人啊，」艾薩克說，「我想大部分的讀者都有，老一輩的讀者很懂得找出有這種天賦的小孩，而且還要越早越好，這樣就各種方面來說……比較不會鬧出亂子。」

「可是沒人給你選擇！」愛麗絲說，「他們只是把你帶走，說你一定要當讀者？那樣怎麼算公平？」

「那不是公不公平的問題，」艾薩克說，「我是讀者，妳也是。就這點來說，妳也沒得選擇啊，就像妳沒辦法選擇不當人，而去當魚。」

傑瑞恩就給我選擇的機會啊。說起來，那也不算是什麼選擇啦，可是至少傑瑞恩主動提了。不過，愛麗絲沒把話說出口，部分因為她不想爭辯，但主要因為艾薩克又忽然停下腳步，低頭盯著手中的地圖。

「走到邊緣了，」他說，「然後呢？」

「另一邊有沒有東西？」愛麗絲提議。

艾薩克把地圖翻過來，可是羊皮紙的另一面是空白的。他把地圖朝著磷蟲舉高，想看透地圖，接著聳了聳肩，將地圖遞還愛麗絲。她看著帶有摺痕的長方形，思索片刻。

第一次把地圖掀開，就成功了，所以也許……

她試著把地圖摺回原狀，但它只是啪地散開。接著她朝另一個方向彎摺，把他們已經路過的區域，摺進他們目前站立的區域正下方。她馬上就覺得有了動靜。紙張在她的手指下抽動。她越來越興奮，手沿著邊緣摸找，發現它可以朝新的方向開啟，跟第一次的那份圖垂直。她把另一個區域掀開，一樣有略微沾黏的觸感，揭露了接下來的路線。

她舉起地圖給艾薩克看，忍不住漾起勝利的笑容，他也報以笑容。

「太棒了。」他說。愛麗絲發現自己的臉頰莫名其妙地紅了。

她把地圖拿在兩人前方，弄清楚方向之後，帶路朝著圖書館深處走去。

地圖摺出來的第二方塊走到盡頭時，圖書館開始改變。書架跟書架夾了古怪的角度，不是面向內就是面向外，排成正方或三角的形狀。原本的路徑開始出現弧度，最後全部消失不見，只剩各種形狀的書架群組圍出來的空間。同時，書本也開始變得稀稀落落，到最後每個書櫃上只剩一兩本模樣寂寥的厚書，有的連一本都沒有。

愛麗絲記得自己進圖書館的頭一晚，就來過這個地方，灰燼說這裡是傑瑞恩的密室。重訪這個地方讓她有點緊張，她發現自己用一根手指拂過臉頰上的傷疤。不過，艾薩克似乎非常自在，她打定主意不要在他面前露出猶豫的模樣，她一直緊盯地圖不放，雙腳持續往前跨步。

他們經過的幾群書架開始改變，她路過一組書架時，那裡吐出陣陣冰冷的空氣，隱約夾帶著剛剛落雪的氣味，另一組書架則是發出像是遙遠低沉的雷鳴，散放某種強烈的臭氧金屬味。有個圍成八角形的書區裡，光線閃爍不停，往天花板投射出綠色跟紫色的彩光。有個巨大的三角書區聞起來有新割草坪的氣味：某個橢圓書區隱約傳來眾人的歡呼聲，還有鋼鐵互相敲擊的鳴響，有個五角形書區流洩出黯淡的紅光以及硫磺的臭氣。

他們再次走到了地圖的邊緣，她示範給艾薩克看，教他怎麼摺起跟再打開。這一次，到了紙張盡頭的時候，那條綠線並未繼續延伸，而是進入一個六邊形書區中央的小點，那個書區就在前頭隔了點距離的地方。

「那個一定就是了，」艾薩克說，「就是藏那本書的地方。」

愛麗絲點點頭，按照地圖確認方向之後，指出該走的路來。他們路過長方形書區，每個縫隙都冒出蒸汽，愛麗絲聽到軸承的嘎吱尖鳴，還有引擎的低沉噪音。她好想瞧瞧裡頭有什麼——**看一眼沒差吧？**——可是艾薩克繼續往前趕路。

我想這些事情他可能早就見怪不怪了吧。愛麗絲試著想像成長期間有這些事物伴隨的感覺，就是到處都有魔法，而且知道你跟其他人都不同。

「愛麗絲，」艾薩克在長長的沉默之後說，語氣流露一絲緊張，「終結有沒有告訴你，我們必須先做什麼才能拿回這本書？」

「終結只說這本書不見了，」愛麗絲回想，「說這本書有人守護。如果書名叫作龍，那是不是表示有龍在守護？」

「不是，」艾薩克連忙說，「那表示書裡面有隻龍。不管守護者是誰，都會在書本的外頭。」

「既然終結認為要我們兩個合力才能闖關，」愛麗絲說，「不管那個守護者是什麼，一定是恐怖的東西。」

「有道理，」艾薩克的語調聽起來彷彿希望不是這樣，「妳的那些小……傢伙——」

「我叫牠們簇仔。」

「嗯，妳想牠們適合出戰嗎？」

「除了戳黑先生的腳踝，」愛麗絲說，「我還沒試過。」

「妳試過從內在使用牠們嗎？」

她搖搖頭。「傑瑞恩提過這件事，可是我不大知道意思。」

「如果妳把那個生物拉進妳的內在，而不是往外帶到世界上，妳身上就會出現牠的一些特質。如果妳的技巧很好，甚至可以把妳自己完全變成牠。」

把我自己變成簇仔？愛麗絲半信半疑。**牠不夠大啊，那剩下的我會到哪裡去？**

「我想我們還沒訓練到那邊，」她不安地挪了挪身子，「你呢？蜥蜴魚有什麼作用嗎？」

「我可以用牠在水裡呼吸，」艾薩克說，「可是沒辦法用來戰鬥，就是不行。」

「那麼——」

「我想這就對了，」他打岔，把手伸到她面前，輕敲地圖，「就是那邊那群書架，看出來了嗎？」

愛麗絲看出來了，有一組古老的書架排成了六邊形，木頭橫架要不是裂開就是整個腐朽，光線從架子之間的孔隙流洩出來，是一種淺淡冰冷的光輝，看起來就像月光。愛麗絲跟艾薩克走向它，愛麗絲為了試驗，在一道光柱之中揮揮手，看著自己的手指在地上撒下了巨大的陰影。

「要我先進去嗎？」艾薩克說，「先確定安不安全？」

愛麗絲嗤之以鼻，把手指塞進書架的縫隙之間，推一推，一次一點把自己卡進那個看來小到容不下她的空間。如同之前，她有種書架往外隆起的感覺，創造出寬到足以讓她穿越的通道，花太多腦筋思索這件事，反倒害她緊張起來，於是轉而專注在行動上。

從裡面看來，這圈書架看起來有如巨石陣，就是在雜草茂密的林間空地裡，圍成一圈的巨大石柱。愛麗絲穿過兩個書架之間的通道，裡面瀰漫著黏稠的水霧；一踏出通道，赫然發現自己站在星辰滿佈的天際下，籠罩於燦爛的月光中。這片林間空地的實際面積遠遠大過那群書架從外面看來的模樣，可是在這間圖書館見識過種種事情之後，愛麗絲到現在幾乎不覺得有什麼好值得驚訝的了。

灰燼說這些書會……外洩。這些書會把我們世界的一小部分變成它們世界的一小部分。如果那是真的，那麼這本書在這一邊的世界還滿討人喜歡的。月亮撒下的光線亮得讓人看得相當清晰，令人神清氣爽的微風窣窣吹動銀色的長草，把圖書館那種灰塵混合紙張的氣味全都吹散，換成了土壤跟生物成長的氣味。

空地中央有個飽受風霜的石頭小基座，模樣有點像日晷，但中間並沒有晷針。愛麗絲回頭發現艾薩克從水霧中現身，正忙著把外套袖子上沾到的水滴拂掉。

「到目前還沒有什麼守護者，」她說，「至少我看到的是這樣。」

「它們不會在外頭這裡，」艾薩克說，「其實我們目前還在圖書館裡面，即使看起來不像，這裡還是屬於終結的迷宮。如果那本龍書在這裡，會在另一本書裡面——因為只有那樣才能把龍書藏起來。」

「最適合藏書的地點，竟然在另一本書裡面？」愛麗絲搖搖頭，「這種事情真的會把我弄得昏頭脹腦。」

艾薩克綻放笑容，他們走到空地中央，發現小基座上真的放了本書。是一本開數滿大的薄書，綠色帆布封面沾有污漬，好幾個地方都破舊不堪。如果原本印有書名，早就已經褪到不見蹤影。

艾薩克往前跨步，一手貼在書上。他合上眼睛，偏著腦袋，彷彿正在傾聽什麼。

「唔，」他過了片刻說，「這是入口書，不是囚禁書。」

「那是什麼意思？」愛麗絲說。

「表示另一邊有本相應的書，我們可以在沒有特殊條件的狀況下回來。」他皺起眉頭。

「可是我沒辦法分辨這本入口書會帶我們到哪裡去，只知道不是在地球上就是了。」

「想知道就只有一個辦法了，我們要怎麼一起穿過去？」

「牽我的手。」

愛麗絲小心翼翼握住艾薩克的手，他的外套袖子垂蓋在她的手臂上。他們往前踏步，艾薩克用空著的手把書翻到第一頁。愛麗絲之前打開《簇群》時所看到的那團混亂字體，再次出現在眼前，然後如同之前，那些字體在她眼前扭動成可以辨識的字母。她讀道：

愛麗絲跟艾薩克手牽著手，站在風吹陣陣、月光撫照的平原，極目所見都是平原……

第十八章——寂寞的小屋

愛麗絲跟艾薩克手牽著手，站在風吹陣陣、月光撫照的平原，極目所見都是平原，朝著四面八方延伸，草兒像海浪一樣時起時伏。他們前方有個多岩的山丘從草浪之間升起，山丘一側有條小徑來來回回曲折前進。丘頂上有一間木頭尖頂的石砌小屋，縷縷白煙從煙囪懶洋洋升起。

整體來說，沒有愛麗絲原本料想的那麼糟糕，她放鬆地輕輕吁了口氣。

「你介意放開我的手嗎？」艾薩克說，「如果妳再掐用力一點，可能會害我斷掉一根手指。」

愛麗絲放開他的手，臉頰熱燙燙，她忙亂摸索著地圖。她發現這一次地圖很乾脆地沿著摺痕摺起，重新展開的時候，就顯示了他們目前的新環境。除了山丘跟小屋的輪廓，地圖上絕大部分是空白的。那條綠線往上順著之字形的小徑走，最後停在屋裡某處的一個綠點上。

「書就在屋子裡，」愛麗絲說，「反正這張地圖認為是。」

「至少我們不會找不到回去的路，」艾薩克指指背後，愛麗絲回頭望去，看到了另一個基座，是圖書館那根的雙胞胎，上頭放著一本一模一樣的書。那根基座從長草之間突出來，是方圓幾百碼之內唯一的特徵。

「好吧，」愛麗絲說，「所以我們就爬上山丘，直接敲小屋前門嗎？」

「那妳之前還叫我要有心理準備，說會遇到很難纏的東西。」艾薩克說。

這倒是真的，可是那棟小屋給人一種莫名的舒適感。薪柴貼著一面牆壁高高堆疊，一只空的乾草籃倒掛在門邊，屋子散發著有人居住的氣氛，到處有為了讓生活過得更便利，而修繕跟用心經營的小小痕跡。

「我不確定，」她說，「也許我們可以向對方……解釋一下？」

「要是真的有人在裡頭守護那本書，也不會因為我們開口討，他就雙手奉上吧。」艾薩克說。

「我們接近一點看個仔細吧，」愛麗絲說，「我們可以躲在岩石之間。」

皓月當空，亮得可以輕鬆看清那條之字小路，可是等他們爬到丘頂，還是累得氣喘吁吁。愛麗絲看到艾薩克似乎比她爬得更吃力，心裡暗自高興。他們跪在一堆鬆散的石頭後面，艾薩克喘著氣要理順自己的呼吸，愛麗絲召來一隻簇仔，用挑剔的目光打量牠。只要牠一直把陰影當作掩護，深色毛髮讓牠不容易暴露行蹤，她認為牠可以神不知鬼不覺地接近那棟小屋。

片刻之後，那扇搖搖欲墜的門打開了，屋內的爐火歡樂地在銀色草地上灑下長方形的光線。接著傳來嘩啦啦的聲響，有人將一鍋水潑進土地裡。愛麗絲看到門口的身形輪廓——縱使只是短短一瞥，也馬上可以看出體型雖然像人，但並不是人類——可是片刻之後他走了開來，把門口空了出來。

無所事事也沒好處，愛麗絲的嘴唇彎成了笑容，即使心臟猛跳一下，她還是打手勢要艾薩克安靜，然後閉上眼睛，溜進簇仔的感官知覺裡。簇仔從他們藏身之處快速奔向小屋門口，然後繞過門框往裡頭窺看。

小屋是整個打通的大房間，石牆上大多掛著彩色的布匹，地上鋪了彼此互疊的各種地毯，讓整個地方感覺起來比室外溫暖。一雙木頭椅凳就擺在一個巨大的石砌壁爐前方，爐火發出穩定的劈啪響。有皮革束帶、模樣笨重的木櫃貼著一面牆擺放，就像海盜拿來放寶藏的那種，跟周遭環境有點格格不入。

愛麗絲瞥見有個生物坐在壁爐前面，正忙著針線活。簇仔湊上前去想瞧個仔細，愛麗絲覺得自己的呼吸一時卡在喉嚨裡。那個生物修長優雅，淺紫色皮膚，身形細瘦嬌小。原本該是頭髮的地方，是細細薄薄的紫色線縷，好似絲絨小河一般從頭頂上傾洩而下，順著頸背集中成緊緊的一束，繼而披散在肩膀上，有如一片絲綢瀑布。全身上下只穿一件破爛短褲，腰間纏了一圈圈的捻線好把褲子撐住。

從衣裝來看，愛麗絲判定這個生物一定是雄性，雖然他的肌膚平滑無毛，有如瓷娃娃一般。他面向壁爐火堆，專注於工作上，愛麗絲趁機讓簇仔繞過門框，就近躲在一堆引火木當中。簇仔把一根引火木踩斷了，那個生物抬起頭來。他全身最不像人類的，就屬他的臉了，那是一個完美對稱的橢圓，嘴巴是一道無唇的細縫，有個小小圓鼻，還有一雙紫藍色大眼，瞳孔大得像是貓頭鷹。那雙眼睛在火光中閃爍，彷彿是水晶做成的。

愛麗絲讓簇仔在引火木之間動也不動站著，還有另一隻同類生物也坐在爐火前，這隻體型小得多，只有另一隻的一半大小，可是模樣不像孩子，而是更像迷你的複製品，除了皮膚、頭髮跟眼睛是不同深淺的寶藍色之外，每個細節都一模一樣。

小的那隻發出類似氣音的尖聲，讓愛麗絲訝異的是，較大的那隻開口說話了。語調有如唱歌那般輕快悅耳。

他說的是「餓了吧？也該餓了，都燒到第三根木柴了，馬利竟然還沒回來。不過，我要先警告你喔，羊沒了，松鼠也沒了。現在只剩蜥蜴，而且還是肉不多的那種。」

那個小傢伙發出像抱怨的聲音。

「跟我說也沒用啊，」另一個說，「當初訂下協議可不是我。『先躲這裡等風頭過去再說，』馬利說，『反正也不用多久，你跟我應該比其他人更清楚，到最後讀者總是可以得逞，得到自己想要的東西。』所以我們才會落到這種田地，在長長的雜草之間獵捕蜥蜴，沒辦法吃**正常**的東西。」他發出很像人類的嘆息，「你想吃點蜥蜴嗎？」

小傢伙點點頭，大的那隻把手上縫製的東西放下，起身越過房間走到放了好幾個桶子的角落。他路過那個大木櫃的時候，反射性地忿忿踢了一下。

「費這麼大勁到底是為了什麼啊，」他喃喃說道，「我真想知道。我們竟然淪落到吃蜥蜴的地步。噢，好希望回到以前的生活啊。」他掀開一個桶子的上蓋，往下瞥看，然後彎身朝裡面伸手。

片刻之後，那個生物尖聲一叫，這時發生了一件神奇的事。他頭頂上的紫色東西，就是像一條條毛線的粗纖維，竟然馬上豎立起來。紫藍色尖刺頓時從他的頭顱冒出來，長度大約一尺多，連肩膀上也圍了一圈尖刺，讓他變得有點像是受到刺激的紫色豪豬，這種比較並不是信口說說的——即使在房間另一邊，從地板的高度望去，愛麗絲也可以看出那些刺銳利到可以傷人。

他咕噥吐出聽起來很失禮的話，手往桶子深處摸摸找找，最後抓出看起來有氣無力的綠色蜥蜴，跟他的手臂差不多長。他用拇指跟食指掐住蜥蜴的脖子，雖然蜥蜴絕望地朝空中揮動四肢扒抓不停，依然逃脫不了困境。那個生物用他的巨大紫眼狠狠瞪著蜥蜴。

「牠竟敢咬我！蠢垃圾。拿去吧。」

那個生物把蜥蜴拋過房間，小傢伙以難以置信的優雅姿態，從半空一把抓住蜥蜴，他的小嘴往上揚成了笑靨。愛麗絲驚恐萬分看著那抹笑容逐漸擴大，越來越大，幾乎讓他的腦袋裂成了兩半。藉著爐火的光線，愛麗絲可以清楚看到幾百顆像小針一般的牙齒，一排又一排，還有靈活的藍色長舌頭。小東西把那隻蜥蜴整隻塞進嘴洞，不理會蜥蜴恐懼的搔抓，然後使勁一口咬下，力氣大到簇仔的耳朵都能聽到喀滋的脆響。

艾薩克扯扯她的衣袖，想把她喚回現實的身體裡。她原本應該跟他說說剛剛目睹的景象，可是她發現自己一時語塞，只是敬畏地看得入神，小東西把露在嘴外的蜥蜴尾巴，像麵條似地呼咻吸進嘴裡。嘴顎左右磨絞一陣子，最後把小小白白的東西吐進壁爐邊。那是枚小小的骨頭，上頭的肉已經舔得一乾二淨。接著又吐出一根，再一根，整潔森白的椎骨像雨水一樣紛紛滾過石地。

「愛麗絲！」艾薩克低嘶。

愛麗絲放開簇仔的感官知覺，睜開眼睛。她發現自己的心臟狂跳。「我想，」她說，有點驚魂未定，「我們最好還是不要試著跟他們解釋。」

艾薩克抓住她的肩膀，猛地將她轉過身來面對小徑。另外有隻同類生物站在那裡，綠色皮膚在月光的照映下泛著銀光，正用閃閃發亮的巨大雙眼瞅著他倆。他一手抓著一頭死羊，羊的後腿掛在肩膀後方。

「我想，」艾薩克啞著嗓子說，「我們麻煩大了。」

第十九章——晚餐

「是人類耶，」綠皮膚生物說著便鬆手放開那頭羊，羊屍砰咚摔落在地。「貨真價實的人類！」

他又湊近一步，背上的鬃刺一陣波浪起伏，彷彿在風中搖曳。艾薩克擠進那個生物跟愛麗絲之間，舉起雙手，掌心向外。

「等等，」愛麗絲說，聲音有些發抖，「聽著，我們不必——」

「你們知道，」那個生物說，「我有多久沒嚐過人類的滋味了嗎？」

他那張薄嘴在臉上裂成恐怖的笑容，嘴顎張開，露出一排排針似的利牙，嘴巴深處有綠色舌頭在閃動。

「快跑！」艾薩克大叫。空氣頓時瀰漫著新雪剛落的刺鼻氣味，一陣冷風不知從何處揚起。「愛麗絲，快跑啊！」

「什麼？」愛麗絲手腳並用攀上一堆岩石，「可是——」

小小的雪白冰絲，就像片片碎雲一樣，從艾薩克的雙手噴撒出來，正面襲擊那個綠皮膚生物。那個傢伙發出哨聲般的尖叫聲，急忙往旁邊轉身，動作優雅有如舞者，他背脊上的鬃刺延伸出去，抖動不停。艾薩克轉移目標，冰從他的手中噴撒出來，有如消防栓噴出水柱，腳下的岩石上結出了冰霜。可是那個生物動作飛快，彎低身子之後像板球一樣彈進空中，立定一跳就越過了艾薩克的腦袋，最後以蹲姿在艾薩克的背後輕鬆著地。艾薩克還來不及轉身，那個生物就一把揪住他的手肘，把手臂往後扯並且扣在背後，把他弄得好痛。

「好了，好了，花招也耍夠了吧，」那個生物說，滿口利牙的嘴巴依然張得老大。他回頭要找愛麗絲時又追加了一句，「如果妳希望妳朋友的胳膊還連在身上，妳最好也別動。」

可是岩石那裡空空如也，愛麗絲早已不見人影。

愛麗絲已經越過那片小空地，撲身躲進龐大的柴堆後方，她先數到五秒，才敢冒險探頭一窺，看看那個生物是否追了上來。她一下子就找到他，因為響起一陣聽起來像人類的痛苦吶喊。那個生物抓住了艾薩克的雙臂，以不舒服的角度扭著，藉著這樣的蠻力，逼迫艾薩克朝小屋踉蹌走去，要是不乖乖服從，艾薩克就會害自己肩膀脫臼。

當愛麗絲意識到艾薩克愚蠢到什麼地步，不禁張口結舌了片刻。他之前說「快跑！」的時候，她以為他想出什麼好計畫，以為他會召出他束縛的生物，想辦法躲開眼前那個恐怖東西。現在她才恍然大悟，原來他根本搞不清楚自己在幹嘛，只是在衝動之下，一時誤用了騎士精神，才叫她快逃。

「白痴、白痴、白痴。」愛麗絲咕噥。要是她之前不是忙著逃跑，早就可以幫上忙了。她努力壓抑慚愧的感覺，免得臉頰飛紅。從局外者的角度看來，就好像她看到第一個危險的警訊，就自己腳底抹油溜了，丟下他一人自生自滅。我還以為他很懂事，哪知道他會這麼笨啊？

那個生物把艾薩克的手臂扣在背後，押著他穿過屋門，愛麗絲考量自己有什麼選擇。想也知道，她必須救艾薩克出來。要是他的腦袋被咬掉，算他活該，可是那樣也不會讓她更接近兩人合找的那本書。而且黑先生的事情他幫過我。不過，如果那些生物打算吃掉艾薩克——從蜥蜴的命運看來，那種生物喜歡生吃活物——她沒剩多少時間了。

她意識到自己的心念還揪著簇群那條線，那就表示那隻簇仔還在原地，就在那堆引火木之間。她匆匆忙忙溜回簇仔的感官知覺裡，看到那三個生物現在興奮莫名圍聚在艾薩克身邊，艾薩克的背部抵住他們的餐桌。那個小的亢奮地左右換腳跳著，紫色那個湊向艾薩克，薄薄的長舌掃過牙齒。

「是人類耶，」他說，「真真實實，活跳跳的人類。馬利，我不得不說，你總是給我帶來驚喜。」

「是意外的發現啦，薩托，」綠色的那個說，愛麗絲猜想這個就是馬利，「他就躲在小屋外面，可能迷路了吧，可憐的東西。」

「應該才迷路沒多久，」薩托說，「看起來還滿有肉的。」他湊得更近了。

「小心，」馬利說，「他會一點魔法。」

「那更好，吃起來更美味。」薩托挺直身子。「你想他該不會是讀者吧？」

「如果是的話，法力還滿弱的。」馬利說。

「說得也是，我們把他那件討厭的外套脫了吧。」

艾薩克猛扭一下，可是薩托牢牢扣住他的雙臂。馬利用纖瘦的手指把艾薩克的軍用雨衣從肩膀褪下。

「還有另外一個，」薩托說，「她逃走了，可是不可能跑太遠。等我們解決這一個，我就去找她。」

「漸入佳境嘍，」馬利說，「聽到了嗎？凡希？我們要吃大餐嘍。」

小傢伙用嘶聲表達贊同。愛麗絲眨眨眼，甩掉簇仔的視覺，從柴堆裡站起來，心不在焉拂掉膝蓋上的塵土。

現在怎麼辦？她可以派簇群去對付那三個生物。可是問題在於艾薩克——他在他們手上，簇群還來不及做什麼以前，他們輕而易舉就能傷害他。

要是我放個火，他們就會衝出屋外……可惜她沒帶火柴來，而且這棟小屋的建材大多是石頭。要讓房子起火太花時間，而且她已經拖太久了，他們搞不好已經開始動手把他撕成碎片了。

她意識到，只有一件事能把他們的注意力從眼前這頓飯上移開。愛麗絲低頭看著雙手，發現它們只是微微發抖而已，心裡相當滿意，**無所事事沒好處**。

從門口就可以同時看到那三個生物，那個綠色的叫馬利，已經把艾薩克的外套褪下，滿臉嫌惡嗅著外套。可是讓愛麗絲鬆一口氣的是，他們似乎還沒傷害他。小凡希反覆拉著艾薩克的一隻靴子，小心翼翼將鞋帶解開。小凡希注意到愛麗絲的時候，鬃刺立刻豎立起來，嘴裡發出警告的嘶聲。

「另一個人類！」馬利說，那雙大眼睜得更圓了，「太有意思了。」

「我還以為你說她溜了。」薩托說。

「我是以為她跑了沒錯。」

「愛麗絲，」艾薩克說，痛苦地繃著臉，馬利把他的手臂以古怪的角度扣在身後，「妳在幹嘛啊？」

「拜託啦，」愛麗絲試著在語氣裡放進懇求的哭調，這不是她平常會有的反應，可是她希望那三個生物對人類的舉止癖性不會熟悉到看出她是裝的，「拜託放他走。」

「放他走？」馬利說，語氣流露真心的困惑，「幹嘛放她走？」

「他們不會聽妳的，愛麗絲！」艾薩克說。馬利更用力扭艾薩克的手臂，把他逼得彎下身子。那個綠皮膚生物將艾薩克往前一推，讓他往前撲倒在地，自己朝愛麗絲跨出一步。

「抓我就好，」愛麗絲說，「沒必要我們兩個都抓吧，放他走吧。」

馬利又踏出一步，動作流暢得好像想接近野生動物，但不想嚇到對方那樣。愛麗絲強迫自己正眼看著他的綠色巨眼，不去理會滿是尖細利牙的嘴巴，還有像蛇一樣舔動不停的舌頭。

「我想，」馬利說，「我們今天晚上只要一個人類湊合著吃——」

他往前一跳，動作迅猛有如眼鏡蛇，一把抓住愛麗絲的雙肩。雖然他的手指纖細靈敏，卻有超乎人類的力氣。

「——然後留一個明天享受。」他那張恐怖的闊嘴，彎成了滿口牙齒的笑容。

愛麗絲朝他的肚子一踢。出腳的角度滿尷尬的，踢得不是很好，不過因為來得出其不意，結果正中了目標，馬利呼咻吐出一大口氣。如果愛麗絲原本希望這麼一踢可以掙脫那個生物的手，那麼她注定要失望了，因為馬利的手指只是在她的肩膀加緊力道，把她掐得更疼而已。

幸運的是，愛麗絲原本就沒這個打算，不過她還是拚命往後退縮，彷彿打算掙脫逃離。於此同時，她加緊對那條簇群線的抓力，把那條線往內拉——不是朝著外在世界拉，將簇仔召喚出來，而是往自己的內在拉。

馬利用氣音發出憤怒的尖叫，把愛麗絲拉向他，用滿是尖牙的嘴顎扣住她的喉嚨。愛麗絲聽到艾薩克呼喊她的名字，感覺好遙遠。馬利試著往下一咬——

——然後打住。愛麗絲感覺得到他嘴顎的壓力。可是簇群那條線在愛麗絲的內在盤捲起來，使得她的皮肉變成跟簇群一樣，如同橡膠一般堅實。馬利的牙齒只是壓凹了她的皮膚表面，就像狗想咬住橡膠球那樣。當愛麗絲扭動身子掙脫開來，響起尖銳的乒聲，對方針似的牙齒有幾根隨之斷裂。馬利痛得放聲尖叫，抓著嘴巴往後踉蹌。

「艾薩克，趁現在！」愛麗絲大喊。

她把簇群的線朝另一方向，就是朝外在世界拉，四周憑空冒出十幾隻簇仔。數量多到她無法仔細控制，但簇仔自有本能，一旦發派工作給牠們，牠們就會全力以赴。牠們用嘴喙對著馬利跟薩托又咬又割。小凡希試著要抓愛麗絲，可是有隻簇仔溜到凡希腳下，害得他滑跤跌倒，就像踩到網球一樣。

艾薩克也站好了，尖銳的碎冰乘著冷冽的強風，穿越空氣紛紛襲來。馬利鬃刺僵硬、手臂亂揮，伸手要抓艾薩克，愛麗絲叫一打簇仔攻擊馬利的小腿。牠們的嘴喙留下了好幾道又淺又長的割傷，傷口流出深紅色的液體。

「出去！」愛麗絲喊道，看到艾薩克點點頭。她開始利用簇群驅趕那三個生物，艾薩克用冰干擾他們的視線，推著他們倒退走出家門。不久，那幾個妖怪就被推到屋門，雙腳在結出冰來的地面上頻頻打滑。艾薩克皺著眉，臉頰因為使勁而發白，屋內的大風雪加倍強度了，狂風像瘋子大合唱一樣尖聲呼嘯。

凡希原本用一手抓著門框，這時突然放手，往外滾向庭院。薩托跟了上去，最後是馬利，原本那抹闊嘴的笑容，嘴巴大張凍結成痛苦的模樣，倒退踉蹌穿過門口。艾薩克讓冰風暴追趕著他們，愛麗絲可以看到那三個身影在月光下邁開大步，卯勁全速逃離。她讓簇仔消失，然後跌跌撞撞走到屋門那裡，猛力把門關起，將鐵門扣上。艾薩克垂下雙手，那陣風就隨之散去，小屋子回歸靜寂。

「你還好嗎？」愛麗絲說。

艾薩克點點頭，吃力地呼吸。「妳呢？」

「我想還好。」愛麗絲用手拂過脖子時，發現皮膚有一道淺淺割傷，有半顆牙齒懸在那裡，於是打著哆嗦把它丟到一旁。「只有幾個擦傷。」

又是一陣停頓。

「你（妳）是世界上最笨——」愛麗絲跟艾薩克幾乎同時開口說。接著，他們看到對方的表情，就一時打住，然後同時放聲大笑起來。艾薩克笑得彎下腰，雙手抵住膝蓋，愛麗絲往後靠在門上，有點歇斯底里地咯咯笑到身子發抖。

「你想先講嗎？」兩人稍微鎮定下來之後，她說。

艾薩克深吸一口氣，倚在餐桌旁。「我還以為他會把妳的喉嚨撕裂。」

「我本來也有點擔心，」愛麗絲說，「我從來沒那樣用過篏群。」

「妳原本就那樣計畫的嗎？妳本來就打算走進這裡，讓他們其中一個咬妳？」

「差不多。」現在聽艾薩克大聲說出口，才覺得這個點子似乎不大妙。「我沒多少時間可以想嘛，你叫我快跑的時候，你又在想什麼啦？我還以為你會一起逃。」

「我也不知道，」艾薩克說，「只是……我真的不曉得。」

「唔，我還是需要你幫忙我，而且你把我從黑先生的魔掌裡救出來過。」愛麗絲突然想到什麼，於是頓住。「他們剛剛抓住你的時候，你為什麼不要用之前那條……曲子？」

艾薩克嘆口氣。「她叫做塞壬，可以讓人先進入出神狀態，最後整個睡著，可是要花點時間才有效果。」他把手伸進褲袋，輕拍一下，確定某個東西還在原位。「而且要花很多精力，我不確定自己可以同時制住他們三個。」

愛麗絲點點頭，剛剛那種失控的如釋重負感逐漸減弱，這才意識到他們的狀況依然岌岌可危。這棟小石屋沒有任何窗戶，屋門看起來也夠堅固，但馬利跟薩托到現在可能已經停住奔跑的腳步，回來等她跟艾薩克現身。她緊張地瞥瞥屋門，然後望向那個大木櫃。

艾薩克隨著她的視線望去。「如果那本書在這邊，就會在那裡頭才對。我們瞧瞧吧。」

木櫃上吊了個掛鎖，是模樣古老的那種巨大東西，有個傳統的大鎖孔。艾薩克試驗性地扯了一扯，發現鎖得很牢固。

「終結沒有提到這個，」他說，「她有沒有跟妳說過什麼鑰匙的事？」

「沒有，」愛麗絲說，她跪下來把掛鎖看得更仔細，想要望進那個鎖孔裡，「還以為這種事她會先說——」

她握住那把鎖的時候，傳來一聲喀答響。愛麗絲詫異地鬆手讓鎖落下，鎖竟然自動彈開了。艾薩克噗哧一笑。

「看來她是把鑰匙給妳了。」他邊說邊把鎖扯掉，放在一旁。

「看來是。」愛麗絲皺著眉頭說。

艾薩克掀起櫃蓋，鋪了軟墊的櫃子內部，是一本看起來小得荒謬，破破舊舊的一本薄書，用類似蛇皮的東西裝幀而成，封面上的書名用金箔燙印而成：《龍》。

惹出這麼大風波的，竟然是這個小東西，實在難以想像。

她跟艾薩克同時伸手要拿書，碰到了對方的手指。他抬頭看她，笑得有點緊張。

「我們要把書一起帶回去給終結，不是嗎？」愛麗絲說。

他點點頭。

「那你先拿著吧。」

一種情緒短暫地掠過他的臉，她認不出是什麼，他點了點頭，把書帶到桌邊，將破舊的外套從馬利拋下的地方撿回來。外套又多破了幾個洞，可是艾薩克似乎不在意，他抖抖肩膀披上外套，把那本書塞進內袋。

「好了，」愛麗絲說，「現在我們非離開不可了。」

離開的過程比愛麗絲原本擔心的還輕鬆多了。如果那三個生物還在附近，也正保持低調、隱匿蹤跡，愛麗絲跟艾薩克謹慎地打開小屋屋門，衝向之字形小徑，從頭到尾沒人出來挑戰他們。月亮依然高掛夜空，他們一起沿著小徑往下狂奔，跳過岩石，躍過泥土裡的輪痕，最後跌跌撞撞在山丘腳下停步時，揚起一團塵土。愛麗絲花了片刻才弄清楚方位，但不久就找到基座的剪影，指出兩人該走的方向。

入口書就在他們原本留置的地方，愛麗絲一語不發地伸出手，艾薩克出手牽住。他把封面翻開，那些字母又以熟悉的方式爬動，最後讓他們能夠讀懂。愛麗絲邊讀邊瞪大了眼睛：

警告……

愛麗絲從書本裡抬起頭來，迎面就是黑先生那張滿面鬍鬚、咧嘴而笑的臉。她試圖出聲

第二十章——第二次試煉

愛麗絲從書本裡抬起頭來，迎面就是黑先生那張滿面鬍鬚、咧嘴而笑的臉。她試圖出聲警告……可是一隻大手已經搭在她的手臂上，另一隻大手抓住了艾薩克的手腕。愛麗絲往後猛退，不由自主探向簇群那條線，準備召喚一打嘴喙尖銳的恐怖小傢伙現身……

「好了，孩子們，」傑瑞恩說，「不要胡鬧。」

愛麗絲凝住不動，艾薩克也是，不過他純粹是因為恐懼。他目瞪口呆，有如怔怔瞪著車頭燈的兔子，傑瑞恩從黑先生背後走出來，雙手插在破舊的老夾克口袋裡，像個失望的家教似地口中發出嘖嘖聲。

「我想你可以放開愛麗絲了，黑先生。」傑瑞恩說。

黑先生猶豫再三放開了她，繞到後頭，聳立在艾薩克背後。愛麗絲搓揉自己的手臂——被黑先生握住的地方在發痛，並說，「老爺，先生，這不——」

「妳拿到書了嗎？」

「等等，聽著。」愛麗絲說，她覺得自己應該趁傑瑞恩有了定見以前，利用這個機會讓他瞭解自己的動機。她心焦如焚尋找合適的字眼，但腦袋卻是一片空白、反應遲鈍。一聲啜泣從她的胸口湧起，她用力把它壓下去。「我可以解釋——」

「妳拿到龍了嗎？」傑瑞恩說，這一次語氣硬如鋼鐵。

「沒有，」愛麗絲說，「在他那裡。」

「原來。」傑瑞恩對黑先生點點頭，黑先生拍著艾薩克的口袋，直到找出書來。黑先生小心把書抽出來，遞還給那位年老讀者。老讀者把書夾在腋下，連封面都沒瞥一眼。「還有你，小子，你叫什麼名字？」

艾薩克咬緊牙關，不過愛麗絲還是看得出他眼裡的恐懼，艾薩克什麼也沒說。

「他叫艾薩克，」愛麗絲說，「他在幫忙我，我們——」

「安靜，我親愛的，」傑瑞恩說，「如果我想從妳那裡知道什麼，我自己會問。」

「可是——」

「我說安靜。」傑瑞恩匆匆朝她的方向一瞥，有某種隱形的東西劃過了他倆之間的空間。

愛麗絲的嘴顎卡住了，緊到牙齒都痛起來，她雙膝跪地，兩眼泛淚。

傑瑞恩轉身面對艾薩克說，「你是誰的嘍囉？年輕艾薩克？看起來不像果哥里的手下。也許是艾狄肯？還是蓋布瑞？」

艾薩克搖搖頭，嘴唇抿得死緊。傑瑞恩嘆口氣。

「你一定要告訴我，知道吧。要不然我要怎麼跟你的主人協商，討論為了讓你安全回去，要用什麼條件交換。當然，前提是他想要讓你回去的話。」傑瑞恩微微彎身，對上艾薩克的眼睛。「說啊，小子，讓你自己好過一點。」

艾薩克撇過臉去，在黑先生的手中扭動身子。傑瑞恩咯咯笑了。

「隨便你，」年老讀者說，「黑先生？」

黑先生扭動艾薩克的手臂，艾薩克痛得放聲尖叫，愛麗絲也跟著尖叫，或者應該說她試著尖叫，但最後只發出悶糊的哼聲。她用拳頭搥著草地，掙扎著想站起身。

「怎樣啊？」傑瑞恩說，「難道你打算逼可憐的愛麗絲目睹這種難看的場面？」

他打了個手勢，黑先生放開艾薩克，艾薩克往前踉蹌一步，臉色蒼白、渾身發抖，一隻手臂兜著另一邊手臂。

「艾納克索曼德，」艾薩克說，聲音低沉到幾乎聽不見，「我的主人是……艾納克索曼德。」

「噢天啊，」傑瑞恩說，「原來是我的老朋友，竟然用這種可恥的手法偷我的東西。」他憂傷地搖搖頭，「我們生活的現在，還真是個背信忘義的時代。黑先生，把這個年輕人帶到地窖去，確定他會得到一點『關照』。」他轉身面對愛麗絲。「至於妳，我親愛的，妳一定累壞了吧，我想妳應該去補個眠。」

愛麗絲又發出悶糊的喊聲，她瞥見傑瑞恩背後的陰影裡有兩點黃光，是終結的貓眼，在提燈的光線之下發亮。愛麗絲試著要指出來，但黑暗有如簾幕一般降下，整個裹住了她。她覺得自己的雙腿發軟，於是往前一倒，還沒撞到地面以前就睡著了。

「愛麗絲，愛麗絲，醒醒啊。」

愛麗絲睜開眼睛，窗戶流洩進來的晨光把瘋狂的夢境碎片驅走。呼吸起來好吃力啊，彷彿有東西壓著胸口，然後才發現原來灰燼坐在她身上。牠把頭抬得老高，像尊人面獅身像，前爪閒散地揉捏著她的毯子。

「灰燼？」她睡眼惺忪說。

「一如既往，妳的理解力依然敏銳，」貓說，「感覺怎樣？」

「腦袋好像一團糨糊，」愛麗絲說著便發現自己的腦袋快速清醒過來，她深深吸了口氣，「艾薩克呢？」

「我想他一定在傑瑞恩的地窖裡，有人負責看守，母親要我代她說聲抱歉。」

「她說抱歉？」愛麗絲坐起身，逼得灰燼只好跳下地板，他急步繞了一圈，不悅地舔起了自己的腳掌。「他們在等我們，她也在場！一定是她把他們帶來找我們的！」

「顯然是黑先生去找傑瑞恩老爺，警告他說有賊溜進圖書館，母親才不得不幫他的。因為有契約的束縛，如果傑瑞恩直接下令，母親非得對他言聽計從不可。」終結無法自由掌控一切，要灰燼承認這件事似乎讓他非常痛苦。「他們有能力追蹤你們的進度，然後等你們從書裡出來。」

「等傑瑞恩聽到黑先生那個小人打什麼壞主意再說，」愛麗絲一把掀開被單，「我要去——」

「母親要我提醒妳，」灰燼打了岔，「如果妳指控黑先生，維斯庇甸一定會逃走，到時就會失去能夠盤問他的任何機會。」他甩著尾巴。「還有，妳的說法拿來跟他的說法一比，誰也無法保證傑瑞恩老爺就會相信妳。」

愛麗絲咬著嘴唇。牠說得有理，但單是想到讓黑先生的背叛行為可以逍遙法外，就讓人恨得牙癢癢。**起初就是黑先生把她的下落告訴維斯庇甸！**

「好吧，」她遲疑地說，「可是我現在該怎麼辦？傑瑞恩把書拿走了，我又沒辦法從他手上偷走書。」那個想法讓她的脊椎竄過一陣戰慄。姑且不管那個年老讀者找什麼東西來看守那本書，從他那裡偷東西等於是反抗權威，而這種規模的反叛行為是愛麗絲還沒準備好要接受的。「那艾薩克怎麼辦？」她猶豫了，「你想他真的……就像傑瑞恩說的那樣嗎？是本來就想偷這本書的賊？」

灰燼打了哈欠，表示興致缺缺。愛麗絲搖了搖頭。

「我不相信，」她說。「如果他想要替自己偷書，他就不會……幫我才對。我們不能讓傑瑞恩一直關住他。」

「妳打算發動越獄計畫嗎？」

愛麗絲再次頓住，如果偷書很糟，那放走艾薩克絕對更糟。**可是傑瑞恩對待艾薩克的方式**……她想起傑瑞恩為了從艾薩克口中取得想要的訊息，隨意下令黑先生傷害艾薩克，也想起傑瑞恩怎樣鎖住了她的聲音。

他是個讀者，終結曾經告訴她，終結說他很殘忍，**因為那就是他的天性**。

「那個問題目前暫時沒有實際意義，」灰燼打斷她的思緒說，「傑瑞恩想找妳。」

愛麗絲凝住不動。「現在？」

「等妳有空的時候，」灰燼拖長了語調，「妳知道他多有耐性。」

愛麗絲敲敲傑瑞恩套房的門，他立刻前來應門。看到他的心情似乎不錯，露出和藹的笑容，她不禁鬆了口氣。

「早啊，愛麗絲，」他說，「相信經過一晚的休息之後，已經幫妳擺脫了昨天的勞累。」

「是的，先生。我覺得好多了。」

「太好了。」傑瑞恩往旁邊一站，揮手要她進來，然後隨手關上了門。「抱歉我之前不得不那樣粗暴對待妳，在我自己的圖書館發現敵人派來的間諜，讓我非常震驚，妳應該可以想像吧。」

「你的敵人？先生？」愛麗絲說，「我還以為你說艾納克索曼德是朋友。」

他咯咯輕笑。「孩子，等妳到了我這把年紀，朋友跟仇敵之間的界限就會有點模糊。當然了，我跟艾納克索曼德目前是沒什麼過節，不過一有機會，他看出有好處可撈的時候，難保不會當機立斷出手打擊我。讀者的世界就是這樣運作的，唯一通往忠誠友誼的路徑，就是永無止境的警戒。」

「原來。」愛麗絲躊躇片刻。她很想拋開灰燼的警告，把關於黑先生的事一股腦兒說出來，可是勉強忍住了，之後總是可以再跟他講。她反倒說，「艾薩克怎麼辦？」

「那個小鬼？他怎麼樣？」

「他會有什麼下場？」

「噢，我最後還是會送他回家的，我跟他主人會談定什麼協議的。」傑瑞恩的臉色一時陰沉。「當然他得先跟我說，他當初怎麼闖進我的圖書館。」

愛麗絲嚥嚥口水。「那……我呢？」

「妳？」傑瑞恩指指客廳的門，壁爐旁邊有兩張面對面的扶手椅，空氣瀰漫著馥郁溫暖的氣味，其中混雜皮革跟老木頭，讓她想起爸爸在紐約老家的書房。「妳是什麼意思？」

「你沒生我的氣嗎？」

「噢，沒有，當然沒有。」他用手勢示意她坐下，自己在對面那張椅子入座。「妳不可能知道那個小子原本有什麼打算，我想他一定是編出什麼精采的故事騙了妳，就把這次的事件當成一個教訓吧——身為讀者的意義也是學習該信任誰，遺憾的是，答案常常是『什麼人都別信』。不，事實上，妳進步的速度比我預期的更快！」

「謝謝你，先生。」愛麗絲小心地說。

「所以我今天才叫妳過來，」傑瑞恩說，「妳接受第二試煉[4]的時候到了。」

「審判？」愛麗絲猶豫一下，「我還以為你說我沒做錯什麼事？」

「這裡指的是任務或工作的意思，」傑瑞恩說，「對讀者來說，意思就是進入囚禁書，將書裡的生物束縛起來，讓那個生物從此遵照妳的意志來行動。妳成功通過第一次試煉，對象就是簇群，對於新手讀者來說，第一次向來是最危險的。現在，妳背後有了那股力量，就可以再跟另一個生物對峙了。之後還要面對第三個，然後繼續進行下去，直到妳累積足夠的

4. Trial（試煉）在英文裡也有審判的意思。

力量，不管想束縛什麼都可以如願以償。」

「噢，」愛麗絲環顧書房，「現在嗎？」

「就現在，」傑瑞恩確認，「妳的職責會越來越危險，妳一定要有所準備。艾納克索曼德可能會滿生氣的，搞不好會……」他越說越小聲，一邊搖頭。「不管怎樣，我替妳挑了這本書，對付起來不簡單，可是如果妳好好運用之前學到的東西，應該就能成功。」

「可是……」愛麗絲猶豫了，「要是我進去一本書，裡面不管有什麼，我都要殺死牠才能再出來，對嗎？」

「沒錯，除非牠自願屈服，表示接受束縛。」

「我不確定我想殺掉什麼東西，」愛麗絲說，「即使是怪物也一樣，如果牠們沒對我怎樣的話。」

傑瑞恩淺淺一笑。「可憐的孩子，我真希望我能讓妳躲過這種事情，我真心這麼覺得。可是當我告訴妳，那是唯一的辦法時，妳就要相信我。」

終結的聲音似乎在她耳裡轟隆作響，**他的魔法奠基在殘酷跟死亡上**。

「況且，」傑瑞恩繼續說，「書裡的囚犯並不會真的死去，就像小說裡的角色一樣，妳永遠可以翻回第一頁，是吧？從妳跟簇群對戰的經驗就可以知道了啊。」

愛麗絲想要說，即使囚犯不會死去，還是感覺得到痛苦啊。可是傑瑞恩露出堅決的神情，經過昨晚的事情之後，她不敢再試探他的底線了。

「你可以事先跟我說一下，書裡有什麼嗎？」她問。

「當然可以，牠是樹精的一種，不過力量大到非比尋常。老實說，是個殘暴的小傢伙，可是我對妳有十足的信心。」他從椅子旁邊的地上拿起那本厚厚的皮裝書，看起來跟沿著書房牆壁擺放的那些沒有兩樣。「準備好了嗎？」

要是我拒絕，她暗想，會發生什麼事呢？肯定不會有好事。她點點頭。

「有件事妳可能不曉得，」傑瑞恩說，「一旦有人開了路，現實世界的人只要觸摸這本書，就可以看到書裡面的情形，所以我可以觀察妳的表現。」

彷彿為了保住小命而苦戰還不夠似的，竟然還有人要替我評分。

他把那本書遞過來，她接過來之後，向後坐進扶手椅裡，老舊的皮革在她四周嘎吱作響。

「祝妳好運。」灰燼從椅子底下說。

「謝謝，」愛麗絲說，「豁出去了。」

她翻開書，又是令人一時目眩、無法解讀的混亂文字，然後她讀道：

愛麗絲發現自己站在綠意盎然的山丘上，俯瞰有水流經過的小河谷……

第二十一章——樹精

愛麗絲發現自己站在綠意盎然的山丘上，俯瞰有水流經過的小河谷，流水在佈滿苔蘚的岩石之間濺起水花，潺潺作響。她的視線可以遠眺方圓幾英里，越過綿延起伏、小森林點點散佈的綠地。放眼望去，地平線上淨是因為距離而泛著藍色的山脈，彷彿自己就站在巨大盆地的底部。空氣瀰漫著萬物正在生長的甜香，溫煦的陽光從上方灑照而下。

長長的黃綠色草莖在她四周窸窸窣窣，高到探進她的洋裝底下，拂過她的大腿。她把草兒撥開，閒散地想著，真希望當初穿長褲過來，然後小心地轉了個圈。不遠的山丘頂上有棵巨大的柳樹，樹身是完美的圓，看起來就像倒扣的碗。

那一定就是她該去的地方，愛麗絲一時湧現短暫的反叛火花，好奇如果她拋下那棵樹不管，只管往外橫越迷人的田野，永遠不要接近那棵樹，會發生什麼事。可是傑瑞恩正看著呢，他跟她說過，無論如何囚禁書的世界都不算是真實的，只是真實到足以容納那個囚犯而已，她納悶自己最後是不是會撞上油彩畫成的布景，就像演員不小心闖進電影場景一樣。

愛麗絲伸出觸角去找那條通往簇群的銀線，然後用心念牢牢抓住，一面朝那棵樹走去。

她抵達了懸垂枝葉構成的簾幕，用一手把簾幕撥開，裡面陰涼又安靜。柳樹垂下的枝葉悶死了雜草，在腳下留下光禿堅硬的土地，巨型柳樹枝椏上的疙瘩跟節瘤就散佈在這塊禿地上。頭頂上方，樹木的枝椏朝著四面八方伸展。

其中一根枝椏上坐著一個……東西。傑瑞恩之前說「樹精」的時候，愛麗絲想像牠的模樣會像是維斯庇甸，只是身上會是各種細緻的綠色跟棕色，而不是黃跟黑。這根本是完全不同的一種生物，體型上有點像猩猩，虎背熊腰，渾身蓋滿厚實乾燥的樹皮。牠沒有腦袋，肩膀上只有一個微微的隆起，上頭有兩顆深邃的眼睛。特大號的粗壯手臂末端是節瘤處處的粗重手指，尖端有參差不齊的爪子，雙腿雖然短，但一樣粗壯，長著恍如手指的長腳趾。愛麗絲看得出來，牠真的是木頭形成的——沿著樹皮般的表面，到處冒出了細瘦的小枝，甚至懸著幾片葉子。

牠一時文風不動地坐著，晶亮的綠眼怒瞪著她，愛麗絲不大確定該怎麼辦。傑瑞恩說過，她應該殺了這個東西，可是她這輩子從來不曾刻意向任何人挑起爭端，所以根本不曉得該怎麼進行。反之，她清清喉嚨，向外舉起掌心，希望這種舉止不帶威脅的意味。

「哈囉，」她說，「我叫愛麗絲。」

樹精沒有回答，只是微微挪動位置。愛麗絲受到鼓舞，於是上前一步。

「你聽得懂我的話嗎？我不想傷害你。」

唔，她暗想，**這是真的，我不想傷害任何人。**

那個東西發出一個噪音，介於喉嚨悶哼跟枯死枝椏的乾裂聲，愛麗絲又上前一步，幾乎到了牠的正下方，抬頭仰望牠。

「如果你聽得懂我說的話，」她說，「下來吧，我們可以談一談。」

那個樹精一躍，順著那根枝椏上下繞了一整圈，然後以驚人的速度朝愛麗絲衝來。樹精朝她撲來的時候，臉部朝前，手臂伸展，邊緣參差的爪子大大張開。牠以砲彈的力道撞上地面，愛麗絲及時往後跳開。牠藉著彈力，再次靈巧往上一躍，在幾尺之外蹲伏落地。

愛麗絲退開，匆匆忙忙扯動銀線，一打簇仔在她面前啵啵現身，像橄欖球小隊一樣一字排開。

「我們不用決鬥，」愛麗絲緊張地說，「如果你願意聽我說一下……」

傑瑞恩的聲音突然灌滿她的頭顱，「妳不能跟牠講道理，愛麗絲。如果牠是可以講理的東西，起初就不會被關進囚禁書了。」

樹精舉起一手碰碰低垂的枝椏，彷彿準備把自己再拋回樹冠裡，愛麗絲聽到樹葉的窸窣聲，回頭一看，就看到她背後的柳條抽動著，朝裡頭伸來，彷彿受到一陣強風的逼迫，接著對她攤展開來，好似一團翻騰不停的捲鬚。她不由自主尖叫出聲，趕緊倒退，遠離那個樹精跟探找不停的柳葉，卻只是撞上了另一根垂下的枝椏。樹精的手指帶爪，指爪現在順利戳進了那根枝椏的樹皮，手指好似操縱提線木偶一樣抽動不停。愛麗絲背後的那根柳條窸窸窣窣，發出了呻吟聲，扭著離開原本的位置，彎過來要摟住她。

她很快就失去了跟那個生物懇談的欲望，她彎身閃開逐漸圍攏過來的枝椏，她在心裡下令，簇仔像一小隊的長矛輕騎兵，嘴喙朝前發動攻擊。牠們啄著樹精的腿部周圍，兇狠地撕扯牠的木質皮膚，扯掉了一條條的木皮。不過，這番攻勢似乎對那個生物沒造成任何困擾，牠用空著的那隻手掌往下猛揮，把簇仔們打散，抓起來不及抽回嘴喙的一隻簇仔，朝著樹幹猛砸。愛麗絲以為簇仔只會反彈回來，沒想到竟然陷入木頭表面，彷彿沉入泥地一樣，木頭起了漣漪之後把簇仔整個包覆起來。片刻之後，無情的木頭以工業壓榨機的力道猛力擠壓簇仔，簇仔死去的痛苦，愛麗絲感同身受，她不禁放聲大喊。

其餘的簇仔再次圍了上來，可是樹精用雙手扣住那根枝椏，把自己從地面往上一抬，讓簇仔搆也搆不著。更多樹枝往內彎來，柳樹那個完美的圓頂向內彎折，響起撕扯樹葉跟折斷細枝的刺耳噪音。柳條在愛麗絲周圍散開，從三個方向擋住了她的去路，迫使她只能往樹幹步步後退。她腳下的地面蠕動不停，樹根挪動位置、四處探索，試圖絆倒她。

愛麗絲縮身躲過狂亂揮掃的枝椏，然後向後閃避，再不久就不剩任何空間可以躲了。摸索不停的枝椏雖然笨拙，很容易躲開，可是柳條靈活多了。她回頭一看就知道，再兩三尺，她就會碰上致命的樹幹，簾幕般的樹葉幾乎快把她整個人裹住了。不過，那片簾幕的長度還碰不到地面就是了——

沒時間可以思索了，她拔腿往前奔馳，假裝就要左轉，繼而往右旋身，接著撲向地面，翻身滾動，希望可以鑽過簾幕下方，逃到柳樹外面的敞放空間。她感覺葉子拂過她身上，努力伸展卻搆不到她時，內心一陣狂喜。眨眼間，她急速的翻滾卻撞上了一團從地面升起的根，擋住她的去路，她的肩膀竄過一陣劇痛。她急急忙忙要攀過那團根，可是她躺著的那片土地正在上升，她還來不及通過，就感覺柳條團團纏住了她。

愛麗絲氣急敗壞召喚簇群，先叫一打出來之後，有更多小傢伙憑空啵地冒出來，用嘴喙戳刺割劃那些柳條，打算一路砍向纏住愛麗絲四肢的那些柳枝。牠們嘴喙的邊緣很銳利，足以割斷柳條，可是每割斷一條，就有另外兩條竄過來。打了一陣子混仗之後，柳樹開始反擊，探出柳條抓住簇仔，纏住牠們的全身或是攫住牠們的雙腿。簇仔拚命想要躲開，靈活得讓人意外，可是一個接一個都被逮住了。懸垂的柳條把簇仔狠狠拋到樹幹上，好似動物園管理員把肉塊拋進等待的獅子嘴裡，簇仔慘死的痛楚，在愛麗絲的頭顱後方轟然爆開。

縱使她這麼賣力，柳樹的枝椏依然緊緊纏住她的腰、手臂跟雙腿，它們一舉將她抬進空中。樹葉邊緣僵硬起來，最後變得跟玻璃一般堅硬，銳利有如剃刀。它們把她的袖子劃破了，正準備對她的皮膚下同樣的毒手。愛麗絲讓簇仔消失，把簇群那條線拉進自己的內在，讓皮膚增厚，變得像簇仔那樣堅實如橡皮，於此同時，枝椏加緊纏綁的力道，大到足以把骨頭壓碎。

樹精本人騎著一條歪扭的樹枝，越空而來，一手埋在木頭裡抽搐著，彷彿無數的枝杈都是牠手指的延伸，當粗如繩索的柳條加強扭轉力道，剃刀般的葉子壓得更緊，牠只是用那雙綠眼冷冷瞅著她。她納悶牠會不會覺得很好奇，想她怎麼會還在掙扎，只要是一般血肉構成的生物，老早被壓成一團黏答答的爛泥。她化身成簇仔的血肉抵擋了那股壓力，可是那種擠壓還是讓她難以呼吸，滿眼金星亂竄。

長長的停頓之後，樹精抽動埋在木頭裡的手指，柳條起而回應。愛麗絲發現自己無助地轉動著，枝椏在她四周發出呻吟，她被擠向了粗壯的樹幹。如果被壓進樹幹，即使是簇群的力量也無法讓她存活下來，她親眼看到好幾隻可憐的簇仔都逃不過死劫。她掙扎不休，可是就等於是想徒手把一棵樹推倒。空氣裡滿是裂開樹皮跟細枝的聲響，枝椏幾乎彎成兩半，她聞到了樹液甜甜的濃烈氣味。

如果傑瑞恩會在最後一刻救她出去，她暗想，內心意外平靜，那麼最後一刻即將到來。

樹木的軀幹聳立在她眼前，不動如山卻兇惡可怕，有如怪物淌著口水的大嘴，也跟怪物的大嘴一樣致命，她試著不去想像自己被餵進樹幹裡的景象，一次一點點——

她突然意識到，傑瑞恩打算任由她被樹幹吞噬，他會坐在舒適的書房裡坐視不管，這樣他就可以省下功夫，不用面對她失敗之後的麻煩，更不用費心抹消她的記憶。她頓時燃起一陣瘋狂的怒火，怒意像刀一樣切穿了恐懼。不，她想，我不會死的，今天還不會。

她傾盡全力拉動簇群那條線，響起啵的一聲，就像簇仔們會發出來的聲音，只是比平常大一百倍。

愛麗絲成了簇群。

抵抗的力量突然沒了，讓柳條吃了一驚，柳條彈了開來，就像人倚在門上而門突然打開那樣。簇仔湧進柳條之間，像瀑布一樣奔瀉出來，一次幾十個。牠們像怪異又堅硬的雨水紛紛滴落在根部糾結的地面，彈來又彈去，迅速拉正自己的身體，擠在一起成為逼近固體的團塊。牠們聚集成群齊步奔跑；只要遇到根部或是揮動的枝椏，就趕緊作鳥獸散，事後再次匯聚成團，恍如一大群鱂魚。

愛麗絲有一百顆小小心臟跟兩百條腿，同一時間都在動。在頭一刻，有那麼多分裂的知覺讓她痛苦到難以招架，她覺得自己會發瘋，她想要退開，想要放掉簇群的感官知覺，不要透過牠們的目光觀看，可是這一次無路可退，她想要放聲尖叫，卻又不知從何做起。

她嚇得魂飛魄散，第一個直覺就是想蜷縮成球，直到恐懼感退去再說，而拯救她的，正是這個直覺。簇仔們主動接手，浪潮般地流過笨拙摸索的枝椏四周。她不用像傀儡師扯動木偶的四肢那樣，控制簇群的小身體，簇仔憑著本能就知道要怎麼行動，就像她的人類身體知道怎麼走路、跳躍或奔跑。

一等她抓到訣竅，感官知覺問題也跟著解決了，就像立體錯視畫的個別元素融成一氣。那一刻，愛麗絲才意識到自己之前未曾真正瞭解簇群。她原本把簇群想成一群生物，想像為並肩奔跑的狼群，可是根本不是那樣。牠們是分置於上百個身軀的**單一**生物，只有一心——她的心思。那些身體知道怎麼運用牠們多重的眼睛，就像愛麗絲的身體能夠運用她的一雙眼睛。她可以看到周圍的事物；簇仔分散開來，奔跑經過枝椏的時候，她可以看到那根枝椏的**每一面**，突然的領悟給了她一種美妙無比的感覺，讓她完全忘記自己的痛楚。

柳樹枝椏突然什麼都抓不著，只剩空氣，詫異不已。枝椏恢復平靜之後，往下一彎，擋住了她的去路。柳條蠕動扭轉，成了一面綠意組成的活牆。可是化身為簇群的愛麗絲，比起女孩愛麗絲靈活一百倍，在那片障礙物當中找出一百個縫隙，竄了過去。無洞可鑽的地方，就自己開洞，用尖銳的嘴喙對著懸垂的捲鬚又啃咬又揮砍。然後她就穿了過去，葉子跟枝椏在她背後激烈地翻騰起伏。她小小雙腿的動作快得糊成一片，爪子底下有了草地的觸感。

柳樹枝椏盡可能探向最遠的地方，最後突然打住；柳條朝著她的背後使勁伸去，與地面平行，彷彿受到颶風的強力吹掃。最後，柳條耗盡了元氣，只能落回原位，簇仔在柳條搆不著的地方，擠成一堆，放眼淨是嘴喙跟橡皮似的黑色皮毛。

經過一陣混亂的流動與融合之後，原本那一百個小小生物消失了，只剩一個女孩躺在草地上，渾身血淋淋的，喘著要換氣。

第二十二章——決定

「傑瑞恩！」愛麗絲一等呼吸順暢之後，馬上就放聲吶喊。

她的心臟依然在胸口中蹦蹦跳跳，不過她無法判斷是因為害怕還是因為欣喜。在解體的第一時刻，她的身體化為幾十個不同的碎片——愛麗絲確定，如果她活到一百一十歲的話，這件事肯定會讓她一直做惡夢，直到她生命終了的那一天。

「傑瑞恩！我知道你聽得到我說話。」她坐起身，感覺有點搖搖晃晃。「結束了，好嗎？我辦不到，把我弄出去。」

沒有回應，她其實也不覺得會有回應。她甚至不確定，她一旦進到書裡面，他能否把她弄出去，可是即使他有能力這麼做，她也不認為他會。

輕風在她四周咻咻吹過草地，使得銀色草浪順著山坡往下沙沙搖擺，繼而吹越遙遠的河谷，在遠處，山脈高高聳立，遙遠而模糊，輪廓彷彿並不完整。

這個地方不是真的，愛麗絲心想，**除了那個丘頂跟那棵樹，還有那個……生物之外，這一切其實都不是真的，除了穿過那邊，沒有其他出路。**

「可是我要怎麼殺死那樣的東西？」她大聲說。

即使在整棵柳樹全力襲擊她以前，她就已經覺得不可能殺死那個東西了，之前因為讓牠一時措手不及，她才成功逃離，可是她不確定自己有辦法再試第二次。他納悶她化身為簇群的時候，如果有**一部分**的她被逮到了，會發生什麼事。當她將自己重組起來的時候，會不會少根手指或是缺個大腳趾？

愛麗絲有點暈陶陶地笑了，她費勁站起身來，抖鬆手臂跟雙腳。這裡的空氣涼度足夠，讓人神清氣爽。她在變身的過程當中，不知怎地弄丟了鞋子，赤腳踩在雜草跟軟土上感覺很柔和，她伸伸懶腰，深吸了幾口鎮靜心神的氣，然後轉身面對那棵樹。

樹精正在看她，坐在一根從樹冠往下彎折的細枝上，細枝盡可能從軀幹往外延伸，牠依然把一手插進木頭裡，綠眼發出惡意的光芒。牠的表皮受到簇群攻擊的地方，雖然留下了刻痕跟缺口，可是已經開始填補跟結痂。愛麗絲桀驁不馴地回瞪著牠，但臉頰上僅有一絲血色。

「我們不用戰到底，」她喊道，「如果你講道理的話！」

另一根樹枝伸展開來，粗壯像棍棒。先舉向高空，然後以驚人的速度往下撲擊，碰到地面時，力道大到發出巨大的**嘎吱響**，揚起了一團塵土，就像巨人大發脾氣，重搥地面那樣。愛麗絲忍不住往後一跳，她覺得自己看到那個惡毒生物的眼中流露出滿足感。

「你用**那種**方法是嚇不倒我的。」愛麗絲嘀咕。

她開始繞著樹木打轉，就在那個東西的打擊範圍之外，牠一路尾隨著她，從枝椏跳向更高的細枝，這些枝椏都盡可能往遠處伸展。她接近的時候，柳條騷動起來，往外探去，彷彿感應到獵物似的。

可是並非一直都是如此，她暗想，仔細端詳著它們，有片刻——

老實說，這也算不上是計畫，可是已經比她頭一次誤闖囚禁書還要好了。她盡可能扯住簇群那條線，希望能召來越多簇仔越好。牠們從她四周的空中滾落，發出一連串輕柔的啵聲，最後有幾百隻簇仔在她四周擠成一團。她對上樹精的視線，對牠露出緩慢刻意的笑容，然後伸出一根手指，用心念下了指令。

簇仔群起攻擊。柳條騷動起來，攤展開來要迎接牠們，可是那些小生物全速奔跑的時候速度太快，要不是衝過樹葉之間的縫隙，不然就是把細瘦的捲鬚往旁邊推開，不理會跟剃刀一樣鋒利的葉子。牠們穿越懸垂枝椏的周邊，就朝著樹幹匯集。

之前以多個分身瘋狂奔逃的期間，愛麗絲在某一刻領悟到，原來簇仔會爬樹。牠們就體型來說雖然很重，可是極度強韌，腳上的尖爪可以刺穿樹皮，穩穩抓牢。更重要的是，牠們可以通力合作。牠們抵達樹幹，簇擁而上，像一群憤怒的螞蟻大軍那樣往上爬，而依然貼近地面的那些簇仔，就幫忙撐起先往上爬的那幾隻。不少簇仔都沒能成功爬上樹幹，尤其在樹幹開始扭動，想辦法甩掉那些不速之客時，摔下來的那些簇仔就只是彈了幾次，翻滾一下，再衝回那團混戰之中。不消多久，牠們就抵達低矮的枝椏，沿著枝椏奔跑，嘴喙忙著劈砍懸垂的柳條，同時又有好幾群的簇仔繼續往上進攻樹冠。

那棵樹整個失控發飆，就像小狗突然受到跳蚤大軍的攻擊，每根枝椏都往內彎去，柳條又伸又抓，把葉子甩得一團亂，想抓住那些堅持不懈的小寄生蟲，想把牠們拔起來。有幾隻簇仔被一把扯掉並拋向田野，牠們就在空中飛轉。可是，柳條逮住一隻簇仔的時候，有半打簇仔馬上群起攻之，用嘴喙把那根惹是生非的捲鬚劈斷，解救了受困的伙伴，那棵樹氣急敗壞用枝椏朝著自己揮掃時，愛麗絲幾乎可以聽到它憤怒的尖叫。

要是在之前，她是絕對做不到的。要對簇仔進行個別的控制，會因為多重的腿跟眼過於混亂而讓她招架不住。可是她之前化身為簇群的短短幾刻，讓她對牠們有更深的瞭解，其中包括她可以安心放手讓牠們獨力因應戰局。每一隻簇仔都知道其他簇仔在哪裡，從頭到尾都曉得，牠們輕輕鬆鬆就能透過彼此的眼睛去觀看，就像她可以透過牠們的眼睛去觀察一樣。只需要稍稍敦促，牠們就會遵照她的意思行動，一旦派牠們進行什麼，牠們就會全心投入其中。

她不疾不徐小心往前走，路過原本作為封鎖線的懸垂柳條時，還有餘力可以對著樹精揮揮手。

「嘿！」她告訴樹精，「想抓我嗎？我就在這裡！」

那個生物轉而面對她，牠騎乘的那根枝椏像蛇一樣扭轉過來，牠的綠眼閃出兇惡的光芒。愛麗絲四周的枝椏全都朝她彎來，她感覺得到腳下的土地正在蠕動，樹根正要往上竄來。

她對著樹精吐吐舌頭之後拔腿就跑，她留在柳樹可以觸及的範圍之內，可是跟樹幹保持適當的距離。枝椏扭著要追上去，樹精本身也是。她看到樹精移到了那根枝椏的末端，然後跳到另一根枝椏上。透過簇群多到數不清的眼睛，她瞥見了一件重要的事：樹精不接觸木頭的短短一瞬間，那棵樹就會停止擺動。

有更多枝椏快速往內彎，想擋住愛麗絲的去路，她不得不縮身躲避、迂迴前進，以便躲避它們。簇仔們沿著樹枝奔跑，只要有柳條看起來可能在愛麗絲經過的時候抓住她，簇仔們就對著那根柳條又啃又咬。即使如此，她還是有幾次沒躲過，身上留下幾處陣陣刺痛的割傷。她前方的柳條越聚越密，她沒有回頭查看——她並不需要回頭看，因為什麼都逃不過簇群的銳眼——可是她壯起膽子，盡可能隨時留意樹精的動向。牠跳上去的枝椏大部分是樹上最高的那些，那些枝椏也能夠探得最遠，可是就在牠從她背後逐漸逼近的時候，牠往下一跳，在突然靜止的樹枝上盪了盪之後，直接降落在愛麗絲前方的矮枝上。她驟然打住腳步，滑了滑才停下，蹭起了一團飛土，樹精的眼睛似乎發出勝利的閃光。柳條從四面八方急急朝她湧了過來。

樹精並沒注意到簇群正從背後紛紛擠上了牠那根枝椏，牠怎麼可能注意到？愛麗絲幾乎有點同情地想著，畢竟牠只有一雙眼睛啊。

那些小傢伙沿著樹枝急奔，到了樹枝細瘦的部位，然後像一群氣惱的啄木鳥一樣，用嘴喙拚命攻擊，一片片樹皮四處飛散。樹精轉過身來，也許對那棵樹的痛苦起了共鳴，可是已經太遲了。兩打簇仔對著弱化的枝椏劈砍不停，樹精還來不及跳離，木頭就在牠的重壓下斷落，發出劈啪巨響，枝椏幾乎朝著愛麗絲砸來，她必須往後縮身才躲得過。

樹精的左手帶著質感像樹皮的參差爪子，依然深深埋在那根樹枝的木頭裡。可是那根枝椏已經不再跟樹木本體相連。正如愛麗絲之前所觀察到的，沒有那種連結的話，那棵柳樹只是普通的柳樹，而不是有多重枝幹的毀滅發動機。所有的枝椏同時停住，突然頓住的動能讓它們輕輕搖擺著。所有的柳條抽動一下之後，軟趴趴地垂下，有如一面溫柔的簾幕披垂下來，就像一般柳條，同時也撒下了一批落葉跟斷枝。

愛麗絲確定，如果樹精的手又回到樹上，這棵樹又會重新發威。這麼一跌似乎讓樹精驚魂未定，她不打算讓牠有機會恢復戰力。簇仔從枝椏上掉下來，好似下了一陣奇形怪狀的果實雨，沿著凹凸不平的地面彈跳滾動，然後對準那個狀似猿猴的生物攻去。牠們嘴喙向前、一擁而上，將尖嘴刺進樹精的皮膚裡，又是揮砍又是切割，愛麗絲想起那些嘴喙有多麼兇狠銳利，看到那番景象不禁膽怯起來，可是樹精似乎沒有血肉，一塊塊樹皮隨著乾燥的裂響跟啵聲紛紛剝落。

樹精動了起來，將手從斷裂的枝椏抽出來，虛弱地揮打那些折磨牠的簇仔。愛麗絲對簇仔下達指示，要牠們把樹精制伏在地，用嘴喙頻頻戳刺，結合全體的重量將牠壓得動彈不得。不久，樹精就呈大字形，面朝下趴倒在地，愛麗絲謹慎地走了過去。

「結束了，」她說，「你懂我意思嗎？你輸了，可以嗎？」

那個生物有了變化，牠的皮膚似乎逐步枯乾，漸漸裂開，硬化成年老枯死的樹皮，猿猴般的胸膛裡似乎有東西繼續翻滾蠕動著。愛麗絲依然緊繃地看著，這時一大塊樹皮裂成兩半，掉了開來，一蓬淺綠色亂髮從樹精的背部直直往上探出來，彷彿從倒地原木裡長出來的嫩枝。接著出現兩隻修長的手，皮膚是春季新鮮苗芽的色調。

那雙手扒抓著那身樹皮盔甲，直到找到可以施力的點，然後一個孩子似的生物撐著樹皮翻身出現，高度不超過愛麗絲的膝蓋。牠渾身赤裸，就像沒穿衣服的玩具娃娃一樣不具性別，身體極為削瘦，四肢修長細緻，跟那個披著木頭戰甲的猿猴般生物共同的地方只有牠的眼睛，一樣是燦爛光亮的綠色眸子。愛麗絲的腦海裡突然浮現一個影像，就是這個脆弱的小東西坐在樹皮跟木頭形成的繭裡，就像中古世紀的騎士穿著鐵片盔甲，透過護面甲的細縫裡往外窺看世界。

樹精想要逃開，手腳並用爬過那身殘破的樹皮裝，可是爬到邊緣時沒踩好，重重滑落地面。有隻簇仔衝了過去，試探性地啄了牠的腿一下。簇仔的嘴喙留下一道彎曲醜陋的傷口，傷口流出了濃稠黏膩的樹液。樹精張大嘴巴，發出沉默的尖叫，露出樺木般的淺色牙齒。

「停。」愛麗絲大聲說。

圍在那個小生物周圍的簇仔暫停動作，小生物抓著割傷的地方，姿態有如人類痛苦的模樣。牠翻過身去，面朝下，膝蓋縮在身子下方，窩在那裡活像個等待懲處的孩子，簇仔團團圍住牠，剃刀般的嘴喙閃閃發亮，驚險萬分。

她努力回想傑瑞恩跟她講過的話。他曾經隨口提到，生物有時候會投降，而不是戰到至死方休，可是他從沒說過該怎麼做。

「你必須……屈服，」愛麗絲沒把握地說，「這樣我就可以離開，不再煩你。你懂我的意思嗎？我不想傷害你。要不然，我就沒辦法離開這裡。」

這樣說夠不夠？這場戰鬥顯然已經結束，可是她人卻還在這裡。她拚命回想自己上次逃出簇群世界的情形，可是當時她都快凍死了，幾乎失去意識，只記得最後在床上醒來。

「傑瑞恩！」她說。她很確定他聽得見她說話，而且他之前已經說過一次話。「我要怎麼做？」

「殺了牠。」傑瑞恩在她的腦袋裡說。

「什麼？」愛麗絲低頭看看那個生物，可憐兮兮，痛苦不堪。「我辦不到，現在不行。」

「牠還沒屈服在妳的意志之下，妳一定要摧毀牠才能逃出這個監牢。」

「我想牠不懂。」

「牠懂不懂都無關緊要，」傑瑞恩用煩躁的語氣說，「牠受到約束，只能選擇屈服或毀滅。」

「可是跟牠好像講不通，」愛麗絲說，「如果我可以好好解釋，就不必——」

「就因為一個生物長了人臉，不代表牠就有人類的心智，」傑瑞恩厲聲說，「屈服可能超乎牠的理解力，無所謂，出手吧。」

「不，」愛麗絲說，「我才不要因為對我來說比較方便，就動手傷害某個人。」

「我不懂妳在猶豫什麼，」傑瑞恩說，越來越生氣，「那不是『某個人』，那不是人類，有什麼要緊的？」

愛麗絲不理傑瑞恩，她在小東西身邊彎下腰，簇仔們往旁邊挪動腳步，讓她通過，她把手搭在牠的肩膀上，牠的皮膚摸起來涼涼的，跟剛長出來的細枝一樣光滑。

「聽著，」愛麗絲低聲說，「我不知道你聽不聽得懂我說的話，可是請盡量試試看，我不會傷害你的。不管傑瑞恩怎麼說，我都不會。可是事情已經結束了，知道吧？你不用再戰鬥了。」

一陣戰慄竄過那個窩成一團的東西，牠緩緩展開身子，轉過頭來仰望她。牠有張窄小的三角臉，嘴唇細薄，有個小小圓鼻，可是有雙好大的綠眼。那雙眼睛閃過屬於自己的光亮，就像陽光下的寶石。愛麗絲幾乎再一次可以感覺到那個生物的想法：怒氣、恨意跟恐懼，還有——滿意？

樹精的一隻手在土裡扒出一個洞，將手埋到了手腕那麼深。愛麗絲在牠的小小手指之間可以看到某種像蟲的淺白色東西，正在翻扭跟蠕動，是根的尖端。

柳樹抖了抖，恢復了動作，同時發出了上千個嘎吱聲跟窸窣響，融合成勝利的咆哮。愛麗絲轉身就看到其中一根最大的枝椏先往後彎，直到尖端快要碰觸到樹幹，然後就像釋放了張力的弓，往前猛揮，咻咻劃出一個大弧度。枝椏的遠端以棒球選手揮棒的力道，狠狠擊中了她的腹部，力量大到將她整個人甩離地面，像個被拋進空中的拼布娃娃一樣狂揮手腳。頓失方向感的飛翔期間，她瞥見柳樹的軀幹直逼而來，她只來得及閉上雙眼，害怕地縮頭弓身。

她以為會有粉身碎骨似的巨大衝擊，但她撞上木頭表面時，結果卻像是碰到濃稠糖漿似地陷了進去。黑暗包圍住她，她的耳裡淨是木頭移動的嘎吱響跟啵啵聲。她換不過氣來，胸口感覺有什麼斷裂了，就是不對勁。她試著尖叫，但發不出聲音。那棵樹開始擠壓她，就像巨人掐緊拳頭一般，愛麗絲感覺到自己骨頭的傳來啵啵跟喀啦響，最後意識兀自溜走了，將身體拋下不管。

第二十三章──吉迪恩

愛麗絲睜開眼睛，喘著要換氣。她站在輪船的欄杆旁邊，向外眺望大海。夕陽讓天際充滿了炫麗的色彩，映在柔和海波上的強光從金黃逐漸轉為深紅。

她鼓起勇氣看看自己的時候詫異不已──她的身體毫髮無損，卻穿著她清楚記得自己留在紐約的洋裝。布料是藍色絲緞，是爸爸去年耶誕送她的禮物，對愛麗絲來說有點太花俏，可是因為爸爸很喜歡，所以她自己也很喜愛。單是看到這件洋裝，她就滿眼是淚，她往上伸手想拭去淚水，但手舉到一半就定住不動，試探性地揉揉自己的臉頰。簇群劃傷她臉頰所留下的那道細疤，已經不見蹤影。

天空的色彩褪盡，海洋從紅轉紫，再變成穿透不了的深沉黝黑。星辰開始一個接一個透過頭頂上的碎雲浮現，愛麗絲轉過身去，她背後的牆上開了一組圓形舷窗跟一扇門，門的中央有個圓形門把，看起來很有航海的味道。站在門邊的──

愛麗絲心想，那是不可能的啊，這是個耍人的把戲，而且還很殘忍，是──

雙腿率先背叛了她，逕自擺動起來，根本不顧她講究理性的腦袋。她彷彿在糖蜜裡奔跑，動作緩慢又笨拙，預料那個幻影隨時都會消失，由令人痛苦的糟糕東西所取代。然後她就到了，撲上前去，爸爸的臂膀環抱住她，他暖烘烘的，很真實，她將臉埋在他的胸口裡，聞到了會讓她聯想到安全跟家的一切氣味。

「哈囉，愛麗絲。」他說，熟悉的聲音讓她情緒失控，她開始激烈地抽泣起來。他輕拍她的腦袋，用手指爬梳她的頭髮，愛麗絲覺得自己又回到了六歲：在書裡讀到可怕的內容，半夜做了惡夢之後爬上爸爸的床鋪。

她哭了好久好久，以至於當她停下來不哭時，覺得內在空蕩蕩的，有種整個人被掏空的感覺，可是這種感覺還不錯，就像她之前一直悶在心裡、承受壓力的東西，終於得到釋放。她覺得更輕盈，也覺得相當澄淨。

愛麗絲揉揉刺痛的雙眼，她把爸爸的衣服弄得一團亂，伸手想要打理整齊，但是效果不彰。她往後退開，鎮定心神之後說，「哈囉，爸爸，真高興見到你。」

他露出笑容，跟她記憶中最後一次見到他的模樣沒有不同：當時他一身灰西裝、頂著他最愛的舊帽子，雙手插在口袋裡，她則站在岸上揮手送別。

「也很高興見到妳，」他說，「妳看起來狀況滿好的。」

「我不確定自己狀況好不好，」愛麗絲說，「我不確定——」

她停下來。她什麼都不確定，卻又不忍心開口問，免得計較過度會干擾到什麼，讓爸爸像戳破的肥皂泡那樣消失不見。可是她想說——你死了嗎？我死了嗎？這是夢嗎？還是另一本書？這艘船會載我們到天堂去嗎？

爸爸似乎可以從她臉上表情讀出所有的疑問，他向來都有這個能力。在爸爸面前，愛麗絲從來藏不住秘密。

「這陣子很難熬嗎？」他問。

「嗯，」愛麗絲低語，努力嚥下喉嚨的硬塊，「不是都很糟糕啦，可是……我不知道自己有沒有辦法撐下去。」

「真遺憾，」他說，「愛麗絲，我愛妳，勝過任何一切，這點妳知道吧？」

「知道，」愛麗絲說，「我當然知道。」

他的手輕輕搭在她的肩膀上。「來吧，我想給妳看個東西。」

他走到門那裡，轉了幾次門把之後拉開，裡面有一條長長的廊道，腳下是一條優雅的綠地毯，愛麗絲尾隨爸爸走進去，注意到那一排舷窗向外面對著走道跟欄杆，爸爸在她走進去之後把門關上，邁向這些舷窗的第一個，召喚她跟上來。

「妳應該看看這個。」他說。

愛麗絲皺眉。「可是——」

「噓噓噓，」爸爸說，「妳聽。」

愛麗絲有點困惑地彎身湊近窗玻璃，她所看到的不是船身外頭有點扭曲的景象，而是俯瞰著裝潢華麗的臥房。等她習慣了那個奇怪的視角，馬上就認出是什麼地方，她曾經在那裡醒來過一次，就是跟簇群短兵相接之後，有個深色頭髮的雀斑女孩躺在床上，幾乎埋在厚厚的床被之下，一邊臉頰上有道細細的白疤。她看起來臉色蒼白、力氣耗盡，閉上的雙眼下方浮現黑眼圈，只有從毯子的微微顫抖才知道她在呼吸。有隻灰貓貼著她的臂膀，依偎在她身邊。

愛麗絲回頭仰望爸爸。「這是——」

「噓——」他再次指指舷窗，她把臉湊了回去。

傑瑞恩踏進房裡，看起來好像熬了一整夜，八字鬍低垂，下面的臉龐削瘦憔悴。他走到床畔，戳了戳貓，貓咪抬起頭，用譴責的眼神仰頭看看老人。

「沒動靜，」灰燼說，「沒變化。」

「就目前這種情況來說，沒消息就是好消息。」傑瑞恩說。他找到一張高背椅，拖到了床畔，笨重地坐下來。

「你想還要多久？」灰燼問，「她才會……」

「很難說，」傑瑞恩說，「要好一段時間吧，我想，也許永遠都醒不來。有別的讀者強行闖入你置身的書裡，這種過程會帶來創傷，你也知道吧。這種做法跟書的目的背道而馳……」他嘆口氣。「再看看吧。」

「我很訝異你竟然不怕麻煩，」灰燼說，愛麗絲想像自己在貓的語氣裡聽到一絲憤恨，「我的意思是，她沒通過你的考驗。」

「我沒多少時間可以細想，」傑瑞恩說，「先別急著做選擇，似乎比較好。」

「選擇？」灰燼彈彈尾巴，「所以你不會抹除她的記憶？」

「我會先等一等，」傑瑞恩語氣堅定地說，「到時看狀況再說，可是必要的事我都會做，身為讀者不能夠……心軟。」

「是不行，」灰燼嘀咕，聲音幾乎低到聽不見。「我想是不行。」

愛麗絲從舷窗抬頭瞧瞧爸爸，又低頭看著自己。「裡頭那個是我，所以——我現在是誰？我們在哪裡？」

他聳聳肩。「我也說不上來。」

「可是……」愛麗絲試驗性地咬咬嘴唇，痛的感覺還滿真實的。

「來吧。」爸爸說。

他沿著走道再往前走一點，停在下一扇舷窗旁邊，愛麗絲好奇地看著他，然後彎身把眼睛湊近玻璃，後面的景象同樣也不是船的外側，而是傑瑞恩套房的內部，她現在的高度比較低了，更接近自己的——身體，總之就是更接近躺在床上的那個東西。傑瑞恩不見人影，可是灰燼還在，牠爬過了她的身體，繞著圈圈走動，想找個舒服的位置。牠甩著尾巴，最後終於以熟悉的人面獅身像姿態，趴坐在她的胸口上，往下盯著她沉睡的臉龐。牠的腳掌輕柔地在毯子上蹂躪。

「妳永遠都別醒來，搞不好還比較好，」他說，「妳不曉得傑瑞恩洗掉一個讀者的記憶會是什麼情況，腦袋裡剩下的，可不是什麼靈光的東西。被洗掉記憶的人，是會走路跟講話，可是算不算活著？也許吧，我不確定。」

一陣長長的停頓。貓咪把頭靠在腳掌上，眼皮垂下。

「不過，我想藉著這個機會道歉一下，即使妳事後不會記得也不要緊，畢竟，當初我要是沒把妳帶進圖書館，妳一開始就不會捲進這件事了。」牠煩躁地彈彈尾巴。「不過，那也只是說說而已，我跟妳都知道那不是真相。如果我當初沒採取行動，傑瑞恩跟母親也會想辦法處理妳，不過，我不見得需要動手就是了。」

牠的語調很悲慘，愛麗絲好想伸手摸摸牠，告訴牠不要緊。她試了試，卻只是摸到了舷窗旁的壁紙，她躺臥在床的身體依然頑固地動也不動。

門猛地旋開，艾瑪端著托盤走進來，托盤上放了冒著熱氣的碗。灰燼馬上伸直腦袋，看到闖進來的是誰之後，又趴了下去。艾瑪把托盤放在邊桌上，眼神空洞地佇立等候。

「去吧，」灰燼說，「離開這邊，回妳房間去。」

艾瑪客氣地點點頭，一語不發離開。灰燼嘆了口氣。

「看到了吧？」他說，「不是很靈光。」

愛麗絲從舷窗走開，挺直身子，喉嚨又覺得堵堵的了。

「傑瑞恩不會真的……毀掉我的記憶吧？」她問爸爸。

艾瑪就是這樣嗎？想到一個活生生的正常女孩會被變成那樣，愛麗絲突然好恐懼。

「我知道他叫我殺死樹精的時候，我沒聽他的話，可是牠只是個無助的小東西。」她反省並補充，「好吧，也許不算是無助，也許我的做法不聰明，可是當時感覺很對。」

「妳的做法是對的，」爸爸說，「不管傑瑞恩認為對不對。」

爸爸的贊同讓愛麗絲湧上一股愉快的暖流，「我也這樣覺得。可是現在他就要對我做出恐怖的事了。」

「妳會想辦法撐過去的，」他說，「妳向來都有辦法。」

愛麗絲再次嚥嚥口水。「謝謝。」

他漾起笑容。「來吧，還有一個要看。」

這一次，從舷窗看出去，近到就在床上沉睡的身軀上方，愛麗絲可以辨識房門跟書櫃，還有沙發跟幾張扶手椅，可是放眼不見灰燼的蹤影。

煤氣燈已經熄滅，唯一的光線來自月亮，月亮透過窗戶在地板上灑下淡淡的方塊。房間的其他區域都籠罩在陰影裡。愛麗絲看著自己的身體呼吸著，緩慢但深沉，覺得比上個舷窗看到的情況好了一點。

在房間最暗的地帶裡，有雙黃眼睜了開來，貓眼一般細，發出淡光。那雙眼睛的下方有極淺的象牙光芒，彷彿月光反射在尖銳的白牙上。片刻之後，出現了另外兩雙眼睛，一雙又大又圓，有如受驚的野兔，另一雙帶點綠色，有詭異的橫向瞳孔。

「這就是那個女孩？」有個聲音說，音質高亢細薄，像是竊竊私語。

「嗯，」另一個聲音低沉又富共鳴，即使透過窗玻璃，也輕輕振著愛麗絲的牙齒，「她看起來沒什麼料。」

「重點不在於她的模樣，」第三個聲音就是終結那種黑暗陰柔的呼嚕聲，「她就是我們一直在等的人。」

「那是妳的想法，」第一個聲音說，「可是妳打算冒險讓她去對付我們的兄弟？」

「說得好，」第二個聲音說，「她根本不夠強，而且龍在傑瑞恩的手上，如果他能夠束縛住牠……」

「我不得不……隨機應變，」終結說，「有太多勢力在追龍了，在傑瑞恩的保護底下比較安全，而且他這個人謹慎得很，他得過一陣子才會斗膽嘗試，可是這女孩學習的速度飛快，在一年或兩年之內，她就會強大到足以打敗我們兄弟，束縛住牠，要牠非支持我們的主張不可。」

「前提是她要能活下來。」第一個聲音說。

「嗯，」第二個聲音說，「他說得對。如果傑瑞恩嗅出了風向，就不會留她活口。」

「她可能活不下來，」終結承認，「我盡力了，可是如果她活——」

「如果她活下來，」第二個聲音轟隆隆地說，「我會準備好。」

「哼嗯，」第一個聲音說，「如果她活下來，那麼……看著辦吧。」

兩雙眼睛合起來，消失不見。終結留在原地，暗影裡透出兩個明亮的黃圓圈。

「也許我是個傻子，」她說，「都過這麼久的時間了，可是……」

那雙眼睛半閉起來。

「祝好運……」

愛麗絲從舷窗往後退開。不知怎地，她心跳飛快，仰頭望向爸爸想尋求安慰，他漾起笑容，但她覺得他的神情有點哀傷。

「那是誰啊？」她說，「你知道嗎？」

「妳會比我更清楚的。」他說。

她還來不及進一步追問，他就已經順著廊道走遠，那裡沒有舷窗，只有一扇門，跟他們之前進來的門長得一模一樣。愛麗絲的爸爸轉了幾次門中央的輪子，將門往外拉開幾寸，因為很費力而發出悶哼聲。門的後方是一片漆黑，就跟黑絲絨一樣厚重不透光。

「我們要進去嗎？」愛麗絲沒把握地問。

「妳要進去。」他說。

她思索片刻。

「我一定要問，」愛麗絲說，「我知道——我知道沒道理，可是我一定要問。」她深吸一口氣。「你死了嗎？」

他一時面無表情。「妳覺得呢？」

愛麗絲先回頭看看廊道，再低頭瞧瞧穿著爸爸最愛洋裝的自己，最後仰頭望向模樣如同記憶的爸爸，她用手指拂過臉頰上那個該有傷疤的地方。

「我想……」

他偏著腦袋等候。

「我想這是一場夢。」愛麗絲說。

爸爸綻放笑容。「我向來都說，妳是家裡腦袋最好的一個。」

愛麗絲踮起腳尖，用手臂環抱著他，感覺到他的重量、溫暖跟鬍後水的熟悉氣味。她輕柔地吻吻他的臉頰，他拂亂她的頭髮，讓她覺得自己變回了小女孩。

「我愛你。」她說。

「我愛妳，愛麗絲。」他說。

她貼著他的臉頰一笑。「我知道。」

「而且我對妳有信心，不管發生什麼事，我都相信妳撐得過去。」

愛麗絲點點頭，要抽開身子是件殘酷又艱難的事。她拂了拂洋裝起縐的地方，用袖子背面揩揩眼睛，然後轉身面向門口。

「從這裡穿過去嗎？」她說。

「對。」

除了漆黑，什麼都沒有，還有點依稀可聞的東西——是音樂嗎？她幾乎沒辦法確定自己聽到了，可是她分辨得出小小片段，聽起來有種莫名的熟悉感，是她曾經聽過但已經遺忘的曲調。

她回頭望向爸爸，看看他的笑容，努力要把這個影像烙進腦海裡。如果其他事物都消隱不見（夢境通常都會這樣），她想把這個影像保留起來。

接著她眨眼忍淚，轉身拉開那扇門，步入了那片黑暗。

第二十四章——睡美人

愛麗絲睜開眼睛。

她躺在傑瑞恩套房裡的床上，毯子一路蓋到了脖子。煤氣燈已經熄滅，淡銀色月光照出了沙發、椅子跟書櫃的輪廓。

她的手不由自主往上伸，拂過臉頰，那裡有一道細細的長疤。

愛麗絲小心翼翼坐起身，預料飽受摧殘的身體會表示抗議，但教她詫異的是，身體的狀況竟然還不錯，身上的天藍色睡衣尺寸有點太大。愛麗絲把毯子掀開，扭了扭腳趾，腳趾有了令人滿意的回應。

她合上眼睛，探出觸角去找簇群，那條線還在原來的地方，發出銀光，可是上頭連了別的。這一根是深棕色，彷彿是木頭做成的，可是就像生物一樣抽動翻騰。愛麗絲試驗性地想抓住它，它在她的心念抓取之中劇烈扭動片刻，之後才安頓下來。

那一定是樹精，傑瑞恩一定是進來救了我，自己殺掉樹精了。他從沒跟她說過有可能這麼做，也沒提過他可以幫她對抗生物跟束縛生物。**他讓我以為我可能會死在裡面！**

她再次睜開眼睛，四下張望房間。雖然眼前不見任何人影，可是那也不表示就沒人，她清清喉嚨，輕聲喚道。

「灰燼？終結？有人在嗎？」

沒人回應。可是空氣中灌滿了音樂，音量微弱，彷彿發自遙遠房間的留聲機。是一段簡單重複的旋律，雖然愛麗絲說不上來是什麼音樂，可是發現熟悉到惱人的地步。

她揮轉雙腿下了床，站起身的那一刻狀況滿糟糕的，一時天旋地轉，好想吐，但她閉上雙眼數到十。等她再睜開眼睛，多少恢復成平常的方向感，她光著腳丫輕腳越過地毯，走到了門口，門關著但沒上鎖。

她在房門的另一邊發現灰燼緊緊蜷成一球，她等著灰燼打招呼，發現牠沒反應的時候，就試探性地用腳戳戳牠，毫無動靜。

「灰燼？」愛麗絲朝牠彎身，開始擔心。「你還好嗎？」

她把牠整個從地上抱起來，牠的貓鬚在抽動，但身體卻像沒骨頭似地從她的雙手垂下，好似絨毛玩具，眼睛依然緊緊閉合。

傑瑞恩一定對牠做了什麼，愛麗絲暗想。她希望灰燼不是因為她而受到懲罰。

她小心把貓放下來，環顧四周。她站在傑瑞恩私人套房的大廳裡，沿牆淨是書架，擺了幾尊風格奇幻的雕塑，跟宅邸大廳裡的雕塑互相呼應。套房大廳有四扇門，每側各有兩扇，除了她剛穿過的那扇之外，只剩一扇是開著的，門口旁邊的地毯顏色發黑，沾有泥巴。

事有蹊蹺，最恰當的做法顯然是退回臥房，把門鎖上，留待傑瑞恩來處理。愛麗絲卻輕腳往前邁步，繞過沾有污漬的地毯，把心念抓力轉移到簇群線，隨時準備要扯線召喚簇仔團團圍住她。她在門口旁邊止步傾聽，可是除了她想不起來而覺得洩氣的模糊音樂之外，沒有其他聲息。

最後，她傾身朝裡頭一看，以為會是另一間臥房或書房，可是這裡看起來卻像地窖，地毯突然在這裡停住，換成了石板，牆壁是沒加嵌板的櫟木，裝有鐵撐架，架子內建在牆裡。架上放了有幾個大小形狀各異的小箱，彼此隔著距離擺放，箱子的材質多少都有點古怪。

有不少都是普通的箱子，或是模樣花梢的皮革箱子，但也有附鎖的金屬箱子，以及雕工繁複的木頭提箱。有幾個的材質看起來彷彿是玻璃或是透明水晶，內容物模模糊糊，看不清楚。它們全都鎖著，其中幾個箱子還不只有一道鎖。有個箱子上有模樣複雜的一組轉盤，可用號碼組合來設定，另一個則是捆著錯綜複雜的雕花鍊子。

在這一切的中央有個生物窩成一團趴著，長度跟愛麗絲的高度差不多，外型有點像狗，也有點像蜘蛛，體型類似獒犬，外皮亂糟糟地夾雜了鱗片跟一簇簇剛硬濃密的毛髮。六條長腿，腳跟冒出模樣猙獰、骨頭似的針刺，全部在身體下方糾結成團。腦袋平貼在地，模樣好像人類，看了就讓人不安，但有銳利如刀的長牙，紫色舌頭鬆鬆垂在嘴外。

牠也睡著了，看來就跟灰燼一樣喚也喚不醒，因為牠腦袋邊有個玻璃箱出過狀況，當時可能發出不少噪音，但牠還是照睡無誤。這是幾個較大箱子裡的一個，有玻璃掛鎖，可以看到掛鎖銅製內部的運作狀況。這只玻璃掛鎖比表面看來還要強大，因為破箱而入的不管是誰，都刻意避開了掛鎖，直接砸破箱頂。不管箱子裡原本裝了什麼，都已經不翼而飛。破損箱子周圍的架子上灑了點點血跡，參差的破玻璃邊緣上也沾了些血，血跡一路滴到愛麗絲站立的門口，往外延伸到地毯上。

愛麗絲花了點時間思考這件事，泥土跟鮮血的痕跡清楚地通往門口，返回宅邸大廳。片刻之後，她輕腳踮至套房門前，繞過這團亂象，把門拉開。除了音樂之外，一切依然寂靜無聲。

艾瑪靠著大理石雕塑的基座，頹倒在大廳裡，身邊的地面上有個翻倒的托盤，一碗黏呼呼的燕麥粥摔破了。愛麗絲單腳跳過沾有泥濘的地毯，趕到女孩的身邊，發現她跟灰燼一樣只是陷入沉睡。

答案終於揭曉，愛麗絲想起以前在哪裡聽過那段音樂了。她的呼吸一時卡住。她拔腿狂奔，尾隨那條血跡回到廚房，確認血跡通往大宅後門。她很篤定，血跡會離開大宅，繞過花園之後進入圖書館。

如果大宅裡的每個人都睡著了，那只剩愛麗絲可以去追艾薩克了。她猶豫片刻，手搭在門把上，然後轉身衝上樓回到自己的房間。到現在她已經獨自擅闖圖書館兩次了，如果之前的經驗教會她任何事情，那就是最好穿得暖和點，穿雙好靴子過去。

幾分鐘過後，愛麗絲快步穿過碎石小徑，朝圖書館邁去。音樂仍然只是依稀可辨，不管她身在何處，都沒有更響亮也沒有更微弱。

他騙我。這個想法在她的腦海裡熊熊燃起，艾薩克跟她說過，塞壬的力量不夠大，沒辦法讓那三個針牙生物同時睡著，可是他現在卻用塞壬讓整棟大宅的人陷入昏睡。她一直找不到傑瑞恩，他一定也被下了咒，要不然就會回應地窖裡的竊案。**原來艾薩克從頭到尾都在耍**

我。如果他可以做到這個程度，當初就有能力從那些生物的手中輕易逃走，根本不需要我幫忙。愛麗絲下意識用手臂抹抹嘴唇，彷彿想把污漬揩去。

滿月提供充足的照明，那道血跡逐漸只剩零星的幾滴，在銀白月光下時隱時現。愛麗絲知道她要往哪裡去。當她發現圖書館的銅鑄前門微微開啟，她的懷疑就得到了證實。

她鑽過門縫，只有取防風燈的時候才停下腳步，埋頭往館內走去。她所能知覺到的一切，都有點不一樣了，就是不大對勁。就像某個噪音停下之後，她才察覺噪音原本是存在的，整間圖書館的感覺變了。她想，感覺就像連書架跟整棟建築不知怎地都睡著了似的。以前總是有某種東西存在的感覺，彷彿有什麼從陰影裡眨也不眨冷眼監視她，可是現在連那些眼睛都閉上了。她路過半打沉睡的貓咪，牠們蜷在角落裡，或是慵懶倚在書架上。

不久，她就在前頭看到了另一盞燈的閃光，看起來並沒有在動。愛麗絲放慢腳步漸漸接近，突然不確定該怎麼進行。她考慮過要想辦法從某個書架後面偷偷繞過去，然後出其不意冒出來，可是那只會把艾薩克嚇得拔腿就跑，她不確定自己跑不跑得過他，他甚至可能會攻擊她。她的胃部翻騰，讓她想起自己在前後不知多久的時間裡，只吃了加蜂蜜的燕麥粥，她的雙腿警告似地發著抖。

愛麗絲打起精神，大步往前。如果她看得到他的提燈，他可能也看得到她的，所以想偷偷摸摸也沒意義。她把防風燈高舉過頂，出聲呼喚。

「艾薩克！是你吧？我知道你在那邊！」

她繞過一組書架，發現自己到了蟲先生平常辦公的低矮書桌，但是放眼不見那位學者，不過另一盞提燈就擺在桌上。桌子後面，艾薩克從蹲伏的姿態慢慢起身，身上還穿著骯髒破舊的外套，頭髮軟趴趴，滿是汗水，雙手還纏著粗糙的繃帶，其中一邊繃帶纏到半條手臂高，愛麗絲看到亞麻布料上透出了點點血跡。

「**愛麗絲**？」他說，整個人馬上從極度緊繃放鬆下來，「噢，天啊，當然是妳。」艾薩克往桌邊的長凳重重坐下，「看到有人追上來的時候，我還以為自己完蛋了。」

「你，」愛麗絲說，她不知道該**作何**感想，有半打的事情想說，那些話全都擠到她的舌頭上打轉，可是最後終於溜出來的話是，「你是怎麼溜出來的？」

「傑瑞恩對自己的守護犬太有信心。」他的語氣有點自命不凡。

「塞壬的事情，你騙了我。」

「噢，」至少艾薩克還懂得要露出一點難為情的樣子，「其實我沒說謊啦，我只是沒提到這個而已。」

他從口袋裡挖出一小塊珠寶，是鑲嵌在白銀裡的紅寶石，就像胸針或項鍊。那顆石頭黯淡樸素，一道大裂縫幾乎橫越了整枚石頭。

「這有點像是……電池，」他解釋，「是我主人給我的，可以給塞壬足夠的威力，連傑瑞恩也措手不及。可是只有一次效用，我知道我到時需要用來——」

他停下來，一臉困惑地看著愛麗絲的表情。

「你需要用來逃跑，」愛麗絲說，「因為你是小偷。」

「妳也不用說成**那樣**吧，這個跟個人恩怨無關。只是我主人想要那本書，就派我來找。」

他搖搖頭。「總之，傑瑞恩根本不曉得龍在哪裡，要是他都不知道自己手上有龍，我就不算是從他那裡偷了吧？」

「我們應該要把那本書拿回來給終結的，」愛麗絲說，她沒提到自己的目的是要用那本書來當陷阱，逮住維斯庇甸。

「終結告訴我，我們可以針對那本書談個交易，」艾薩克說，「我主人想要那本書，如果她幫忙弄到那本書，我主人願意給與慷慨的回報，可是她卻背叛了我們，愛麗絲。除了她，沒有人能夠把傑瑞恩帶來找我們！」

「她是不得已的吧。」愛麗絲說。

「我想，那是她給妳的說法吧？」艾薩克嗤之以鼻，「妳應該知道她說的話能信的有多少。」

「那我呢？」愛麗絲說。

「妳怎麼樣？」他盯著她，臉上掠過奇怪的表情。「終結保證要把龍交給妳，對吧？妳以為我過來是要幫妳弄到那本書的。」他搖搖頭。「她把我們兩個都當傻子耍，我想她從頭到尾都乖乖遵照傑瑞恩的命令走。」

「我才不……」愛麗絲猶豫了，「我才不信。」

艾薩克嘆口氣，重重坐在桌邊的椅凳上，手撞到桌面，她看到他痛得扭起臉。

「你的手怎麼了？」愛麗絲不由自主說。

「只是被玻璃割到幾個地方，」艾薩克對著繃帶皺眉，「不會有事的。」

「你應該早點跟我說，」她說，盡量壓下怒氣，「我們就可以一起想出什麼辦法。」

「愛麗絲……如果妳要當讀者的學徒，妳必須先明白那是什麼意思。」

「什麼？難道我一定要很惡劣才行嗎？應該要像你一樣說謊、欺騙又偷竊嗎？」

「比那個還要複雜，」艾薩克仰頭看她，「妳成長期間，身邊有沒有兄弟姊妹？」

「什麼？」愛麗絲驚愕地頓住，「沒有，只有我跟爸爸。媽媽在我很小的時候就過世了。」

「我有個哥哥，我想他其實不是我的親哥哥，可是就跟哥哥一樣，我們在主人的碉堡裡面一起長大。他也是讀者，比我大了三歲左右，他叫伊凡德。」艾薩克頓住。「我們以前形影不離，什麼事都一起做，以前要上課的時候，他們都要花好大力氣才能把我們兩個分開。」

愛麗絲聽到的重點是他用了過去時態。「他怎麼了？」

「我六歲、他九歲的時候，主人跟另外幾位老讀者裡的一個談定協議，我不知道內容是什麼，可是另一個讀者一定是需要學徒，我主人又覺得自己多了一個。他告訴我們，伊凡德從現在起要搬到別的地方住，就這樣。我哭得好慘，可是主人就把我丟在房間裡，等我自己看開。」

「好糟糕喔，」愛麗絲說，「他們就……拿他來交換？把他當成一盒巧克力那樣？」

「他們就是這麼想的。對他們來說，我們只是**物品**。我現在甚至可以有點理解他們的感覺了。當你活了一千年，還會把六歲小孩的感受當成一回事嗎？這就像是我跟妳想要瞭解螞蟻一樣。」

「你有沒有再見到他？」

「噢，有啊，」艾薩克說，「其實那才是重點。等我再見到他的時候，他竟然想殺了我。」

「什麼？」

艾薩克笑了。「我想那樣的確很不公平，我不知道他會不會真的殺了我。可是我主人派我去拿他想要的東西，伊凡德的新主人也派他去搶同樣的東西，我們……就打起來了。最後我逃跑了，我主人很氣我。

「可是我們下一次再碰到面的時候，卻又攜手合作了，我主人跟他主人，還有另外幾個讀者這次變成盟友，他們派出手下的幾個學徒去恐怖的叢林世界尋找……唉，無所謂啦，反正我們最後也沒找到。可是我有了機會可以跟伊凡德談談，他就把來龍去脈都解釋了一遍。」

艾薩克往前傾身。「老讀者們會用好多種小手段來跟彼此爭鬥，他們當中總有一個會派學徒出去偷這個，或是防衛那個。我們這些學徒根本別無選擇，懂了嗎？對我們來說，這就像是……一場遊戲或什麼的。你就盡自己的全力，因為你不想被主人懲罰，不過如果把這種事當成個人恩怨，是沒有用處的。今天跟你對決的人，明天可能就會站在你這邊，到了後天可能又會從你這裡偷東西。」

愛麗絲搖搖頭。「那樣太糟糕了。」

「我們就是這樣的人，妳也是這樣的人，我們只能盡量往好處想，盡量活久一點，等自己成了手下有學徒的老讀者。」艾薩克搖搖頭。「也許可以用稍微不同的方式來對待學徒。」他拂掉外套上的一些塵埃，站起來，反覆伸縮負傷那隻手的手指。

「總之，我在這裡的工作結束了，」艾薩克說，「妳要相信什麼隨妳，不過妳很快就會看清真相。」他給她一抹淺笑。「誰曉得?下一次，搞不好我們就會屬於同一陣營。」

他轉身要離開，揚起一陣灰塵。愛麗絲朝他踏出一步並說，「你以為你要上哪裡去?」

艾薩克回頭看著她。「抱歉?」

「我是傑瑞恩的學徒，」她冷冰冰說，「我不能就這樣讓你帶著書離開吧?把書還來，我就放你走，只是為了表示這個跟個人恩怨無關。」

一陣久久又脆弱的沉默。艾薩克緩緩轉身面對她，長外套在塵土裡拖著。

「不然怎樣?」他說。

愛麗絲想用低俗廣播節目裡動作英雄的態度說「要不然試看看」，卻怎麼都說不出口，她發現自己竟然不明所以臉紅起來，於是用力甩甩腦袋。艾薩克嗤之以鼻。

「回床上睡覺吧，」他說，「還要一陣子大家才會醒來，妳還有不少時間。這樣妳就不會因為放我走而惹上麻煩，如果妳是在擔心那個。」

「我才不擔心惹上麻煩咧，我是認真的，艾薩克，把書還來就好。」

「如果我沒把書帶回去，我自己就會惹上麻煩。」艾薩克的臉掠過一抹陰影，彷彿憶起了不愉快的事。「我不打算冒那個險。」

「我不會讓你離開的。」

「我不想傷害妳，愛麗絲。」

他稍微挪動站姿，像摔角手那樣展開手臂。愛麗絲感覺空氣起了變化，有種線弦彈動似的張力，彷彿隱約傳來吉他琴弦震動的聲響。她這才意識到他已經拉住了他內心的線，通往了某本遙遠的囚禁書。一陣鮮明涼爽的微風切穿了圖書館沉滯的空氣，新鮮落雪的乾爽氣味一時壓過了塵埃的古老味道。

愛麗絲瞇細眼睛，不管他表現得多強悍，他還是艾薩克。她抓住簇群的線，然後遲疑了一下。如果她放出那些小傢伙，她就真的可能會傷到他。雖然他表現得這麼白癡，但她其實並不想傷害他。反之，她把線往內在拉，讓肌膚堅硬起來，然後蹬腳一躍。

她先跳到長凳上，再躍向桌面，然後跨越一段讓人腿軟的距離，幾乎到了他的正上方。艾薩克震驚地往後退開，雙手舉在臉前，但愛麗絲繞到他的背後，狠狠抓住他的長外套，猛力一扯，讓他失去重心。他重重趴倒在地，還來不及翻過身來，她為了方便制住他，索性往他的下腰一坐，把他壓在原地。

愛麗絲沒跟手足相處過，所以對孩子們隨性的扭打沒有經驗，但艾薩克的劣勢在於他天生有種騎士精神。愛麗絲猜想，當初把她從黑先生手中救出來的人，應該不會輕易對女生鼻子出拳才對，雖然她因為利用這點而覺得有點過意不去，但她告訴自己，他之前還不是利用了她的善良天性。他們兩個是半斤八兩。況且，因為簇群的線團團繞著她，所以她目前的體重超過他很多，他偶爾勉強出手揮打時，也只是從她橡皮似的皮膚反彈回去而已。

不久，他就不再蠕動掙扎了。「愛麗絲，」他說，「別這樣嘛，愛麗絲。別這麼——哎唷——別再踢我了啦！」

愛麗絲不理會他，開始有條不紊一一搜查他軍用雨衣為數不少的內襯口袋。「別再亂動了。」她用嚴厲的口吻說。「你剛剛應該乾脆把書交給我的。」

又搜了一陣子之後，她在一邊口袋發現了長方形的鼓起，得意洋洋把龍那本書抽出來。

「還來啦！」艾薩克哀哀叫道。

「替大家解除魔咒，」她說，「那我們就可以一起跟終結談談。」

「別傻了，她只會把書還給傑瑞恩！」

他用一隻臂膀抵住地板，在她下方拚命扭動身子，好不容易讓她失去平衡，往旁邊一倒。他從她下方扭身鑽了出來，伸手要搶龍那本書。在這過程當中，膝蓋不慎撞到了愛麗絲的腹部，儘管有簇群的保護，還是讓她一時換不過氣。

愛麗絲一手還是抓著書不放，另一手則是用很丟臉的姿態推擠艾薩克的臉。他則是扣住她的手腕，兩人用力撞上地面，在地板上扭打，掀起一大蓬翻滾的塵埃，呼吸起來相當困難。艾薩克滿臉通紅，汗流浹背，但還是不肯放手，最後愛麗絲終於把雙腿伸到兩人之間，用兩腳抵在艾薩克的胸膛上，藉著這個支點把他推開，可是他掐緊她的手腕，結果書就脫手滑開了。在接下來的混仗當中，其中一人的腳往龍書一踢，結果書滑過了灰塵遍佈的地板。

愛麗絲跟艾薩克分開來，兩人都淌著汗，氣喘吁吁，久久瞪著對方不放，然後，彷彿起跑鳴槍響起，兩人同時翻身滾開，急忙匍匐爬向那本書。

愛麗絲的手跟艾薩克的手同時碰到了書，兩人朝著反方向拉扯，結果那本小小的書落在兩人之間，翻了開來。愛麗絲一時慌亂，過了一兩秒才想到要轉開視線，但是一兩秒就已經太久了。書裡的文字在她的目光底下蜷曲移位，她讀道：

愛麗絲閉緊雙眼，可是從風吹在臉上的感覺她就知道已經太遲……

第二十五章——龍

愛麗絲閉緊雙眼，可是她從風吹在臉上的感覺就知道已經太遲。空氣中瀰漫著潮濕岩石跟植物生長的氣味，而不是圖書館的陳舊灰塵，他們來到了龍書裡面。

「噢，糟了，」這是艾薩克的聲音，不像傑瑞恩從她腦海裡發話，而是從附近的某個地方傳來的，那就表示他也進了這本書，「糟了、糟了、糟了、糟了、糟了。妳怎麼可以……妳這大笨……！」

愛麗絲睜開雙眼，艾薩克就站在她旁邊，破爛的外套在微風中輕輕翻揚。他氣急敗壞地東張西望，憤怒很快就變成了恐懼。他旋身面向她，攢緊拳頭靠在身側，愛麗絲看到了他臉上有一組平行的抓痕，是她之前用指甲抓出來的。

「有一籮筐的蠢事可以做，妳幹嘛一定要做這件事啦！」他吼道，聲音從周圍的岩石反彈回來，「早知道就——噢，天啊——」

他們站在一塊寬廣平坦的石頭上，向外眺望一個巨人玩具箱似的風景，放眼淨是粗糙不平的巨石，一堆堆聚在一起，光禿的石頭之間冒出了灌木叢，甚至是幾棵小樹。樹根從石頭邊緣竄出來，盲目摸索著可以鑽竄的地方，就像蟲子似的，遠處矗立著一座山脈。

艾薩克改用愛麗絲聽不懂的語言說話，不過她認為他在咒罵洩憤，她拉直洋裝，把灰塵拍掉。

「要是你照著我的要求，乖乖把書交給我，就不會發生這種事了，」她說，「或者更好的是，一開始就別偷書，我們現在跑到這裡來了，就必須要面對。」

「『我們』？」艾薩克吼道，「我想我受夠了跟妳合作的事！」

他舉起雙手，愛麗絲又嗅到了雪的氣味。艾薩克伸出雙臂，掌心朝外，小小飛旋的白雪就像海洋的水沫一樣湧出來。一陣強風擊中愛麗絲的臉，冷颼颼的，彷彿一打開門迎面就是大風雪。小小的冰雹打中她又彈開來，弄得她又痛又刺，她不得不把雙眼緊緊閉上。

她盲目地探出觸角，拉出一打簇仔圍繞著她。她借用牠們的視力，看到艾薩克就在自己創造出來的疾風中央，於是派那些小傢伙朝他衝去。第一個抵達的簇仔啄著他的腿，咬得不深，只是割破他的長褲，讓他滲了點血。艾薩克再次咒罵，放下雙手，將那陣冰冷的強風轉向腳邊。簇仔忙著扒找抓力點，要不是在光禿的岩石上找到爪子可以扣牢的地方，不然就是滾向旁邊、落入下方的岩石彈彈撞撞。

愛麗絲增強自己對那條線的抓力，有更多簇仔冒了出來。她睜開眼睛發現艾薩克正回瞪著她，嘴唇彎成了咆哮的模樣。

「你不覺得——」愛麗絲開口。

震耳欲聾的吼聲打斷了她。

愛麗絲曾經在馬戲團聽過一次獅吼，當時十歲的她放聲尖叫，用雙手摀住耳朵。可是眼前這種聲音是完全不同層次的東西，彷彿發自某種龐大的機械裝置，就像蒸汽輪船正準備發動的哀鳴。這個聲音震撼了她的頭顱內部，岩石跟著搖動移位，讓人捏把冷汗。愛麗絲鬆開她的那條簇群線，小簇仔們瞬間消失無蹤。艾薩克雙膝跪地，雙手抱著腦袋。

那個聲音慢慢隱去，回音隆隆作響，力道之大，愛麗絲還在耳鳴。她狂亂地四下張望，可是找不到那個巨大噪音的明顯來源。

「我們死定了，」艾薩克喃喃，「噢天啊，我們死定了，死定了，死定了……」他又用起了另一種語言。

「艾薩克。」沒有回應，所以她大步走過去，一把揪住他的衣領，扯著他站起身。「艾薩克！什麼東西……剛剛那個是什麼東西？」

「就是囚犯啊，這本畢竟是囚禁書啊。」他抬頭瞥她一眼，然後再次閉上眼睛。「是龍。」

愛麗絲放開他，他往前一癱。

「龍？」她說，「真的是龍？」

「是**那隻**龍。」艾薩克說。

「只有一隻嗎？」

「沒人知道牠從哪裡來，很久以前某個讀者把牠抓進書裡，後來就沒人再發現別的龍了，連這本書都已經失蹤了好幾個世紀。」

愛麗絲感到一絲恐懼，恐懼好似冰冷的手，緊緊抓住她的胸口，但她無情地把它推開。

「要是書失蹤了，你又怎麼會過來找？」

「我主人發現一條線索，說書就藏在傑瑞恩的圖書館裡，他就說服終結讓我溜進來找找看。」他一臉譴責看著愛麗絲。「結果妳害我們卡在這本書裡面了！」

愛麗絲掃視地平線，沒有龍的蹤跡。

「如果這是囚禁書，」她說，「那就表示我們一定要找到囚犯，逼迫牠屈服。這隻龍的事情，你知道多少？」

「什麼都不知道！」艾薩克說，「我本來就不應進這本書的，我主人什麼也沒跟我說。」

「我們一定要做點什麼才行。」

「我們會被吃掉，那就是我們『會做』的事，」艾薩克說，「我們——」

「你說起話來就跟灰燼一樣，」愛麗絲說，「他那時候也很確定自己會死掉。可是我們最後也沒死啊。所以你可不可以別再——」

她底下的岩石動了起來，這一次更加劇烈。他們佇立的那塊岩石，是個頂端平坦的巨石，**跳動不停**，彷彿有東西從正下方猛力敲擊它，然後一側塌陷下去，最後朝一邊傾斜，好似逐漸沉入海裡的船甲板。艾薩克原本像受到催眠似地動也不動，那個動靜把他驚醒，他急忙往那塊岩石的高處爬，往下一看之後，躍過了岩石側面。

「艾薩克！等等！」愛麗絲趕到邊緣，發現他正沿著下一塊石頭的表面爬行。

他還來不及回答，前方的岩石就發出嘎吱響，爆出了大量的塵埃跟碎石，尖銳的碎片往四面八方咻咻散射。艾薩克差點鬆手摔落，他緊緊攀住的石頭往後劇烈傾斜，只剩指尖扣住了將近垂直的岩石表面。

那蓬塵雲裡有東西在動，某種巨大的東西，那個東西把幾噸的石頭往兩邊擠開，就像人類把限制行動的毯子踢開一般輕鬆。『要往哪裡逃』這一點突然變得沒那麼重要，應該完全逃離這個空間才對。愛麗絲大可順著她那塊石頭的坡度，紮紮實實跳往另一個平坦表面。可是艾薩克就在她眼前，掙扎著想把自己往上拉，手上還纏著繃帶，長外套在背後誇張地翻飛，他單薄的手臂因為出力而抖個不停。

愛麗絲罵了個髒字，她爸爸要是聽到可是會大感震驚，然後跪在岩石邊緣，就在艾薩克上方，她把簇群線硬扯進身體裡，然後伸出手。

「艾薩克！」

他冒險回頭一看，看到她的手，反而加重原本攀抓岩石的力道。

「牠快來了！」愛麗絲吼道。壓垮岩石的聲音越來越響亮，「只要——稍微用力推開，你辦得到的！」

「我……」艾薩克猶豫不決，一手脫離了岩石，他的腳打滑了幾寸之後，他的手又回來攀住岩石。「我沒辦法。」

愛麗絲挫折地想要放聲尖叫。她平趴下來，伸出雙手，手指差點拂過他的後腦勺。「來吧，就現在！」

他再次朝她伸手，這一次她用雙手抓住他的單手使勁拉。他的腳從踩踏的地方一滑，小石子在他下方滑開、吭噹墜落。他整個人一時懸空，全部的重量都在愛麗絲的手腕上。岩石邊緣深深戳進她的前臂，要不是藉由簇群的力量強化肌膚的硬度，她確定自己的骨頭早就繃斷了。

不過，這樣的變身並不會給愛麗絲帶來額外的體力，雖然艾薩克的體重跟她一樣輕，可是要把他抬起來，對她來說還是太吃力了。讓艾薩克一時癱軟的恐懼，再次退去，他伸出另一隻手，抓住她的手肘，然後把雙腿抵在岩石懸凸的部分。愛麗絲跪地往後拉，艾薩克輪流換手，漸漸爬了上來，兩人最後成功越過岩石邊緣，攀上了岩石本體。艾薩克面朝下，喘著氣重重一趴，愛麗絲則是呈大字形仰躺在他身旁。

「妳……」艾薩克呼咻喘著說，「妳救了……」

「『又』救了你，」愛麗絲勉強開口，掙扎著要調勻呼吸，「不用客氣。」

那些噪音停了，愛麗絲謹慎地坐起身，希望不管是什麼東西都已經回頭睡覺去了。可是並沒有。塵埃逐漸落定，龍就在碎裂石頭形成的大窟窿中央。

要是愛麗絲事先沒在書裡看過牠的圖片，她會不屑地表示，她想像中的龍不是長這個模樣。她喜歡靈巧優雅的龍，長得比較像是擁有妖精翅膀、長了鱗片的貓科動物，動作迅捷、腦袋靈光，會幫小女孩打敗惡毒的吃人妖怪等等的。

眼前這隻不是那種龍，牠既沒有翅膀，也不會和藹地分享智慧，而是體型像棟小房子的蜥蜴，有八隻腳，腳粗到艾薩克跟愛麗絲手牽手都環抱不住的地步。牠有個犬類的長長口鼻，上顎整排齙牙，下顎兩側突出兩根巨大的尖銳長牙，有如蟒蛇的利齒。牠的頭顱呈箭頭的形狀，兩側各有三顆眼睛——巨大的半球體在微弱的陽光中像黑鑽石一樣發出閃光。沒有眼皮，眨也不眨，讓愛麗絲聯想到某種昆蟲而不是爬蟲類。

牠的鱗片灰中帶白，有兩條黑色長紋順著背部延伸，尾巴的長度等於身體其他部位的加總，以精巧的S形蜷縮在身體後方，即使整個身體都靜定不動，尾巴照樣動個不停。

愛麗絲一時語塞，她在那六顆眼睛裡看見自己的倒影，扭曲的影像壓縮成小小的點，周圍淨是無邊無際的岩地。龍往前踏出一步，然後又跨出一步，六個小小的愛麗絲就同步跟著挪移，牠腿部移動的方式太不對勁了，流暢過度，彷彿有額外的關節似的，彎曲的尾巴甩東甩西、蜷來蜷去。

牠說話的時候沒動嘴顎，就跟灰燼一樣，但是嗓音低沉渾厚，震動了愛麗絲的頭顱，那是山脈險崖或是古老秘密洞窟才會發出的聲音。

「真可悲，」龍轟隆隆說道，「事隔這麼多年之後，我姐妹竟然派這種貨色來對付我？竟然派小孩來？小孩的小骨頭老是會卡住我的牙縫……」

牠張開嘴巴，慢吞吞打了個長長的哈欠，蛇一般的黑舌頭也竄出來嚐嚐空氣。

愛麗絲張嘴要說話——反正她的嘴巴可能一直沒合起來——卻意識到自己不知道該說什麼，也不曉得怎麼跟龍講話。她一時軟弱地結結巴巴，最後決定說「哈囉」。

「妳在幹嘛？」艾薩克說。他蹲伏在她的背後。

「想辦法跟牠談談啊，」愛麗絲細聲說，「噓。」

「妳不可能跟牠談的啦，」艾薩克說，「牠是龍耶。」

「如果牠會講話，就應該能夠聽懂我的話。」

「誰說牠會講——」

「哈囉，」龍說，「這小女孩還真勇敢，這點我承認。」

「謝謝，」愛麗絲說，「可是沒人派我們過來，我想我不認識你的姐妹。要是我見過她，我應該會記得。」

一陣長長的沉默，雖然愛麗絲不大懂得怎麼判斷龍的表情，但她認為牠露出了驚訝的樣子。

「愛麗絲——」艾薩克開口，扯著她的袖子。她打了手勢要他別講話。

「妳……」龍說，把這個字拖得老長，「妳聽得懂我說的話？」

「我想是吧。」

「可是……」牠轉動腦袋，先用一組眼睛看看她，再用另一組瞧瞧她，「都過了這麼些年，她還是辦到了。」

「我不知道你在說什麼，我是不小心闖進來的——」

「妳當然不是不小心，」牠說，「有這麼多書，妳就恰好掉進這一本？別傻了。」牠語氣裡的怒意越升越高。「妳會來這裡，是因為她希望妳過來。可是為什麼呢？她總不可能期待妳可以凱旋而歸吧，難道她以為我會對妳大發慈悲？」

牠以吼聲說出最後兩個字，把其他聲響一概淹沒。艾薩克猛扯愛麗絲的手臂，但她根本不用人催。龍展開身子，朝他們衝來，愛麗絲抓住簇群那條線，跳到下一塊大石上，讓橡皮般的雙腿吸收那種衝擊，艾薩克就落在她後方。

龍往前暴衝，八條腿同時移動，好似蒸汽引擎的活塞，四雙腳輪流舉起放下。大石頭在牠的重壓之下嘎吱呻吟。一隻巨腳碰上他們站立的那塊岩石，將岩石翻向空中，就像兒童玩具一樣拋轉不停。愛麗絲跳向下一塊大石，踩到一塊苔蘚而滑倒，還好及時打住腳步，沒摔進岩石間的縫隙並卡在那裡。艾薩克移動的方式較為小心，他雖然抵達大石的頂端，卻犯了回頭張望的失誤。看到來勢洶洶的龍，反倒讓他半途停下腳步，愛麗絲得使出蠻力抓住他的手臂，硬是將他拖走。他們再次一躍，這一回手牽著手，眨眼間那個生物就撲上了他們原本站立的那塊大石，一隻巨腳狠狠一跺，揚起了一團岩塵。

愛麗絲除了忙著專心把腳站穩、想辦法搞懂龍的意思、在內心裡驚聲尖叫之外，心裡有一小部分正忙著評估他們兩人存活的可能性。他們不可能跑得比龍快。龍除了體形龐大之外，具有三關節的八條腿也讓牠可以在崎嶇不平的落腳處上，輕鬆優雅地站穩腳步，是這兩個人類遠遠比不上的。她認為用簇群攻擊龍也起不了什麼作用，頂多只能轉移牠的注意力，搞不好連這點都辦不到呢。跟龍相較之下，簇仔根本都還不及蝨子大小。

那麼為了保住性命，就只剩一個辦法。她把簇群線拉進自己內在，能拉多遠就拉多遠，然後回頭看看艾薩克。**其實，她暗想，我可以丟下他不管，反正這都是他的錯。**

「過來這邊。」龍發出那麼多噪音，艾薩克很難聽到她講話，於是她同時也扯扯他的手。他還沒開始扭動身子以前，愛麗絲就一把熊抱住他，在他的後腰那裡用手扣住自己另一隻手腕，頭就貼他的腦袋邊，他散發出霉臭跟古老的氣味，就跟那座圖書館一樣——也許是外套的緣故——他們抵著彼此的心口，她感覺到他的心突突猛跳。

「愛麗絲？」他對著她的耳朵尖聲說，「妳在幹——」

「只要別動就好！」

龍已經轉過身來，動作激烈地滑著停下腳步，爆出一陣跳動的石頭跟碎岩，接著牠把八條腿收攏在身下，準備向前撲襲。愛麗絲抓緊艾薩克，把他提離地面一寸，然後搖搖晃晃倒退，身子往後仰，一起摔下那塊大石的邊緣。

第二十六章——獵捕

這不太像摔落，而比較像下降，兩人在岩石之間來回彈彈撞撞。愛麗絲卯盡全力控制走向，想辦法用自己的身體擋在艾薩克未受保護的軀體跟毫不留情的岩石之間。她的腦袋一路狠狠撞了幾下，在化身為簇群的狀態下，腦袋就像網球一般彈了回來，但教人意外的是，不怎麼痛。他們一路往下墜，岩石的銳利邊緣跟尖端挫傷她、割傷她。不止一次，她聽到衣料扯破的聲音，但她的橡皮皮膚一直沒受傷。

她正在忖度，這些岩石下方有沒有堅實的地面時，就落在了寬闊平坦的東西上頭，臀部先著地。艾薩克在她的抓抱之下，軟趴趴地攤開四肢。她沿路撞鬆的一小批扁石跟塵土，在他們周圍紛紛灑落，落入愛麗絲的頭髮，逼得她緊閉眼睛。

遠遠的上方，她可以聽到龍在動。岩石移位、互相碾磨，可是附近毫無動靜。片刻之後，那些噪音越來越小，漸行漸遠，愛麗絲吐出長長的氣息。她放開艾薩克，任由他在身邊滑向地面，接著她動手拂去自己眼上的塵土。

這個裂隙裡面並非完全漆黑一片，有足夠的光線從上方的裂縫跟窄隙透了進來，在這裡撒下昏暗的微光，偶爾出現燦爛的光點，是幸運的太陽光束毫無阻攔直射下來的結果。愛麗絲給自己眼睛一點時間適應，然後把自己打量一遍，她的衣服戳出了破洞、剉成了細條，可是除此之外，整體狀況大致還好。她在心裡默默感謝簇群，還有簇群橡皮球身體所提供的庇護。然後，她望向艾薩克，一面害怕自己即將看到的景象。

看到他正在呼吸，腦袋似乎沒有嚴重撞傷，驅散了她最大的恐懼。長外套護住他的皮膚，所以身上大多毫髮無傷，不過在這過程當中，外套也扯得破破爛爛了。她發現他最嚴重的傷勢是小腿上一道長長的傷口，是邊緣尖銳的岩石所劃破的，目前流出了不少血，還好傷口看來不會太深。愛麗絲唯一懂得的醫學知識就是，血液就該乖乖留在身體裡面，她從那件破爛的大衣上扯下幾條布，把它們纏成了粗製的繃帶。她在傷口上束緊這條繃帶時，艾薩克的唇間發出了痛苦的嘶聲，接著是一聲哀嚎。

「艾薩克？」她說，「你聽得到我說話嗎？」

「我們是不是……」他嚥了嚥口水，微微抬起頭，「我們死了嗎？」

「還沒。」

他又在她面前用別國語言罵了一長串話，然後深吸一口氣。「妳剛剛在想什麼啊？妳沒把自己的腦袋瓜撞破，簡直是奇蹟了！」

「你的腦袋沒撞破，才是奇蹟吧，」愛麗絲怒聲說，「我有簇群的保護耶，況且，我也看不出有其別辦法。」

「妳竟然沒先警告我。」

「哪有時間啊。」她額外使勁將繃帶一扭，他又發出一聲慘叫。「下次我就把你丟下來餵龍！」

她站起來大步走開，想要尋找出口。他們在一個小空間裡，那裡有一雙大石組成了類似拱門的形狀，可是那些大石頭的形狀很不規則，所以之間有不少可以鑽進去的空間，儘管得冒著磨破一點皮的危險。愛麗絲挑了最大的幾個縫隙，距離地面有幾尺，然後開始往上爬。

「等等！」艾薩克說，「妳要去哪裡？」

「總要有人想辦法找路出去吧？」愛麗絲故作大膽的樣子說，「你可以在這裡等就好了。」

「別傻了，」他扭著臉坐起身，「妳不可能——」

「你是說我辦不到嗎？至少我願意嘗試，歡迎你繼續呆呆坐在這些岩石下面，坐到餓死為止。」

「妳不能就這樣單獨行動，」艾薩克靜靜把話說完，「我們應該……一起想個辦法。」

「好了，」艾薩克說，愛麗絲遲疑地退回原地，在他身邊盤腿坐下，「跟龍談話顯然沒什麼作用。」

「牠對我講話了啊，」愛麗絲說，「如果我們別去吵牠，搞不好過一陣子之後牠就會平靜下來。」

「牠沒說什麼我聽得懂的話啊，」艾薩克說，「妳確定妳不是幻聽？」

「我當然確定，我才沒有幻想自己能跟大蜥蜴聊天的習慣。」

「好啦，好啦，」艾薩克頓了頓，「那牠說了什麼？」

「跟牠姐妹有關的事，牠認為是她派我們來跟牠戰鬥的。」

「牠姐妹？另一條龍嗎？」艾薩克搔搔腦袋，「我沒聽說過有別的龍啊。」

「我就是這樣跟牠講的啊。」

「如果我們想出去，就必須試著……說服牠。」艾薩克搖搖頭。「要不要靠魔法呢？妳怎麼叫那些像鳥的小東西？」

「我不確定自己該不該告訴你，」愛麗絲說，還有點惱怒，「一分鐘以前你才想殺死我。」

「我才不──我才不會殺死妳咧，」艾薩克說，「總之，我想只要我們還困在這裡，跟龍在一起，我們兩個就應該要先休戰。」

愛麗絲嘆口氣。「我跟你說過，牠們叫簇群。」她覺得自己應該挺身為牠們說話。「牠們不止一次救了我的命，也救了你的命，當我們摔──」

「當妳把我拉下石頭邊緣？」

「當你像個白癡一樣目瞪口呆，我救了你，免得被龍吃掉，」愛麗絲把話講完，「沒錯。」

「牠們還會做別的事嗎？除了保護妳跟──咬東西？」

「其實不會，」愛麗絲伸出手，喚出一隻簇仔。牠平靜地坐在她的掌心上，盯著艾薩克，發出小小的呱嘓聲。

「牠們不想吃掉我的時候，」艾薩克說，「還滿可愛的。」

「老實說，我想牠們根本不吃東西，不過牠們會喝血就是了。」愛麗絲把手一翻，簇仔在撞到地面以前就消失了。「總之，我不確定用牠們來對付龍有多大作用。龍太大了。如果牠們碰得到牠的眼睛，也許……」

「倒是可以考慮喔。妳還有別的魔法嗎？」

愛麗絲搖搖頭，然後頓住。她的腦海後方還有另一條線，是木質的線。她一觸及這條線時，感覺這條線雖然抖動不定，但她依然能夠抓取。她試著把線拉到自己外頭，召喚那個生物，卻遭遇到頑強的抗拒，但她還是能夠輕鬆用這條線反覆纏繞在自己身上幾次。

她睜開眼睛，發現艾薩克專注地瞅著她。

「還有……別的，」她說，「我從來沒用過，所以不大有把握，不過我想牠是樹精。」

「妳怎麼可能沒把握？妳要不是進了那本囚禁書，不然就是沒進去。」

「我是進去了，」愛麗絲說，「可是我不記得自己再出來。牠差點把我殺了，可是我想傑瑞恩闖進來阻止了牠。」

「噢，」艾薩克靜默了片刻，「妳可以把牠召喚出來嗎？」

「我想沒辦法，感覺不大對勁，不過我有個點子。」

她站起身，把灰塵從破爛洋裝上拍掉，然後環顧這個小洞穴，最後找到細如鉛筆的單條樹根，一路從地表上某棵絕望小樹蜿蜒下來。愛麗絲試驗性地把手貼在根上，然後閉上雙眼。

她可以感覺到……什麼。有種光線跟熱度的感受，隱約也有風沙沙吹過稀疏樹葉的感覺，她的心思可以隨著樹根一路直達地表，佈滿節瘤的樹幹在鋪著薄薄泥土的凹地裡垂頭彎腰，然後再順著另外一打尋找抓力點的根往下行，那些根在石堆之間分岔擴散。

艾薩克把頭探進狹縫的盡頭。「妳找到東西了嗎？」

愛麗絲集中精神，把意志集中在那條根上。那條根微微嘆了口氣，就像老人被迫離開舒服的椅子，根把自己從岩石上拉開，在她面前的半空中繞起圈子，輕輕顫動著。愛麗絲讓那條根維持在原地一下，然後任由它垂落。

「我想差不多就這樣，跟樹木有關。」

「原來，」艾薩克搔搔鼻翼，「就我們目前的處境來說，用處不是很大。」

「好吧，」愛麗絲說，戒心一起，「那你有什麼？你可以用塞壬讓牠睡著嗎？」

「我想沒辦法；那個威力符沒了，而且龍太大。況且，塞壬還在外頭唱歌，要是我把她也拉進來我們這邊，我不確定會發生什麼事。」

「那你用在我身上的那個呢？」

「小冰嗎？」

艾薩克一手伸向岩壁，皺起眉頭。冷風狂吹片刻，冰霜的軌跡從中心點往外擴散，有如星辰的光芒。

「小冰可以讓水結凍，也可以稍微移動一下冰，」他說，「我另外有幾個小的，像是磷蟲跟蜥蜴蛙。」

「就這樣？」愛麗絲說，有點太得意的樣子，「就我們目前的處境來說，我不確定它們的用處會有多大。」

出乎她的意料，他竟然只是無力一笑。「嗯，恐怕是不大，我跟妳說過，我根本沒料到要跟龍決鬥。」

「一定有什麼是我們可以做的，」愛麗絲再次因為恐懼而忐忑難安，於是掄起拳頭。「關於那隻龍，我們知道的有什麼？」

「牠──」

「牠很大？」艾薩克主動說，「而且有又大又尖的牙齒。」

「牠動起來像蛇，」愛麗絲說，「快速又敏捷。」

「噓，」愛麗絲舉起一手，「你聽到什麼了嗎？」

艾薩克沉默下來。片刻之後，空氣中充滿了撕扯撞擊的巨大聲響，他們這個小洞穴的一面牆壁往上消失不見。燦亮的陽光湧進暗影幢幢的岩堆下方，愛麗絲不由自主舉手遮擋強光，拚命眨眼。她可以看到大石的黑色形狀，還有覆蓋大石的突出物，長長的像蛇。

原來是龍的尾巴。牠動作柔美，輕鬆自在就把這塊重達幾噸的石頭提起，讓它從岩堆中彈了出去砸毀，發出隆隆聲響。箭頭形狀的口鼻塞滿了那個縫隙，擋住了陽光，讓他們兩人頓時陷入黑暗。龍吐出來的惡臭熱風像海浪一樣沖刷過愛麗絲的全身。她回瞪兩顆最接近的龍眼，發現在煙黑色的半圓形裡可以看到有東西在動。在巨大的虹膜裡有個瞳孔，原本縮成了針尖大小，此刻在突來的幽暗裡慢慢擴大。

「哈囉，小巫師，」龍說，「我聞得到你們，你們知道吧。」

「我不想跟你戰鬥，」愛麗絲說，「拜託，我們能不能好好談談──」

「妳迎戰了嗎？在我看來，妳只是躲在岩石底下而已。」牠嗤之以鼻，吐息的熱流籠罩著她，「妳只有這些能耐？」

愛麗絲發現自己手中握著一塊碎石，她還沒想到這個做法有多糟以前，就卯盡全力拋出去，命中了龍的眼睛。碎石從黑色硬殼反彈回來，彷彿碰到了加厚玻璃似的，並未造成明顯傷害，巨大的瞳孔骨碌碌轉動，掙扎著要聚焦。片刻之後，龍的腦袋像是發動攻擊的蛇，刹時向前撲襲，猛撞愛麗絲身旁的岩石。

剛剛暴露出來的洞穴被撞出一道深深裂隙，愛麗絲抓起艾薩克的手，縮身鑽了進去，側著身子平貼著岩石移動，以便穿越岩石裡的窄縫。那個裂隙有了分岔，然後再次分岔，在大石之間曲折延伸。那個怪獸緊追不捨，愛麗絲好怕會走到無路可退，於是召喚出一打簇仔，派牠們先去打探狀況，用牠們的單色視力先確定前面有足夠空間可供兩個人類通過，艾薩克心甘情願地跟著她走，時時回頭往龍的方向看，龍正把他們剛剛短暫休息的地方整個搗爛。

感覺跟龍之間拉開了安全距離之後，愛麗絲稍停步調整呼吸，簇仔像保鏢一樣團團圍住他倆。艾薩克放開她的手，喘著大氣向後倚在岩石上。

「龍……太強了，」他說，「妳剛剛有沒有看到牠抬起那塊岩石的樣子？」他咳了一陣子之後，朝地上吐出滿是塵埃的濃痰。「我本來以為我們也許可以……我不知道，朝牠丟石頭吧，可是我們抬得起來的石頭，根本妨礙不了牠的行動！」

愛麗絲虛弱地點點頭。「那些眼睛也不好應付，要是能夠靠得很近，是可以用石頭砸牠看看，可是……」

「我們死定了，」艾薩克說，「絕對沒辦法——」

「別再說那種喪氣話了。」愛麗絲怒斥。

「什麼建議我都來者不拒，」艾薩克說，身子順著岩石往下滑，破爛的外套卡在肩膀那裡，「天啊，我好渴。」

愛麗絲的嘴唇也乾裂了，可是她盡量不去理會。她正準備再次教訓艾薩克，叫他別抱怨的時候，心裡突然浮現一個念頭。

「你的小冰可以製造……冰，對吧？」

「其實不算是**製造**啦，是可以讓原本就存在的水結凍，空氣裡總是有點水分。」他蹙眉。「也許我們可以把半融的雪刮起來，拿來解渴？不過很髒就是了，而且量也不會有多少。」

「小冰可以凍住多少水？」

艾薩克笑了。「還不少，以前有一次在盛夏的時候，我跟伊凡德把整座湖凍結起來，然後就可以在上頭溜冰。」他嘆氣。「當然了，等湖一融化，所有的死魚都浮到了湖面上，主人不是很高興。」

「水。」愛麗絲仰望上方。頭頂上的遠處，在岩堆頂端，太陽透過另一棵細瘦樹木上稀疏的葉子，投下了光斑點點的圖案。「某個地方一定有水。」

他們謹慎地爬回了頂端，隔著一段距離，可以看見龍的身影，顯然還在最後一次看到他們的地方尋尋覓覓。牠在暴怒之下，猛力把大石拋開，所以偶爾會有大石以長長的拋物線飛越半空。兩人再次由愛麗絲帶路，在岩石頂層之間小心穿梭，而不是爬過石頭表面，而且總是跟那個怪獸保持一定的距離。兩人行進的速度相當緩慢，感覺耗費好幾個小時才找到他們尋覓的東西。

一小道泥水沿著大石側面淌下，愛麗絲領頭帶著艾薩克順著水流往前行，最後在一塊大圓石頂端找到泉水灌注的一小池水。幾個淺淺的窪地裡聚積了一小層的泥土，有棵樹從當中長了出來，稍微比愛麗絲高，枝椏繁多。

水好冰啊，摸了手會發痛，但她跟艾薩克還是急著用雙手掬水解渴，手最後凍到發麻。接著，愛麗絲盤腿坐下，這棵樹擋在他們跟龍之間，愛麗絲把手指用力塞進腋窩取暖，一面解釋她的計畫。艾薩克的態度似乎在佩服跟懷疑之間擺盪不停，尤其在愛麗絲講到她要負責的部分。

「妳確定妳辦得到？」他說，「我的意思是——」

「我以前做過一次。」愛麗絲說。

「萬一妳迷失了呢？」

「我不會迷失。」

「好吧。」他思索片刻。「我還是不確定冰會照妳的意思表現。」

「我們就試試看吧。」

他們走到了水池邊緣，細水溢出小丘的側面，往下流進整片石地裡。細水流過兩塊巨大岩石之間，艾薩克把手往下伸，指尖探進水裡。冰霜的圖案立刻往外擴散，好似逐漸綻放的花朵，幾秒鐘之內就開始結出奶白色的冰。

有一會兒，愛麗絲很擔心艾薩克可能說得對——大石塊可能太笨重、石塊可能湊得太密、小冰的威力可能不夠強大——不管艾薩克的意見是什麼。接著，那塊巨石發出微微的呻吟，稍微移動了不到一寸，逐漸擴張的冰把大石往上推。幾噸的岩石顫抖不已，塵埃跟小扁石紛紛落下。大石又稍微多移一點，也許有一寸遠，艾薩克把手抽走。現在，那顆大石並未跟鄰近的大石互貼，而是靠在了一寸厚的髒冰上。

「我不知道小冰可以做種事。」艾薩克說。

「在老家，」愛麗絲說，「有一次，下過雨之後天氣變得很冷，屋頂上有一段水管就爆開了，爸爸事後還把那根水管拿下來給我看，水管雖然是紮實的鐵做的，可是冰還是把它撐破了，水一結冰就會擴張，然後……」她搖搖頭，不願意想起爸爸的事。「好吧，成功了，現在，我們先準備好，就等那個怪獸來找我們。」

第二十七章——陷阱

等他們完成預備工作之後，艾薩克臉上露出明顯的緊繃感，他的模樣就好像擔負著巨大重量，咬牙皺眉，雖然極度吃力卻決心不讓負擔落下似的。

「你還好嗎？」愛麗絲說。

「我撐得住，」艾薩克說，「至少可以撐一陣子。」

「如果你撐不住，大石塊快掉下來的時候，」愛麗絲說，「拜託你提前通知一聲，我可不想被埋在一千噸的岩石底下。」

「我會撐住的。」他從牙縫中吁了口氣。「我更擔心的是妳，妳有時間逃跑嗎？」

「我想有吧。」愛麗絲想到那顆試著聚焦在她身上的巨眼，「從亮到暗，再從暗到亮，我想牠不大會應付光線變化，在牠看到我以前，我應該有幾秒的空檔。」

「單靠這樣薄弱的猜測，就拿自己的生命下賭注，太危險了。」

「要是你有更好的點子，就應該早點說出來。」

艾薩克搖搖頭。他們默默佇立一會兒。

「唔，」愛麗絲說，「我們開始吧。」

她把艾薩克留在湧泉旁邊的那座小丘上，自己往下爬到兩人事先動過手腳的岩堆底部。

她稍微碰觸那條簇群的線，膝蓋或手肘的皮膚就不會被石頭擦破，可是並沒有禦寒的效果，讓她冷得直起雞皮疙瘩。只要有風從艾薩克結出冰的方向猛力吹來，一波波的寒意就會掃遍她全身。

龍稍微安靜了點，巨大的塵雲已經消散，她可以看到那個龐然巨獸有條不紊在岩石之間扒扒找找，偶爾用尾巴撥開一塊大石。

要是我們這麼大費周章，她暗想，**那個怪獸卻已經無聊到懶得理我們，那不是很可笑嗎？**

在她意志堅定的表面底下，失控大笑的衝動正在翻騰，她硬是無情地將它壓下。一抵達了自己想找的那個岩塊之後，她便回頭望向小丘，小丘隱身在堆成小山似的大石後方，從這裡望去，那個石堆看起來跟這片石地裡的任何小坡沒有兩樣。可是愛麗絲不禁想像，那一大批石頭坍塌瓦解的時候，會發生什麼事。

要是被壓到，我在那些岩石上連一抹痕跡都不會留下，然後她強迫自己換個方向思考。

她轉過身來面對龍，雙手圍住嘴巴。

「嘿！」愛麗絲尖叫，「你想決鬥嗎？我差不多準備好了！」

她的聲音傳了出去，在這片石地上產生詭異的回音，龍抬起頭，把腦袋一偏，就像狗兒聽到樹叢裡的騷動。

「放肆的巫師，」龍轟隆回答，「別再到處亂竄了。」

「來啊，你這個醜東西！」愛麗絲吼道，「你還在等什麼？」

巨大的尾巴來回甩動，起初龍的動作相當緩慢，後來迅速加快，朝著她的方向奔來，八條多關節的腿帶著牠平順地越過岩石斷裂不規則的表面。

愛麗絲先往後退到了她這塊岩石的邊緣，然後慢慢爬上倚在這石頭上的另一塊大石，她感覺四周瀰漫著冰的寒意，必須握緊拳頭才不會打起哆嗦。

「這就對了，」她繼續喊道，喉嚨痛了起來，「來抓我啊，晚餐上菜嘍……」

龍現在進入了她的視線範圍，腿動得比奔騰衝刺的馬匹還快，模糊成一團。愛麗絲把自己往上撐到岩架上，手腳並用往後爬，加強抓住簇群線的力道。在一切往下崩塌之前，她頂多只能搶到幾秒時間。

龍抵達了那個石堆的邊緣，不過愛麗絲已經爬回那個岩堆之間，那個生物的巨大腦袋追著她往內猛擠，就在兩塊大石之間，來回揮動巨大的口鼻。愛麗絲看出牠在突來的昏暗裡頓時失去方向。她移動位置時，鞋子踩在石頭上發出聲音，牠就朝著她的方向擺動腦袋。牠張開大嘴，吐出聞起來像是腐爛死屍的熱風，愛麗絲可以看進牠牙齒後方，深不見底的喉嚨深處。

天啊，她心想，**要是牠吃了我，我連牠的牙縫都塞不滿**。

「艾薩克，」她啞著嗓子吼道，「就現在！」

於此同時，她用力把簇群線猛力拉進內在，圍著自己的本質纏繞了一次又一次，直到她的身體開始改變。一時片刻，有種詭異的崩解感，皮肉流動融化，讓愛麗絲直想嘔吐。她在一百個迷你喉嚨的後方嚐到了苦味，簇仔們像海濤一樣往前奔湧。牠們（她）拔腿衝刺，往上穿越岩石，只留下一雙鞋子標示出她原本站立的位置。

簇仔們攀岩的功力沒有爬樹好，但這些岩坡不算陡，而且牠們跳躍能力頗佳。簇仔們在岩堆之間衝刺，閃躲黏結那些岩石的冰，逃離龍的身邊，往上朝著小丘奔去，同時，愛麗絲的意識也隨之擴展。簇仔們在大石之間跳躍，鑽過細縫，竄進對人類來說太小的通道。下方，龍來回擺動著腦袋，尋找驟然消失的獵物蹤跡。

如果一切按照計畫進行，一等愛麗絲出聲大喊，艾薩克就會鬆開對小冰的掌控。他倆之前花了超過半小時時間，把那條細流引導到仔細凍結好的溝渠，讓大石塊之間長出片片塊塊的冰，感覺每挪動一次，整個結構就扭曲起來、大發牢騷。現在他要把那個過程倒轉回來，把寒冷抽走，必須以遠遠超過自然冷空氣的能耐，讓冰快速融化。石堆原本靠著凝冰黏合，那些冰正在融化，變得滑溜溜，石頭開始移位。

在石崩發生以前，愛麗絲差點來不及逃出來。帶頭的簇仔們已經抵達更堅實的丘頂地面，就在那棵樹跟涓滴細流的泉水旁邊，可是剩下的她感覺腳下開始打滑。即使石頭動了起來，她照樣在石頭之間彈跳，最後幾隻簇仔失去立足點的時候，盲目地把自己拋向空中，相信自己的橡皮體格可以不受損傷。

越來越多大石頭從融冰滑開，石堆崩塌的速度越來越快，開始往下砸向龍。第一塊岩石撞上另一塊岩石又彈回來，揚起一團沙塵，斜斜打到了那個生物的身體側面，龍從尋覓愛麗絲的地方，猛力把頭往上抽，又發出另一次震耳欲聾的吼聲。到了那時，大石已經在牠周圍紛紛落下，爆出陣陣飛揚的石頭，又是彈跳又是翻滾，狠狠砸成碎塊。

不久，那團塵雲很快就遮住了龍的身影，愛麗絲看不到牠，但聽得到牠咆哮。希望單靠石崩就能殺死牠，是不大可能實現的事，可是她想那麼多岩石應該可以暫且把牠困住不動，至少能維持一陣子才對。她的心念放開簇群的線，灰棕色的簇仔匯聚在一起，失去了各自的輪廓，最後組成了一個女孩，倒在泉水邊的丘頂上喘著氣。愛麗絲迫不及待吸進空氣，最後終於有足夠的力氣可以翻身。她一手摸索著，最後找到了小水池旁邊那棵樹的根部，然後猛扯一下盤捲在她腦海內的另一條線。

之前感覺過的那棵樹營養不良，現在這棵強壯多了，枝繁葉茂，強悍的小樹幹原來只是更大植物的頂端——它的根往下探進好幾個岩堆，凡是能找到可以抓取的地方就鑽。

愛麗絲抓住那棵樹，要它聽從她的意志，逼它狂揮亂舞，速度比大自然所能做到的超過一萬倍，拖過小水池的捲鬚變得厚實緊密起來，就像充飽水的消防水管，把小池子的水分一舉吸光。

在另一端，有條根尖開始**長大**，一心一意往下朝著逐漸落定的坍石伸去。它鑽進那團塵雲裡，蜿蜒繞過大石並且往大石下方鑽竄，龍在掙扎的時候，大石也跟著搖晃移位。愛麗絲只能透過隱約的暖度，感應那個生物的存在。只有在那條根沿著牠受困的口鼻伸展時，才感覺得到牠堅硬帶鱗的身體。

長吧，愛麗絲催促，**長啊，長啊，快長啊**。愛麗絲把整棵樹的能量都傳給那條動作狂暴的根，樹木本身迅速凋萎，葉片變黃掉落。

龍挪了挪身子，可是大批岩石限制了牠的行動，唯一能動的只有尾巴，不過那也綽綽有餘了。愛麗絲聽到嘎吱一聲，有塊大石鬆脫了，接著又一塊。她合上眼睛，把心思集中在那條根上，藉著觸覺引導它順著龍的身軀走，繞過第一對肩膀前方的粗脖子，纏了一次，再一次，最後那條根蜷曲起來繞過自身，綁出了一圈像絞索的東西。

那條根開始變粗，從淡色的捲鬚變成了成熟樹木那種樹皮表面的紮實枝幹。透過樹木，她可以感覺到龍想要掙扎，可是那條根以植物專屬的韌性牢牢抓住，那個巨大生物的腳根本掙脫不了那條根，所以也無法伸出利爪。

這場決戰誰會勝出，還未見分曉，龍掙扎著要呼吸，即使牠身體的其他部位都癱倒了，那棵逐漸死去的樹依然無情地一點一滴加緊力道。愛麗絲發現自己屏住氣息，咬緊牙關，拳頭掐得如此之緊，指甲抵在掌心上都刺出了痛感。

「算妳厲害，孩子，」龍說，鎖住喉嚨的根藤毫不妨礙牠發出聲音，「可是我們兩方都清楚，這樣是不夠的。」

愛麗絲卯盡全力抓好內心的線。

「那麼，」她怒吼，「我到時也會想出其他辦法。」

一個轟隆隆的低沉笑聲在她腦海裡迴盪。「妳還是堅持自己是無意間進來這裡的？」

「我跟你講過了，」愛麗絲說，「沒人派我過來。」

「兇悍，雖然小，但是兇悍。」半晌過去了，「也許我姐妹得到的，超過她原本的期望，這樣的話，也許就有機會……」

龍的聲音在愛麗絲的腦袋裡空洞地迴盪不已。

「好吧，」牠說，「我屈服。」

話語方落，他們周圍的世界就開始瓦解。天空先變成灰色，再轉成黑色，腳下的岩石模糊起來，漸漸化為灰色水霧，繼而消散不見。除了有聲音、觸感、氣味跟視覺之外，感覺就好像透過逐漸失焦的相機鏡頭觀看。片刻之後，愛麗絲感覺自己獨自一人在無盡的虛空裡不停墜落。接著周圍的現實忽地顯現出來，她正仰躺在塵埃滿佈的圖書館地板上，就在艾薩克身旁，一手還抓著那本古老皮裝書的封面。

龍最後一次講話的回音還在她的腦海後側嗡嗡作響。

「小妹，我很有興趣見識一下妳的能耐……」

她深吸一口氣，吸進了半磅灰塵，馬上就後悔起來。她轉到側面，蜷起身子狂咳一陣，在四周攪起了更多灰塵。某種本能讓她一直拿著那本書不放，把書緊緊摟在肚皮上，就像溺水的人抓住救生索一樣。

愛麗絲聽到艾薩克也在咳，她逐漸控制住痙攣的肺部之後，才意識到原來他正邊打嗝邊笑。愛麗絲等到吸足空氣之後，就坐起身來，然後發現艾薩克仰躺在地，扯到破爛不堪的外套就在身體下方攤開，他笑得眼淚都擠到了臉頰上。

「妳辦到了，」他瞥見她的時候說，接著說了一個她聽不懂的字，「妳真的辦到了，竟然讓龍屈服了！」

「你也出了力啊。」愛麗絲說。

「是妳先說服我，不要坐以待斃，我才採取行動的。」艾薩克坐起身來，一面用外套袖子抹著眼睛，反倒在臉頰上留下含有砂礫的暗色污漬。「我本來會……我不確定，我本來以為不可能打敗龍。」

「我也沒想到啊，」愛麗絲實話實說，「可是我爸爸總是說，無所事事沒好處。」

他們陷入了沉默，艾薩克的眼睛瞟向那本書，愛麗絲依然緊緊把書抱在胸口。他撇開目光嘆了口氣，翻身站起來，好像老了六十年似地哀哀叫痛。愛麗絲靠著單手將自己撐起來，不願放開那本書片刻。她注意到自己再次光著雙腳，攪起了圖書館地板的塵埃。

他們背後就是那張書桌，上頭還放著那盞防風燈，愛麗絲看到上頭淺淺淡淡像幽靈似的，是有如幻影的塞壬，塞壬的樂聲依稀瀰漫在空中。艾薩克發現兩人扭打時他弄掉的另外一盞燈還在原地。他把燈拿起來，想拍掉長褲上的灰塵卻徒勞無功。

「怎樣？」愛麗絲說，「現在呢？」

「我會回我主人那裡，」艾薩克說，「我沒拿到書，但我得到龍了，應該也能算是有收穫吧。」他遲疑一下。「妳也得到龍了吧？」

愛麗絲在腦海後方四處摸索，現在那裡有三條線了——銀色那條屬於簇群，還有樹精的木質捲鬚，還有另一條黑色的線，像黑曜石一般發亮。即使碰也沒碰，她就能感覺到它威力十足地彈動著，她一握住那條線，就有一股戰慄竄過她的本質，像是舔了一口通了電的電池。不過當她試探性地一拉，那條線卻幾乎文風不動。

「牠向我們臣服的時候，我們都在書裡面，」艾薩克說，「可是我想即使我活了一千年，也沒那個力量去用牠吧。」他的語氣微微流露了敬畏之情，「可是……」

愛麗絲沉默了，她意識到自己感覺得到艾薩克，感覺得到他在碰觸那條線。那條線貫穿了他們兩人，然後連回她緊緊夾在腋下的那本書。那不是心靈的相連，甚至不是聲音的相通，而只是某種接觸的感覺，就像手指交纏、肩並肩坐在椅凳上，她發現自己浮現有點傻氣的笑容，然後意識到他也一樣。

「妳呢？」艾薩克說，「妳要怎麼辦？」

她搖搖頭。「我不曉得。」

「我知道我沒把……全部的真相都告訴妳，」他說，「可是關於傑瑞恩的事，我說的是真心話，他是讀者裡最糟的一個，其他的老讀者都很討厭他，程度超過他們討厭彼此。」

「他收容我，」愛麗絲說，「他本來沒有義務這麼做的。」

「如果他這樣做，表示他在這件事上有利可圖，終結也一樣壞。他們兩個，妳都不能信任。」

「即使你說得對，」愛麗絲說，「我可沒有說你真的就是對的，那我又能怎麼樣？」

「我不曉得，」艾薩克搖搖頭，「小心點就是了。」

愛麗絲暗想，這種建議不是很有用，但她依照對方的心意予以接受。「我會。」

「好了，」艾薩克環顧四周，「我最好走了，我不知道塞壬的力量還能維持多久。」

愛麗絲點點頭，有點沒把握。她覺得自己還有別的話該說，但不知道該怎麼說，甚至不曉得該說什麼。

艾薩克朝她跨出一步，兩人幾乎臉貼臉。愛麗絲的手指在書的邊緣蜷曲起來，讓書更貼近她的身側，抗拒著不由自主想退開的衝動，艾薩克的臉髒兮兮，滿是擦傷跟瘀血，糊成一團，可是靠近一看，她覺得這張臉長得還不壞。

「愛麗絲？」他很安靜地說。

她的聲音細如蚊蚋。「怎麼樣？」

他傾身吻了她。他的嘴唇乾燥，嚐起來有粗礫跟塵埃的氣味。愛麗絲的手指緊緊扣住書本，力道大到發疼，片刻之後她閉上了眼睛。

感覺過了好久他才往後退開，她的嘴唇感覺刺癢，彷彿他把電流傳給她似的。

「抱歉嘍，」他歪著嘴笑說，「那是魔咒的一部分。」

愛麗絲瞬間怒火攻心，塞壬的樂聲緊接著就在她四周升起，原本是平靜的管弦樂，後來逐步攀升到出人意料的強度。她的心思隨著那種無所不包的細膩旋律漸漸飄散時，最後感覺到的，就是艾薩克的手搭在她的手上，輕柔地將那本書從她逐漸鬆開的指間抽走。

第二十八章——一點勒索

「我想他還沒弄清楚發生什麼事，」灰燼說，「也還不確定該怪誰。」

「除了他自己之外，還能怪誰？」愛麗絲說。

「我現在說的話，可能會讓妳大吃一驚，」貓拖長語音說，「傑瑞恩可能有不少優秀的特質，可是裡面就是沒有『認錯』這一項，我想他想怪母親，可是他不知道要從何怪起。」

「我只希望他不會在衝動之下想到要怪我。」愛麗絲說。

「我想妳已經安全脫身了，」灰燼說，翻身仰躺，嬉戲似地揮拍空氣，「怪妳的話，等於是承認了不起又強大的傑瑞恩老爺需要一個小女孩學徒來保護他的地盤，他對這種事會有什麼感覺，我確定不用我來告訴妳。」

愛麗絲沉默下來，倚在書架上，望著灰塵在防風燈的光線裡舞動跟閃爍。他們位於圖書館裡相對之下較為整齊的區域，在蟲先生書桌的視線範圍之外。愛麗絲應該替那個學者取回特定的某本書，卻發現自己的心思在遊蕩。

從艾薩克闖進地窖偷書以來，已經過了一周。愛麗絲在大宅的床鋪裡醒來，滿身瘀傷、筋疲力盡地在床上待了二十四個鐘頭。按照灰燼的說法，在那段時間裡，傑瑞恩把大家關在各自的房間裡，腳邊跟著一群凶惡的生物，上上下下搜遍了整片莊園。他找到了讓艾薩克有路進來的無賴書，跟終結久久談了一場話，最後氣呼呼走回大宅，依然相當不滿。

愛麗絲醒來的時候，對傑瑞恩說了她刪節過後的故事版本，她完全沒提到跟艾薩克之間的友誼或合作關係——她臉頰燙熱地暗想，艾薩克也沒資格得到她的保護就是了——只說她醒來的時候，發現大家都受到了塞壬的魔咒控制——於是趕緊去追捕那個小偷，最後無意間闖進了龍書，傑瑞恩對最後這部分相當猶疑，事後花了滿久時間盤問她。

後來，他們就沒再談到抹除她記憶的事了，生活回歸正常，或者可以說表面上看似正常。

「不在這裡，」愛麗絲對灰燼說，手指掃過一整架子的書脊，摸得一手指灰，「我去查查另一邊。」

灰燼依然躺在一個架子上，四隻腳都在空中，尾巴漫無目標地抽動，對著愛麗絲打了個長長的哈欠。

「去吧，」牠說，「我馬上過去。」

往前一點，書架之間有個縫隙，愛麗絲鑽了過去，抵達隔壁一條走道，然後數著書櫃，最後找到了她搜尋過的書架對面那個架子，上頭堆滿沾了灰塵的書本，她嘆口氣跪下來，從底下開始尋找。

片刻之後，她有種古怪的扭曲感，圖書館正在她的周圍移位。愛麗絲緩緩打直身子，眼睛緊盯書架不放。

「我一直在想妳什麼時候才會出現。」她說。
她背後的聲音介於咯咯輕笑跟呼嚕聲。
「噢，愛麗絲，愛麗絲，」終結說，「我希望妳不是在生我的氣。」
「我有權利生妳的氣，妳對艾薩克說謊，也騙了我。」
「好了，那樣說並不公平，」愛麗絲從終結的語氣裡聽出屬於貓的笑意，「我跟你們兩個說過，書可以給你們，這樣不算是對你們兩個說謊吧。」
「除非妳從頭到尾一直都打算把書交給傑瑞恩。」
「那是我最不想做的事，相信我，」終結發出隆隆的嘆息聲，「妳一定要瞭解我們的立場，愛麗絲。我——跟我同類的，我所有的兄弟姐妹——都受到束縛，逼不得已必須服務讀者們。他們對我們擁有無比的控制力，我們無法公然違抗他們，所以我們不得不在暗中插手跟策劃，在他們的視線範圍之外。」
「那妳還跟我說，妳會那樣做是因為妳的天性。」愛麗絲說。
「等妳活到跟我一樣老，」終結說，「就會知道人的天性大抵是習慣的產物。」
愛麗絲轉過身去，架子之間有個之前不存在的凹處，深深籠罩在陰影裡，她的提燈只能照出那雙細線般的黃眼睛。
「妳說『兄弟姐妹』，」愛麗絲說，「我跟龍說話的時候，他提到自己的姐妹。他指的是妳嗎？」
「如果牠當時很生氣，恐怕就是，」終結說，「很久以前，我們當中就只有牠拒絕服務

讀者，惹禍上身之後就被扔進囚禁書裡。牠怪我跟其他兄弟姐妹當時沒聲援牠。」終結把頭一偏，「我想，牠是有點生氣，這麼多年來都孤伶伶的，誰不會生氣？可是我已經盡量關照牠，確定沒讀者能有機會束縛牠。」

可是他把我叫作……愛麗絲搖搖頭。終結輕柔的呼嚕聲會騙人，愛麗絲必須提醒自己，不能信任終結，**最好不要什麼都告訴她**。

愛麗絲反倒說，「可是現在書在艾納克索曼德手上了，然後龍最後被我束縛了。」

「在所有可能產生的後果裡，這絕對不是最糟糕的，」終結說，「跟傑瑞恩比起來，艾納克索曼德功力滿弱的，我想短時間之內他應該不敢跟我兄弟正面對峙，至於妳呢……」終結露出笑容時，象牙白的尖銳牙齒發出閃光。「我所希望的是，妳擁有超過別人的能耐。」

愛麗絲湧上一陣小小的得意感，然後又悄悄痛斥自己的反應。「即使如此，」愛麗絲說，「妳還欠我一個人情，我要妳幫我找到維斯庇甸。」

「只要辦得到的，我當然會盡量，」終結嘀咕，「不過，沒了那本書……」

「除了我跟傑瑞恩，沒人知道書被偷了，我想，知道這件事的還有妳跟灰燼，可是黑先生並不曉得，那就表示就維斯庇甸來說，這本書還在傑瑞恩手上。那也就表示我們還有機會。」

愛麗絲在通往地下室階梯的門前停住腳步，深吸一口氣，然後大聲敲門。

「黑先生！」她說，「我要進來了喔。」

愛麗絲上一次來到這裡的時候，跟艾薩克悄悄下樓，生怕會在階梯上踩出吱嘎聲。現在她闊步走下樓梯，彷彿她是這地方的主人，盡可能不去理會肚子裡的不安翻攪。

黑先生蹲伏在低矮的圓形暖氣爐前方，橙色光線透過格柵窗戶湧入，讓整個房間滿是扭動的陰影，愛麗絲站在門口就能感覺強大的熱氣，她刻意清清喉嚨。

巨大的男人緩緩站起身，轉過來。嘴顎左右扭動，讓濃密的黑鬍子跟著騷動。

「我還以為會有好一陣子都不會在這裡碰到妳，」他說，「如果妳問我，我覺得妳還真是膽大包天。」

「我想跟你談談。」愛麗絲說。

「可是我不想跟妳談，」黑先生說，「所以妳最好趁自己還走得出去的時候，快滾出去。」

「我知道你一直在跟維斯庇甸合作，」愛麗絲盡可能以平靜的語氣說，「我知道你想要把龍賣給他，我還知道你跟他說到哪裡可以找到我。」

一陣長長的停頓，暖氣爐裡有東西爆出了一陣火花。

「妳這種說法很危險，」黑先生用低沉的嗓音說，「如果妳知道這麼多事情，幹嘛不直接去找老爺？除非妳認為他會信我而不會信妳。」他綻放笑容，露出發黑的牙齒。

「他不用聽我的說法，」愛麗絲說，用力嚥嚥口水，接下來要講的才是關鍵，「用來找龍的那張地圖還在我手上，如果我把地圖交給傑瑞恩，他就會開始調查地圖的來源……」

正中要害。黑先生的眼睛瞇了起來，她看到這個反應就夠了。他發出刺耳的呼吸聲，一道細小的煙從一邊鼻孔冒了出來，然後迷失在鬍鬚當中。

「假如妳說得沒錯，」他說，明顯經過一番努力才控制住自己，「我沒有承認任何事情，可是假設妳說得對好了，妳又何必做這種蠢事，特別跑到地下室告訴我？」他握緊拳頭。「畢竟，被逼到角落的男人是很危險的。」

愛麗絲強迫自己站穩立場，用最輕蔑的眼光瞪著他。

「我束縛了龍，黑先生，」她說，「我不怕你。」

黑先生的嘴唇抽搐，但他很清楚自己吃了敗仗。

「況且，」愛麗絲繼續說，「我要你替我做件事。」

又是一陣長長的沉默。他終於把視線移向她的頭頂，然後嘟囔，「哪種事？」

「你一定有辦法可以聯絡到維斯庇甸，我要你幫我在圖書館安排一場會面，跟他說我可以替他找到龍書，告訴他我願意談個交易。」

黑先生再次對上她的視線。「如果你把那個會飛的鼠輩交給傑瑞恩，就等於是告了我的密。」

「那點你不用擔心，」愛麗絲說，「我只是有些問題要問維斯庇甸。」

黑先生沉吟著，巨手往上伸，搔搔下巴上的短硬黑毛。

「所以就這樣？」黑先生陰沉地說，「只是要我傳個訊息給他？」

「差不多，而且我要你再回答一個問題……」

第二十九章——維斯庇甸

愛麗絲選擇跟維斯庇甸會面的地點，是一群書架；依照終結的說法，那群書架裡放了一本入口書，那本書連接的世界裡，有無邊無際的森林以及生性兇殘的六臂猴。那本書對著屬於圖書館的這一側洩漏氣體，創造出潮濕的熱帶空氣。書架圍成的圓圈裡，有棵巨大的榕樹佔據其中，那本書就依偎在上層枝椏之間。藤蔓交織得像網子似的，將這棵榕樹跟另外六棵較小的樹木罩在一起，創造出由捲鬚跟攀緣植物交錯而成的網絡。

榕樹有複雜的樹根系統，愛麗絲坐在根部的突起處上，用腳輕打拍子，努力壓抑想跳起來踱步的衝動。技術上來說，她是在就寢時間過後再溜出來的——維斯庇甸答應在半夜跟她會面——可是不知怎地，以往違反規定會有的那種恐懼感，似乎不具以往的威力。反之，她擔心妖精會嗅出這是陷阱，然後根本不現身，而且她也擔心如果他出現，自己會對他撂下什麼狠話。

我也擔心那個「朋友」是不是會扮演好她的角色。愛麗絲極目盯著暗影，希望能瞥見絲毫動靜。**終結說她會到場的，**歷經這麼多風波之後，她竟然還是得信任終結，這點真教她氣惱。

一抹色彩閃過，攫住她的目光。黃黑線條的翅膀，大膽醜陋的色彩，讓人聯想到令人不快的有毒物質。維斯庇甸擠過書櫃之間的縫隙，發出單調的嗡嗡聲，飛進空中，以不疾不徐的好奇態度東張西望。他就像愛麗絲記憶中在廚房那晚的模樣，感覺好像是上輩子的事了：他有幾尺高，沒鼻子的扁平臉龐，巨大的翅膀，振翅的速度如此之快，變成了蟲翅般的一團模糊。

他瞧見了她，飄飛過來，在垂掛的捲鬚跟藤蔓之間輕鬆穿梭，愛麗絲站起來，維斯庇甸在稍微高過她腦袋的半空中停下，她不得不伸長脖子去看他。

「唷，唷，唷，」他用愛麗絲在夢境裡聽過上百次的鼻音說，「妳來了啊，說到底妳也不是什麼乖寶寶嘛。」

「你根本不認識我，」愛麗絲怒斥，「可是我知道你想要龍，而且我知道要怎麼拿到手。」

「有人告訴我了，」維斯庇甸拉長語音，「我朋友黑先生通知我，說妳想談個交易。」

「差不多是那樣。」愛麗絲一手搭著樹木，穩住自己。

「所以妳到底想要什麼回報？護身符？書？我向妳保證，我這人可以很慷慨的。」

「你本來提議要給黑先生的回報是什麼？」

維斯庇甸咯咯笑出來。「他啊？他只希望不用再服侍傑瑞恩。」

「就這樣？」愛麗絲皺眉，「他只是要自由？你會放他自由嗎？」

「當然不會，他又沒辦法把我要的交出來。況且，一放他在世界上自由行動，接下來他就會把小孩從床上抓起來，一口整個吞下。有些人就是不瞭解現代世界的運作規則。」妖精冷哼一聲，「他的作風超老派的。可是別害羞，姑娘，那妳想要什麼當報酬呢？」

「我要你回答一些問題。」

維斯庇甸皺起眉頭，盤旋得更低。「聽起來不太妙。」

「我不在乎。」愛麗絲說。

「現在聽我說，姑娘。就因為傑瑞恩收妳當學徒，妳也沒必要擺架子吧，妳在成為正式的讀者以前，還有很長的路要走。」他從愛麗絲那裡退開。「我想我們這樣做並不好，反正我也不相信妳偷得到書，妳去跟黑先生說——」

愛麗絲猛扯樹精的那條線，用那條線纏繞住自己，最後感覺旁邊那棵松樹的龐然軀幹有如跳動的心臟一樣搏動著生命力，比起她之前在龍的地盤裡利用過的那棵亂糟糟的小樹，這棵榕樹簡直就是怪物，樹形巨大、能量四射。要逼使幾根垂掛的捲鬚採取行動，是世界上最輕鬆的事。捲鬚就像鞭子一樣往外甩動，纏住妖精的身軀中段，牢牢扣住他不放。

維斯庇甸猛地停下，翅膀卯足力氣，但抵抗不了藤蔓那種植物的堅韌力量。他掙扎不休，又是吐痰又是咒罵。她給他一點時間平靜下來。

「欸，」他在片刻之後說，「妳這樣做也得不到妳想要的。」

「你又不知道我想要什麼，」愛麗絲說，用念力要藤蔓把他往下拉向她，「你來我家的那個晚上，我看到你跟我爸爸講話。」

一陣長長的停頓，妖精小臉上的表情很難解讀，但愛麗絲覺得他一臉憂慮。

「原來是這麼回事啊？」他說，「原來跟……個人恩怨有關。」

「你跑來我家廚房，」愛麗絲說，「四天以後，我爸爸就死了。」

「那件事跟我無關！」維斯庇甸抗議，「我只是負責傳遞訊息。」

「替誰傳達訊息？你替誰工作？我到哪裡可以找到他們？」

「我不能跟妳說，」他用惱怒的語氣說，「妳知道他會對我做出什麼事嗎？」

「好吧。」愛麗絲往前跨步。

維斯庇甸的左腳踝鬆鬆掛著銅環，看起來很不搭調，而且黑先生之前就確認了她的懷疑。這只銅環就是讓維斯庇甸可以自由進出圖書館的護身符，保護他躲過終結那種近乎無所不知的嚴密監控。他的眼睛牢牢盯著愛麗絲，她舉起手抓住銅環。

「等等，」他說，「妳在幹嘛？那個東西沒什麼重要的，我不知道妳要幹——」

愛麗絲扯掉那個護身符，那是個俗麗的小東西，只是一圈打薄的銅環，內側銘刻了一些字，可是維斯庇甸馬上驚慌地瞪大雙眼。

「還給我，」他的聲音變得高亢尖銳，「拜託，把它套回去。」

「回答我的問題。」

「我不能說！妳不曉得……」

「你說得對，我不曉得你主人會對你做出什麼事。」愛麗絲用銅環輕敲自己的掌心。「我也不知道終結會對你做出什麼事，你想哪個會更糟糕啊？」

「我不……妳不曉得自己在幹嘛，拜託。」
「告訴我。」
妖精的嘴巴無聲地蠕動一會兒，然後話語就像洪水衝破堤壩一樣滔滔湧出，「是伊掃！我的主人是水之伊掃。」
「他找我跟我爸想幹嘛？」
「就跟傑瑞恩一樣，希望收妳當學徒，我們知道其他讀者也都虎視眈眈，所以我們不能直接把妳抓走，我試著說服妳爸爸，要他把妳交出來。」
「一定不只這樣，爸爸為了保護我才離開家，他出了什麼事？吉迪恩那艘船發生什麼事了？」
「我不知道！」妖精哀嚎，「我只是負責做出那個提議而已！」
「誰會知道？」
「只有我主人才會知道確切的答案。」維斯庇甸拚命想擺脫藤蔓。「拜託，把護身符套回來，現在還不會太遲……」
「噢，是的，」終結的聲音在小小森林周圍轟隆作響，「太遲了。」
她像個自有生命的影子一樣穿越林下灌叢，在愛麗絲的提燈光線之下，黑色皮毛一時泛起漣漪，接著又遁入黑暗。終結永遠只露出黃色眼睛，亮閃閃的。
「對不起！」維斯庇甸吶喊，「我只知道那樣！拜託，姑娘，放我走吧——」
愛麗絲用念力要藤蔓鬆手，維斯庇甸扭身掙脫之後，嗡嗡飛進空中，繞著樹木迅速飛轉，拚命想逃離終結的追捕，慌亂地語無倫次。他在書架之間找到縫隙，擠了過去之後，眨眼不見人影。

「妳不去追他嗎？」愛麗絲說

「沒那個必要，」終結說，「沒了那個小玩具，他根本逃不過我的法眼，這裡畢竟是我的迷宮啊。」她的視線飄向那個銅環，語氣流露嫌惡。「把那個給我。」

愛麗絲把那個沒價值的小玩意丟在地上。一隻粗壯的黑掌壓了上去，那塊金屬喀啦應聲裂開。

「壞東西，」終結說，「我會逼他告訴我，那個東西是打哪裡來的。」

「記得妳保證說會放他走。」愛麗絲說。

針對這一點，愛麗絲思考了好久，如果她想奪走維斯庇甸的性命，大可以要榕樹把他壓垮。但愛麗絲最後判定，他只是負責盡了自己的本分而已，即使工作項目包括威脅別人的家庭。稍微嚇嚇他是一回事；殺了他又是另一回事。

如果當初出手傷害爸爸的就是他……可是她滿確定他說的是實話，所以不用面對要不要處置他的抉擇，內心稍微鬆了口氣，至少今天還不用。

「我會的，」終結說，「最後還是會放他走的。」終結輕腳邁入林下灌叢，聲音慢慢消逝不見。「可是，要從這個迷宮找路出去，有時很不容易，這妳也知道的……」

愛麗絲回到大宅的時候已是凌晨時分，路過照舊茫然佇立在前廳的艾瑪，最後回到了自

己的房間。

她脫掉外出服，換上了長睡衣，把所有的衣物整齊摺好，將靴子排在臥房門邊，一隻老絨毛兔靠著窗框彎腰駝背，愛麗絲把兔子的身體拉直，惆悵地輕拍它的腦袋。她用肥皂殘塊刷臉，再用臉盆裡的水沖淨之後，吹熄蠟燭，躺在自己的小床上，置身於滿是灰塵的溫暖黑暗裡。

她累得無以復加，但睡意遲遲不來，心思頻頻回到維斯庇甸恐懼萬分的臉，還有藤蔓團團纏住他時所散發出來的威力。

那場會面的收穫不多，只拿到了另一個名字，就是可能知道吉迪恩船上真正發生什麼事的人。可是這個人是讀者，愛麗絲不曉得要怎樣才能從這個人口中得到答案。

水之伊掃。說真的，愛麗絲連這個名字是什麼意思都不懂，更不知道該去問誰，傑瑞恩或終結，甚至是灰燼會知道，但她不確定自己該不該信任他們當中的任何一個，她突然湧上一種深沉的孤獨感。

她閉上雙眼，用心念抓取通往龍那條緊繃不屈的線，她跟黑先生說她已經束縛了龍，但她沒提到的是，她幾次嘗試拉動龍線，但那條線卻一直沒有任何回應。

她再次有種古怪的連結感，意識到在世界另一個隱密的角落裡，艾薩克同時也對龍線伸出了觸角。當然，所有的人當中她最不信任的就是他，儘管如此，這種連結還是為她帶來了安慰。

她覺得自己一點一滴放鬆下來，她有個方向可以走，那才是重點。一旦有了方向，想抵達目標的話就只是看努不努力了。

接著，行將入睡之際，她聽見了龍的聲音，那個聲音或許只是回憶，在她的腦海裡迴盪不已。

「小妹妹……」

謝詞

當初進行這項計畫一開始只是好玩而已。到目前為止，我的作品大多屬於有時稱為「門擋奇幻」（doorstep fantasy）這樣的文類，這種書除非可以拿來抵擋輕型武器的攻擊，否則就不算是**真正的**書。完成其中一本之後，我決定嘗試創作篇幅稍微短小跟簡潔的東西。愛麗絲跟《禁忌圖書館》就是最後的成果。

一如既往，我找 Elisabeth Fracalossi 當我的首位讀者，她一直鼓勵我，讓我留在正軌上。第一份初稿完成的時候，我有一小群特種讀者勇敢無畏地投身試讀行列；感謝以下諸位（並未依照特別的順序排列）：Carl Meister、Dan Blandford、Janelle Stanley、Amanda Davis、Prentice Clark。

我要特別感謝 Lu Huan，他不只試讀了整部小說，還創作了好些精彩萬分的藝術作品。（你可以到 www.djangowexler.com 來瞧瞧）。

我的經紀人 Seth Fishman 再次施展了他慣常的奇蹟。這種狀況開始有點變得有點太過日常，彷彿甘道夫常來我家作客吃晚飯似的，所以偶爾我最好要提醒自己，Seth 有能耐施展什麼樣的奇蹟。我也要向 Gernert Company 公司的團隊：Will Roberts、Rebecca Gardner、Andy Kifer，以及英國 Abner Stein 公司的 Caspian Dennis 致謝。

我的編輯 Kathy Dawson 有資格因為本書而得到雙倍的感謝。她除了編輯的一般職務之外，還要面對這樣的作者：這位作者不大清楚自己這次寫出了哪類的書，即使知道這算是哪類書，對這類書還是毫無概念。她自信沉著地面對這種狀況，如果我站在她的立場上，絕對沒辦法這麼有耐性。感謝她這麼容忍我。

Alexander Jansson 不可思議的封面讓我驚豔極了，小說內文也有他的作品，我真是開心。他的妙筆巧妙捕捉了愛麗絲跟她那個世界的氛圍。

最後，如同以往，我要感謝所有名字雖然沒印在封面上，但是努力讓這本書綻放異彩的每個人。

禁忌圖書館

幻變迷宮

任何人都可能在書本裡迷失，

但這種事發生在愛麗絲身上的時候卻特別危險。

愛麗絲被送去跟神秘的伯伯傑瑞恩一起住了六個月，在這段時間裡，她學到不少事情。她知道自己是「讀者」，有能力讀懂某些書，但不是每本書都像她原本想的那麼安全。她陸續跟龍以及樹精激戰過，還發現自己可以怎麼變成魔法生物的形狀，並且借用那些生物的力量。

現在，愛麗絲必須走出傑瑞恩的圖書館，踏上冒險的旅程。有個讀者慘遭謀殺，傑瑞恩相信雅各這位學徒就是罪魁禍首。愛麗絲、艾薩克跟其他四個人背負著逮捕雅各的任務，可是當他們抵達橋樑與高塔交織而成的神奇迷宮時，卻發現自己的任務沒有表面上那麼簡單。雅各的圖書館是個永遠變幻不停的致命迷宮；圖書館的魔法守護者「折磨」並不打算讓他們活著離開。

——2016年6月即將上市 敬請期待——

國家圖書館出版品預行編目資料

禁忌圖書館 / 謙柯．韋斯樂Django Wexler著；謝靜雯 譯. -- 初版. -- 臺北市：皇冠, 2016.2　面；公分. --
(皇冠叢書;第4521種 JOY；188)
譯自 :The Forbidden Library
ISBN 978-957-33-3207-7(平裝)

874.57　　104029307

皇冠叢書第4521種
JOY 188

禁忌圖書館

The Forbidden Library

作　　者—謙柯．韋斯樂
譯　　者—謝靜雯
發 行 人—平雲
出版發行—皇冠文化出版有限公司
台北市敦化北路120巷50號
電話◎02-27168888
郵撥帳號◎15261516號
皇冠出版社(香港)有限公司
香港銅鑼灣道180號百樂商業中心
19字樓1903室
電話◎2529-1778　傳真◎2527-0904
總 編 輯—龔橞甄
責任編輯—平　靜
美術設計—王瓊瑤
著作完成日期—2014年
初版一刷日期—2016年02月
初版五刷日期—2021年08月
法律顧問—王惠光律師

讀者服務傳真專線◎02-27150507
電腦編號◎406188
ISBN◎978-957-33-3207-7
Printed in Taiwan
本書定價◎新台幣280元/港幣93元